像拒马河一样的男人

我的姥爷蔡子玉

伍英 薛连 著

中国商业出版社

图书在版编目（CIP）数据

像拒马河一样的男人：我的姥爷蔡子玉 / 伍英，薛连著． -- 北京：中国商业出版社，2018.4

ISBN 978-7-5208-0261-1

Ⅰ．①像… Ⅱ．①伍… ②薛… Ⅲ．①回忆录－中国－当代 Ⅳ．① I251

中国版本图书馆CIP数据核字（2018）第034508号

责任编辑 常 松

中国商业出版社出版发行

010-63180647　www.c-cbook.com

（100053　北京广安门内报国寺1号）

新华书店经销

北京市凯达印务有限公司

*

710×1000毫米　16开　15印张　200千字

2018年9月第1版　2018年9月第1次印刷

定价：78.00元

* * *

（如有印装质量问题可更换）

目录

人物关系一览……III

这是一块神奇的土地……1

001　第一章　主持分家　率性出头事

　　第一节　献西瓜　祖上获封赏……002

　　第二节　凭家势　母亲脾气躁……007

　　第三节　六兄弟　脾气秉性异……010

　　第四节　秉公断　姥爷来分家……014

017　第二章　离家出走　坎坷他乡途

　　第一节　为饭菜　与母亲起争执……018

　　第二节　谋生计　早点摊做伙计……022

　　第三节　贵人品　老板赠与摊铺……034

041　第三章　弃商从戎　风雨征战路

　　第一节　求投靠　三哥家人来天津……042

　　第二节　彷徨中　军装上身始从戎……060

　　第三节　砥砺行　戎马岁月将长成……068

　　第四节　显谋略　战场提拔受重用……075

　　第五节　辞权贵　交枪退伍回涞县……085

095　第四章　加入组织　敌后显身手

第一节　德才兼备　长工做了护院……096

第二节　惺惺相惜　遇知音闹革命……110

第三节　忠于职守　情报暗度陈仓……118

第四节　任重道远　任命伪大乡长……123

第五节　深夜逃命　义兄仗义出头……132

141　第五章　神勇抗敌　肝胆两相照

第一节　地下转地上　斗争白热化……144

第二节　水井退日军　王德新入狱……160

第三节　设计遭陷害　雪夜锄奸细……175

第四节　挖地道抗战　老战友来访……179

第五节　解放涞县城　义兄弟保命……186

193　第六章　高跷飞舞　难得心自在

第一节　双腿痊愈　国军翻旧账逃命……194

第二节　闷头苦熬　脚踏实地三十年……199

205　第七章　细嗅蔷薇　人贵精气神

第一节　这能打出水来？……206

第二节　晚上留下陪我！……210

第三节　能活到现在我就知足！……215

结语……221

人物关系一览

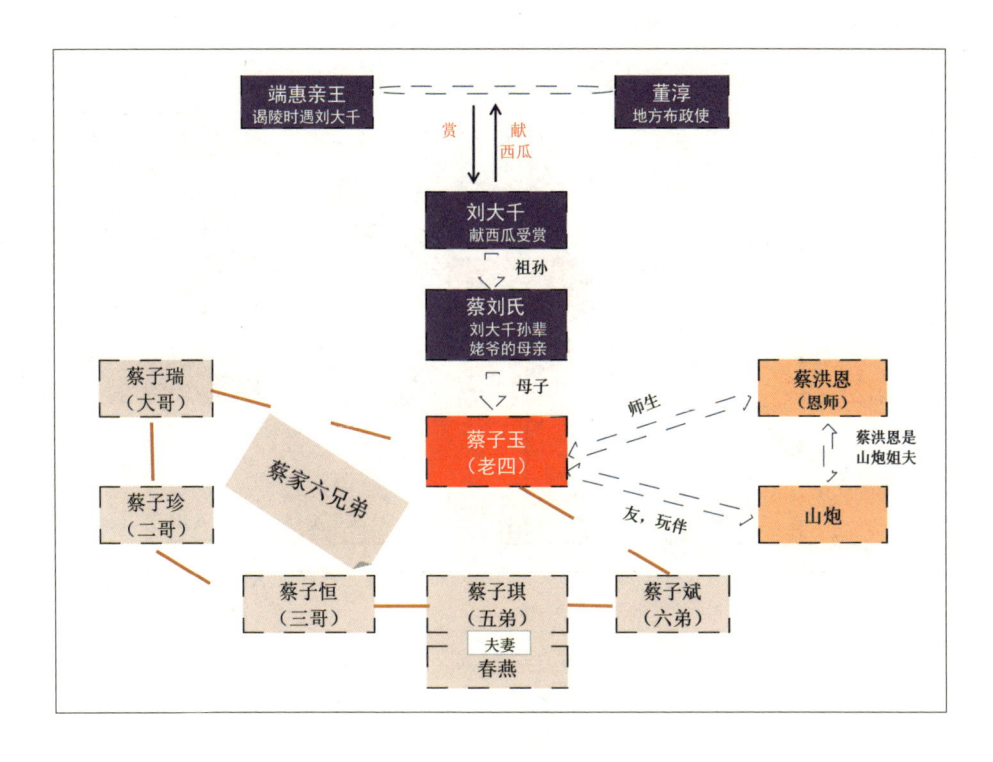

第一章人物关系一览

```
┌─────────────┐                    ┌─────────────┐
│  端惠亲王    │ ←--------------→  │   董淳      │
│ 谒陵时遇刘大千│      赏 │ 献       │ 地方布政使   │
└─────────────┘        │ 西        └─────────────┘
                       ↓ 瓜
                    ┌─────────┐
                    │  刘大千  │
                    │献西瓜受赏│
                    └─────────┘
                        │ 祖孙
                    ┌─────────┐
                    │  蔡刘氏  │
                    │刘大千孙辈│
                    │姥爷的母亲│
                    └─────────┘
                        │ 母子
┌─────────┐                          师生   ┌─────────┐
│ 蔡子瑞  │                        ┌------→│ 蔡洪恩  │
│ (大哥)  │─┐                      │        │ (恩师)  │
└─────────┘ │   ┌─────────┐        │        └─────────┘
            │   │ 蔡家六兄弟│   ┌─────────┐   │ 蔡洪恩是
            │   └─────────┘   │ 蔡子玉  │←--┤ 山炮姐夫
┌─────────┐ │                  │ (老四)  │   │
│ 蔡子珍  │─┤                  └─────────┘   ↓
│ (二哥)  │ │                      │        ┌─────────┐
└─────────┘ │                      │ 友,玩伴 │  山炮   │
            │                      └------→│         │
            │                               └─────────┘
┌─────────┐ │ ┌─────────┐ ┌─────────┐
│ 蔡子恒  │─┴─│ 蔡子琪  │─│ 蔡子斌  │
│ (三哥)  │   │ (五弟)  │ │ (六弟)  │
└─────────┘   │  夫妻   │ └─────────┘
              │  春燕   │
              └─────────┘
```

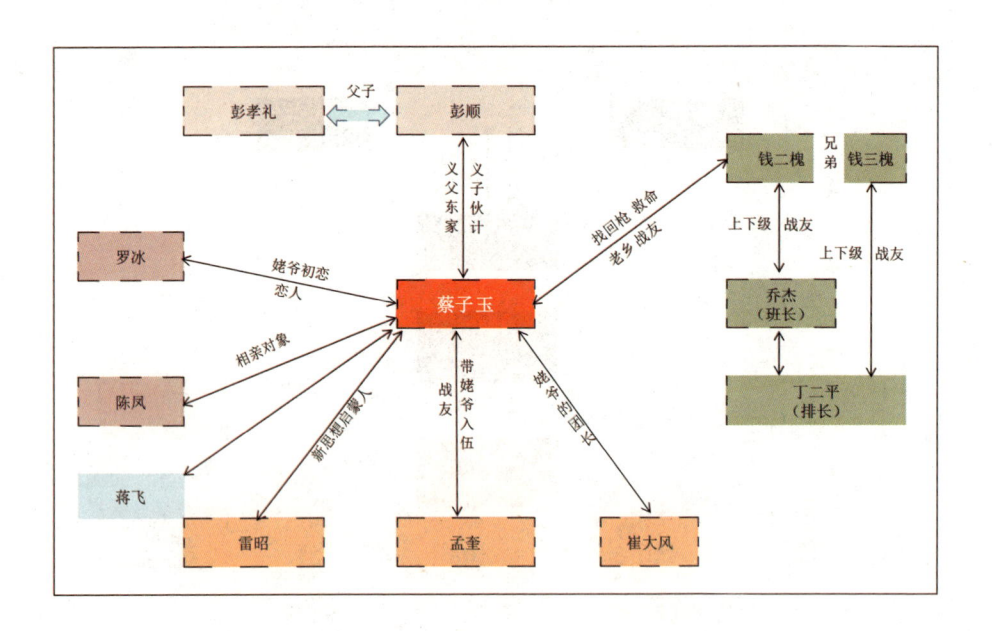

```
                  父子
┌─────────┐ ⇔ ┌─────────┐
│ 彭孝礼  │    │  彭顺   │
└─────────┘    └─────────┘
                    ↕
                  义义
                  父子
                  东伙
                  家计
                                                    ┌─────────┐  兄弟  ┌─────────┐
                                                    │ 钱二槐  │ ────── │ 钱三槐  │
                                                    └─────────┘        └─────────┘
                           找回枪 救命                    ↕                  ↕
                           老乡 战友                  上下级 战友        上下级 战友
┌─────┐  姥爷初恋          ┌─────────┐               ┌─────────┐            ↕
│罗冰 │ ←── 恋人 ──────→  │ 蔡子玉  │ ──────────→   │  乔杰   │            
└─────┘                    └─────────┘               │ （班长）│            
                              ↑  ↓ ↘                 └─────────┘            
              相亲对象        │  │  姥爷的团长           ↕                  
┌─────┐                       │  │                   ┌─────────┐            
│陈凤 │ ←───────────────      │  │                   │  丁二平 │ ──────────
└─────┘                       │  │                   │ （排长）│
                              │  带                  └─────────┘
              战友            │  姥
┌─────┐                       │  爷
│蒋飞 │                       │  入
└─────┘                       │  伍
        新思想启蒙人           │
                    ┌─────────┐  ┌─────────┐  ┌─────────┐
                    │  雷昭   │  │  孟奎   │  │ 崔大风  │
                    └─────────┘  └─────────┘  └─────────┘
```

第四章人物关系一览

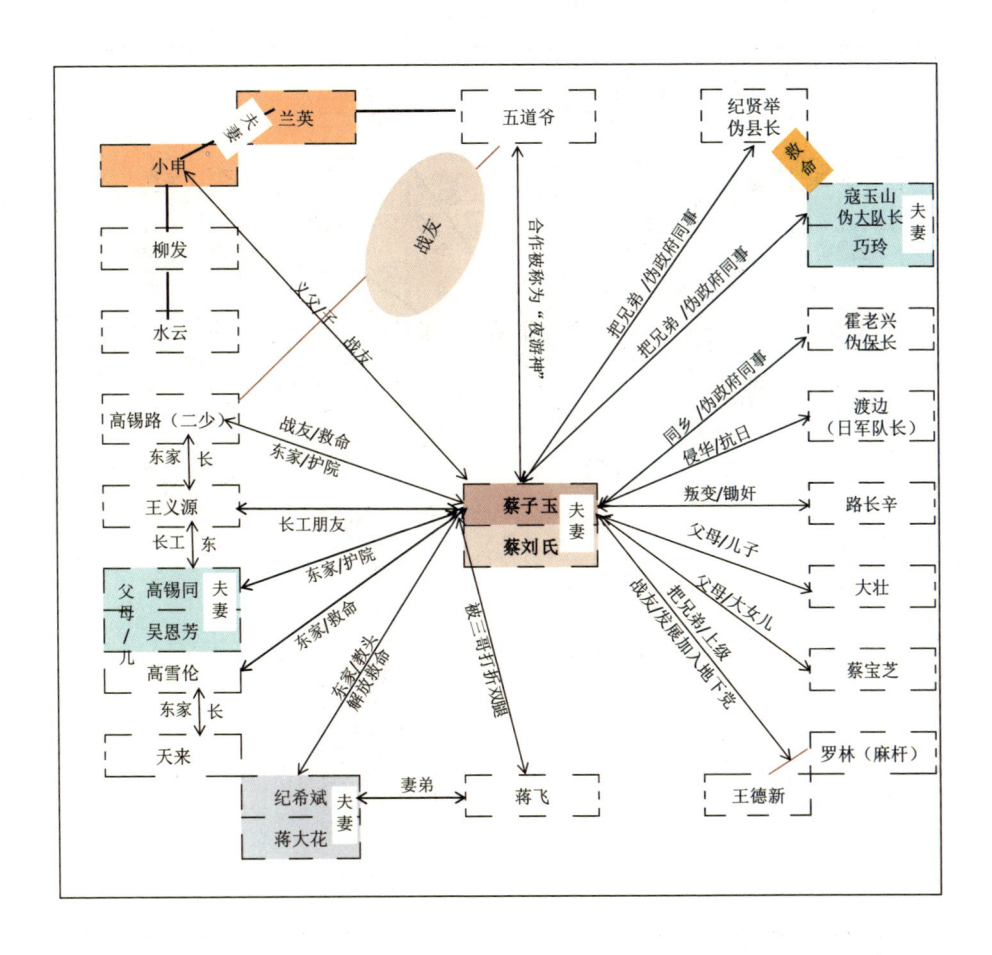

第五、六、七章人物关系一览

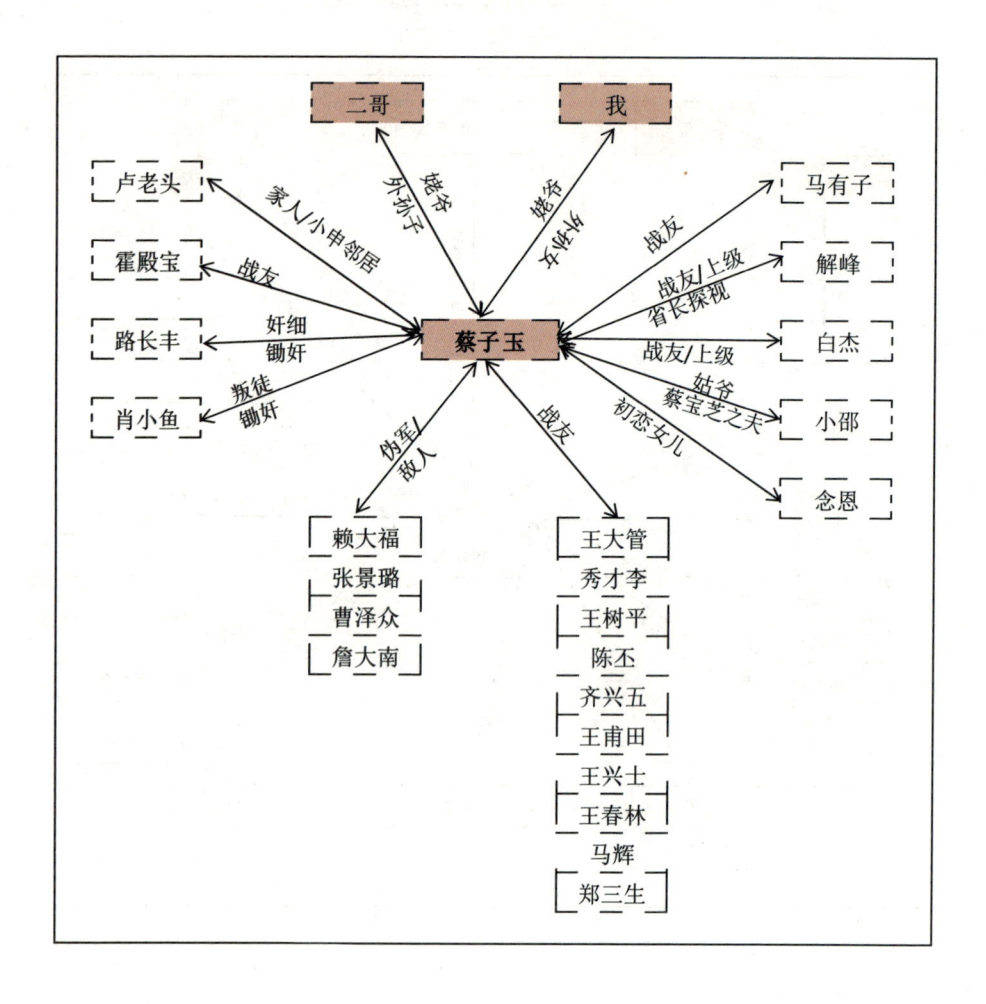

```
                    ┌二哥┐         ┌我┐
                    └──┘          └─┘
                      ↑            ↑
    ┌卢老头┐       姥 外          姥
    └───┘      家  爷 孙          爷
       ↖      人/    子            女婿       ┌马有子┐
    ┌霍殿宝┐  小           战友             └───┘
    └───┘ 战 申                  战友/上级    ┌解峰┐
       ↖  友 邻                 省长探视     └──┘
    ┌路长丰┐ 奸细   居       ┌───┐           ┌白杰┐
    └───┘ 锄奸         →   │蔡子玉│ ←      └──┘
       ↖  叛徒           ┌─┘   └─┐  战友/上级
    ┌肖小鱼┐ 锄奸        ↗        ↖  姑爷      ┌小邵┐
    └───┘              伪军/      战友 蔡宝芝之夫 └──┘
                       敌人               初恋女儿┌念恩┐
                                                └──┘
                    ┌赖大福┐       ┌王大管┐
                    │张景璐│       │秀才李│
                    │曹泽众│       │王树平│
                    └詹大南┘       │陈丕 │
                                   │齐兴五│
                                   │王甫田│
                                   │王兴士│
                                   │王春林│
                                   │马辉 │
                                   └郑三生┘
```

这是一块神奇的土地

太行山位于中国东偏北，东北—西南走向，是中国地势由高原转向平原，地势由高转向低的分水岭。太行山风景秀美，物产丰富。古人习惯用"八百里太行"来形容太行山。没错，太行山全长400公里，被地质学家分为三段，即"北太行"（河北省境内部分）、南太行（河南省境内部分）、西太行（山西省境内）。

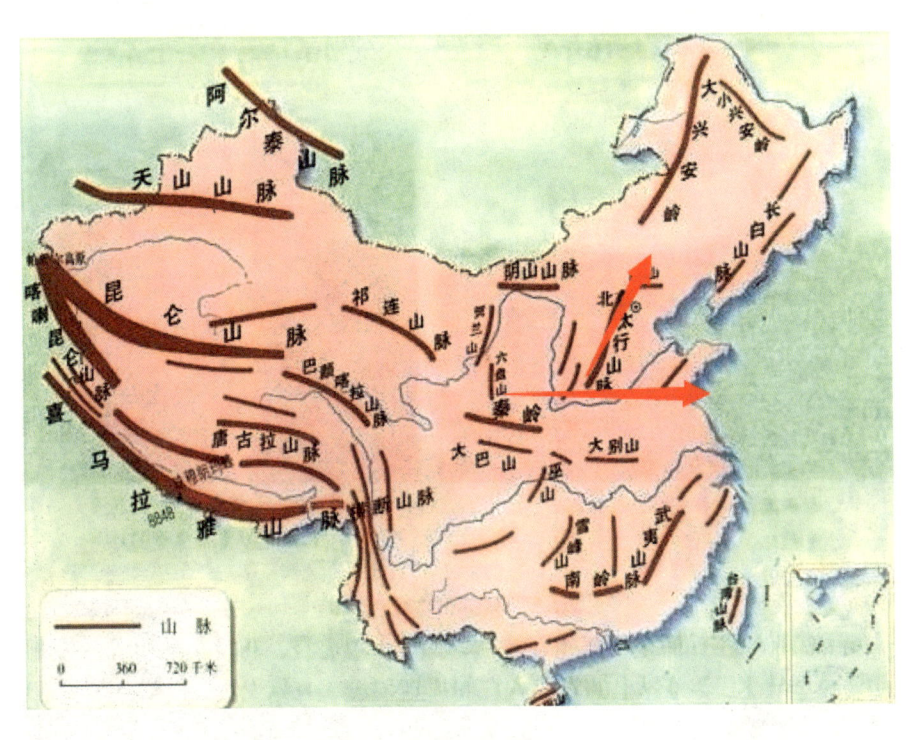

太行山位置

苦寒行

三国·曹操

北上太行山，艰哉何巍巍！

羊肠坂诘屈，车轮为之摧。

树木何萧瑟，北风声正悲。

熊罴对我蹲，虎豹夹路啼。

溪谷少人民，雪落何霏霏。

延颈长叹息，远行多所怀。

我心何怫郁？思欲一东归。

水深桥梁绝，中路正徘徊。

迷惑失故路，薄暮无宿栖。

行行日已远，人马同时饥。

担囊行取薪，斧冰持作糜。

悲彼《东山》诗，悠悠令我哀。

苦寒行

行军的艰难，由此可见一斑。冬日太行山环境恶劣，风雪横行，昏暗寒冷，犹如刺骨刀削一般。晴天里的太行，美丽迷人，雄奇壮观！中国近代史战争，陈毅将军也曾为太行题诗《过太行山书怀》：

过太行山书怀

陈毅

太行深似海，波澜壮天地。
山峡十九转，奇峰当面立。
仰望天一线，俯窥千仞壁。
外线雾漂浮，内线云雾密。
溪流走山崖，千里赴无极。

太行山雄踞于此，经历了数万年岁月的洗礼，成就了她的峻美和雄险。生活在这里的百姓同样被岁月、风霜磨砺出坚韧的性格和坚强的意志。这大概也是这里孕育诸多神话故事的原因吧。

太行山又叫"王屋山"、"女娲山"。"太行、王屋二山，方七百里，高万仞，本在冀州之南，河阳之北。"（列子·汤问），愚公著名的"子子孙孙无穷匮也，而山不加增，何苦而不平？"的理论，给了我们生活的启示。就是这家喻户晓的愚公精神，影响着我们世世代代的后人。

"女娲炼石补天"的传说由来已久，曾有古诗曰："莫怪此乡风最古，补天原有圣人台"。宋代崔伯易的《赶山赋》序言中就提到了：太行山一名黄母山，一名女娲山，皆因女娲"于此炼石补天"。足见女娲补天传说与太行山不可分割的关系。女娲娘娘心系百姓，在洪灾泛滥之时，挺身而出，救百姓于危难。正因为此，这位神通广大，造福黎民的女娲娘娘成了太行百姓的庇护神。

在太行山还有一个远古的传说，就是"精卫填海"。精卫鸟舍己为人、不畏艰难的精神，坚持到底、永不屈服的意志，被太行人民传颂至今，

女娲补天

也深深影响着太行人的生活。

　　传说都发生在上古时期，可见太行山历史之悠久。类似的传说还有很多，诸如"大禹治水"、"后羿射日"等。这些美丽的传说是中华文明的源头，有着中华民族与自然抗争的不屈不挠的意志，有着对生命的爱护与珍重，这些老百姓心中的天神是至高无上的，足见百姓对美好生活的向往，他们对百姓的爱护，是百姓在困境中的依托，更有对生命本体的重视。

　　太行山的艰险磨砺出太行人刚劲强悍、不畏艰险、侠肝义胆的民族性格，铸就了太行人粗犷豪放、刚毅不屈的民族气节，造就了太行人强烈的反抗精神和崇高的奉献精神。这种崇尚气节的民风，在平时表现为诚实守信、刚直不阿，一旦遭遇外敌欺侮，就表现为一种不屈不挠、奋起反抗、视死如归的无畏气节。

　　有山就有水。

　　千百年来，与太行山相依相偎的水流，就要数拒马河。拒马河发源于太行山深处，全长有254公里，水流清澈见底，依山势而行，九曲

精卫填海

十八弯,似一位少女温情脉脉,涓涓而流。水流充盈时,她自上而下,顺势流入太行山脉的峡谷中。拒马河水由西而东,冲积出肥美的华北平原。就如同蜿蜒的玉带,又像银白如玉的蛟龙在华北平原游行,日日夜夜无私地滋润着华北大地。

拒马河古称"涞水",汉朝时改称"巨马",其意思是"水势巨大,犹如万马奔腾"。拒马河与太行山相依相伴,走过沧海桑田,养育了河两岸的百姓,也发生了很多为后人传颂的历史故事。

据《涞县县志》记载:"晋刘琨守此以拒石勒"。刘琨,字越石,河北安国人,他是晋朝的诗人、将领。石勒是当时羯族将领。曾于公元308年至318年带领十万大军从太行山区攻掠河北内地。这里说的"拒石勒"就是晋朝大将刘琨在拒马河抵抗石勒率领的十万军马,因此被称为"拒马河"。

民间也流传着这样的故事:

晋朝时,羌族首领石勒,骁勇善战,野心勃勃,一直虎视眈眈对燕赵之地有侵犯之意。后来石勒骑马率领百万雄师,奔赴拒马河。晋皇帝

拒马河水

派将军刘琨挂帅，点兵十万对抗石勒。

拒马河地势险要，水面宽广，水流湍急。夜晚，刘琨在拒马河边徘徊，愁眉不展，因双方兵力悬殊，羌族人又生性彪悍，究竟怎样才能阻止石勒进犯呢？刘琨望着湍急的水面，思索对策。

刘琨连夜命人砍树桩，并把树桩钉进河里，用绊马绳在树桩与树桩间缠绕，在河岸上望向拒马河，只能看到风吹过水面的涟漪，根本看不到水面下的玄机。就这样刘琨安然等待，以逸待劳。

第二天，风餐露宿日夜兼程的石勒大军，气势汹汹地横枪立马于拒马河畔。未等休整，石勒命令大军进攻，顷刻间喊杀声震天，岂料行至河中央，马匹被绊马绳牵制，顷刻间人仰马翻，石勒也被困在了河中央，前不能进后不能退，愤怒、绝望，加上征途疲乏，一口鲜血喷出，落水而亡。

借此刘琨大获全胜，演绎了一段以少胜多的著名战役。

关于拒马河的传说还有很多，这些传说关乎善良、关乎孝悌、关乎仁义、关乎友爱与诚信。拒马河用清甜的乳汁哺育沿岸儿女,培养了影响后世的各路英雄,数学天才祖冲之,闻鸡起舞的祖逖……拒马河清亮的河水灌溉了成千上万亩的良田。

这里被山环抱,被水滋养。这里地杰人灵。这是一片神奇的土地,郁郁苍苍的高山,温柔多情的流水,善良淳朴的百姓。涞县,位于河北省的中部偏北,太行山麓的东部偏北美丽的拒马河畔。这里四季分明,冬长夏短。这里风光秀丽,山上林海绿浪滔滔,悬崖如同刀削斧劈;山下水光闪烁,萦绕盘索;如练似银的瀑布,碧波荡漾的潭水;更有人头攒动的香火气,雄伟壮观的庙宇……

奔腾不息的拒马河守候着生活在这里的善良、勇敢的百姓……

神奇山水

第一章 主持分家 率性出头事

"打好子孙槐，回家刷叶子，收拾槐条。姥爷就开始摆弄、琢磨，半天的时间一个精美的提篮就出来了，而且进行了改良，篮内用子孙槐隔开做了分区，还分别做了收口。"

中等身材，偏瘦，鼻梁高挺，剑眉星目，脸庞瘦削，多年太行山劲风的洗礼，古铜色皮肤多了几分皴裂，这就是我的姥爷。头脑灵活，身手敏捷，跟老黑亲密无间，天生悲悯心肠，乐善好施。为人平和，易于亲近，就像田间的风，水里的鱼，自然亲切。

"试试呗！不试怎么知道！"姥爷常说的一句话。这也是他这个人想到做到，绝不拖拉的做事风格。

第一节　献西瓜　祖上获封赏

时光倒退回到 19 世纪中期。

清末道光年间，农历五月仲夏时分，天气开始燥热。一队官兵自山北而来，带头的是惠端亲王。惠端亲王此行属于先锋，因易县清西陵葬着大清的雍正帝、嘉庆帝两位先祖，在中元即至之时，惠端亲王受命前往检查谒陵准备事宜。一路上"鸣锣开道"，警醒沿途百姓注意回避。

这一日行至涞县[1]板城村，因天气炎热，惠端亲王一行人饮马休息。

清西陵位于河北易县城西永宁山下。这是清王朝继关外三座皇陵和清东陵之后的最后一座帝王陵寝建筑群。清西陵始建于 1730 年（雍正八年），停建于 1915 年（民国四年）。这里共埋葬着清王朝的 4 位皇帝、9 位皇后、57 位妃嫔、两位王爷、两位公主、6 位阿哥，共计 80 人。

清西陵地处丘陵，四面被山包围，背山面水，被大片的松林覆盖，风景宜人。陵区北自奇峰岭，南至大雁桥，隔易水河与狼牙山相望。陵区四周设置红桩、白桩和青桩，青桩之外再延伸二十里定为官山，官山之内均属陵区范围。

清西陵总占地面积小于清东陵。这里有雍正皇帝的泰陵、嘉庆皇帝的昌陵、道光皇帝的慕陵、光绪皇帝的崇陵以及孝圣、孝淑等皇后嫔妃的陵园。陵内厅堂楼阁千余间，石建筑及雕刻百余座，总建筑面积达 5 万平米左右，是一座规模宏大、建制完备、保存比较完好的帝王陵寝。

据史料记载，为了管理清西陵的陵园和寝殿，清政府在西陵设立了

---

1. 涞水古城涞县。

清西陵遗址

行政区划，建设了一套完整的管理机构。泰宁镇（梁各庄）总兵兼任西陵总管大臣，统辖西陵。与东陵一样，下设"陵寝内务府"、"陵寝礼部"、"陵寝工部"等衙门，具体掌理陵寝的管理、祭祀、修缮等项事宜。

西陵还驻有八旗兵，掌陵寝守护；绿营兵管陵界守卫。"总管大臣掌督率官兵，巡防游徼，以翊卫陵寝；内务府官掌奉祭祀奠享之礼，司扫除开阖；礼部官员掌修葺缮治，凡祭祀供厥楮币"。实际上，这三个机构的官员，均分散于各陵，有总管、掌关防郎中、员外郎、笔帖式、主事等官员，管理本陵的各项具体事务。

这一年中元节道光帝按例要拜谒皇陵，年前已经下旨让西陵礼部准备来年中元节拜谒事宜。时光匆匆而过，眨眼到了来年的五月，惠端亲王奉命先行，检查准备工作做得如何，如有未尽事宜和补充要求，则可安排及时准备，不能延误或破坏道光帝的祭祀大事。

皇帝谒陵可以说是惊天动地的大事，到时皇舆、坐骑、车辆、差役、御林卫队，浩浩荡荡，接连数里，旌旗蔽日，甲仗耀眼，极一时之盛。此外还要有很多后勤队伍，辎送祭祀用品、鸡鸭鱼肉、五谷粮食、生活用品以及器皿炊具，甚至饮水和药物等等，都要迢迢二百里从北京运发。谒陵一次，耗费的人力、财力和物力之巨，不言而喻。这些准备工作稍有差池，都有可能掉脑袋。沿途各州府县都需要准备休息驿站，供沿途休息。

一路疾驰，惠端亲王一行到了涞县地界。开始进入山区，山上树多，水多，满眼都是郁郁葱葱的绿意，水光潋滟，风景优美。行至山间的绿树环抱中，丝丝凉意袭来，沁人心脾。惠端亲王一路风尘仆仆，早已舟车劳顿，饥肠辘辘，行至此处，便要求休整，稍事休息。

休息驿站设在板城村北边杨树林西侧，搭了一排帐篷，内设桌案座椅，案桌上摆着瓜果茶水。适逢仲夏正午，经过一路旅途劳顿，亲王与随从人员等均已汗透衣衫。

时任直隶保定府布政使董淳带县丞、村长、乡绅候着，战战兢兢地等着传唤。前几日连续的大雨，小麦、瓜果均受了灾。董淳虽在阴凉地方，依然汗流满面，不时踱步，担心受灾的瓜果不合亲王胃口。这位亲王可是出了名的脾气火爆，言语狠毒，正在焦虑中徘徊，即听到了传唤。

原来，惠端亲王对进献的西瓜赞不绝口，"闻之鲜爽透着清甜，咬一口，汁水满嘴走，香甜窜透五官，真是好瓜！"董淳一颗悬着的心落定，只是听说这板城村的瓜好，但也不至于在连日大雨后仍口感怡人吧！

亲王开口问道："刚刚听闻董大人所讲，前几日连日大雨，本地受灾，这西瓜怎么仍可这样脆甜可口？"县丞疾步上前，解释说，"要说这西瓜确实是受了灾，不过今天您吃的这瓜是本地瓜农刘大千家的，据说他家的瓜田在下雨那几日得女娲娘娘保佑，未遭祸害！"

亲王听闻，很是诧异，传瓜农刘大千觐见。刘大千应召前来，对亲王和在坐各位讲述了前几日暴雨之时发生在自家瓜田的异象。

这里位于太行山的北麓，土质肥沃，但是由于处于半山区，耕地面积有限，主要用来种植小麦、玉米。祖辈都靠山吃山，靠天吃饭。漫山的核桃、山楂、栗子、李子等，各种瓜果山味，好的年景里，人们生活还是很不错的。荒年里，可就难说了。于是人们开始动手开垦土地，尤其是后山的沙壤地，土质松软，通透性好，有很强的保水性、保肥性。

经过乡民的几次深挖，牲口的几次来回碾压，就算准备完毕。不管怎么准备，头茬必得种西瓜，这是祖上传下来的。

新开垦的荒地种西瓜，是有它的道理的。在荒地种西瓜可以熟化土地，将沉睡的土地唤醒，以便于耕作种植。西瓜适于在荒地种植，而且西瓜对土壤适应范围非常广，利用荒地种瓜土传病不易发生，而且杂草也少，更容易获得好收成。

前几日连日的暴雨，下得百姓心中不安，即将灌浆的麦穗怕是要减产，西瓜即将落秧，遭此一劫，必定会烂霉，而且口感极差。

刘大千也是忧心忡忡的。大雨下到第四日凌晨，刘大千被梦惊醒，他梦到村外后山瓜田的位置，有一只漂亮的鸟儿，来来回回跳跃不停，从地的这头跳到那头，再从地那头跳回这头……来回反复，没有停歇的意思。

此时雨势小了些，但是细细密密地依然急切。刘大千不放心自己的瓜田，赶到田里去瞧一瞧。出村，上坡，奔瓜田跑去，一路上到处都是泥巴，往日车辙留下的沟印积满了水，一脚下去，吧唧吧唧作响，水花四溅。刘大千走得急，身上被雨水打湿，草帽盖在头上，只是增加了重量，一阵风吹过，居然传来丝丝的寒意。刘大千的这2亩瓜田是开春新辟的，头茬的西瓜有利于沃土，当时深挖培土施肥，收拾好几遍，可是现在，美梦泡汤了……

刘大千深一脚浅一脚地走上山坡，就被奇异的景象惊呆了：他的瓜田就在坡上不远处，北坡南向，绿油油的瓜秧子在雨水的滋润下更加水灵，可是怎么回事呢？瓜秧子并没有多少水，也没有预想的那样，在雨水的灌溉下疯长。仔细看自己那二亩瓜田，像是笼着一层淡淡的薄纱，把外界细细密密的雨丝隔离开来，旁边翟老六的瓜田早已经汪洋一片。刘大千不敢相信自己的眼睛，快步走过去，来到地头，伸手去摸自己瓜田的西瓜，没有雨水浇过湿漉漉的感觉，甚至有那么一丝丝的干爽，索性一脚踏进自己的瓜田里，地面居然是潮的！刘大千继续往瓜田深处走，

瓜田

一样的潮湿的地面，没有积水，水灵的瓜秧，墨绿溜圆的西瓜……就像不曾下雨一样。

刘大千不由得双膝发软，跪倒在地，"女娲娘娘显灵了！孩子她娘，你的祷告娘娘听到了，谢娘娘保佑啊！"这期间刘大千抬头看天，那层薄纱流动起来，缓慢、柔和，带着淡淡的粉色，就像是舞动少女的纱裙……

大雨持续到第五日，天渐渐放光。村村户户都因为这场大雨受了灾，唯独刘大千家的瓜田例外。村里收到惠端亲王赴西陵谒陵的通知，准备招待各种吃食瓜果点心，没有一家的西瓜是好的。因此水果西瓜之类的交由刘大千办理。

刘大千精心挑选了西瓜，用网子捆好，放在拒马河水流较缓的阴凉处，流动凉爽的河水把西瓜冲凉。果不其然，这清凉香甜的西瓜获得了惠端亲王的喜爱。

听闻此言，惠端亲王认为刘大千得女娲娘娘保佑，是有福之人，其瓜田也是宝地，上天保佑，西瓜免受灾害，进而进献给我，也是对王家、朝廷的一种庇佑。于是赏赐刘大千良田百亩，赐予"庄头"的封号；封他家的西瓜为御用西瓜，每年向朝廷进献西瓜百斤，供皇家享用。

板城村刘家自此端上了皇家饭碗，吃上了皇粮。每月可得些月俸，田地增多，人丁也兴旺起来，但是刘家并没有丢下勤劳耕种的传统，家业越来越大。

第二节 凭家势 母亲脾气躁

涞县是一个美丽的地方。这里靠山傍水民风淳朴，百姓生活安居乐业。西明义村位于拒马河畔。村子不大，房前房后都是树，房子被树掩映着，若隐若现。夏天村里的孩子会去河沿玩耍，在浅水区游泳嬉戏，挖水裙菜，捉鱼……女人们则会拿上脏衣服到河边，唠着家常，敲打着衣服，在落日的余晖中洗净一天的尘灰。

这里的百姓过着日出而做，日落而息的生活。清晨起，袅袅炊烟，在浓浓青草香和饭香中开启新的一天。男人们吃完饭后则去地里，或者吃饭的当儿从地里回来了。女人们一直忙碌着，洗刷碗筷，照顾孩子，收拾家务。摸摸索索一天就过去了。

晚霞映满天的时候，外出的鸟儿都归巢了。忙碌的人们也背着筐或者扛着锹从田间地头陆陆续续往回走，偶尔传来一声声犬吠，遥望着升腾起的袅袅炊烟，离家越近，就越能闻到扑鼻的饭香和湿润的青草木香……听姥爷描述他小时候的生活，感觉那世界真让人向往，就像一幅画，只是此去已以，现在永远也走不到画里。

蔡刘氏（娘家姓氏），系板城村刘大千的孙辈。1897年，她带着娘家陪送的两匹骡马、一套马车和十亩良田来到这个美丽的村庄，西明义村蔡家。她就是我姥爷的母亲，也就是我的太姥姥。当时的中国处于闭关锁国的状态。1860年鸦片战争后，清政府很快垮台，中国被英法联军攻破，先后经历了禁烟运动、甲午战争，一派落后腐败现象。中国步入半封建半殖民地的动荡年代。刘大千家到蔡刘氏这一代，家境已经渐渐衰弱，但比起一般家庭，家境还算殷实。

我的太姥姥蔡刘氏因自幼家中生活优渥，行事作风颇有大户人家的小姐风范，虽有些骄纵，但家务女红样样不差。日常家务，拆洗缝补、邻里相处没有一样是她不会的，做不来的。她唯一的缺点是：脾气急，直肠子。一点小事都能让她如同点着火的炮仗，噼噼啪啪地一通数落。再加上带来了丰厚的嫁妆，蔡刘氏在婆家更是有底气。

我的太姥爷是老实巴交的农民，家里条件一般。凭媒人的三寸不烂之舌，把蔡刘氏娶到家，他觉得自己是中了头彩，凡事都依着她。蔡刘氏是个急脾气的人，自己拿主意惯了。我姥爷回忆，当时家里穷，他母亲不知底细，刚嫁过来时只是觉着三间房小气了点，不过嫁鸡随鸡、嫁狗随狗的观念让她没有办法，只好安顿下来。好在我太姥爷是个实诚人，可是偏偏这实诚也得罪了自己的媳妇。

一日，东街邻居来借犁耙，太姥爷二话不说就借了出去。我太姥姥可就不干了，"上次借的镐头都没还，这样占便宜人家以后不许跟他家来往了，就算来往也要多个心眼。种地的家伙什儿什么都借，自己家也不置备一套！你就是缺心眼儿，是不是傻啊！不会说你要用啊！"

我太姥爷要是反驳，比方说"搁那儿摆着呢，再说人都问了咱们下午干啥，咱们去麦地里锄地拔草，我可说不下这大瞎话！"

那我太姥姥就会像连珠炮一样，叮叮当当说出一百种回答，"那你不会说，犁耙坏了，或者说他三叔要用，或者说是你借来的！你就脑子笨，不会转弯儿。"

我太姥姥心并不坏，主要是脾气和这张口就来的嘴。再举一例，关于去水井打水引发的误会。

村里人吃水都是到村西边的水井去打。我太姥爷是养成了习惯，每天清晨一起床就拿起扁担，把门口的水缸挑满。我太姥姥突然就发现有一天，我太姥爷傍晚吃了晚饭就带着扁担和水桶出去了。她拿起盖缸的木头大盖子，见缸里还有半缸水。太姥姥就疑惑了，这是闹的哪门子邪。

就想着等他回来问清楚。结果一等就等了大半夜。

　　太姥爷挑着两桶水回来了。太姥姥等得心焦，又着急又担心他出事，一听到院里的动静，就吼了起来，"干嘛去了你！这大半夜的！"我太姥姥是拿着扫炕的笤帚出去的，她刚奔到院里，就停下脚步，也不说话了。原来我太姥爷不是一个人回来的，他牵回来一条狗。油灯下黑色的皮毛依然发亮，这条狗好像是病了，要不就是受伤了，我太姥爷始终没看出来是哪儿的毛病，这狗一直跟着他走。本来太姥爷是想趁晚上挑几桶水，明天早起早点去地里，因为天越来越热，只有早上凉快点。还没走到井边呢，就发现不远处的这个畜生一直跟着他。开始太姥爷虽然很奇怪，但也没当回事，径直走到井边，摇起辘轳，打水。

　　打上水之后，挂上扁担回家，这家伙还跟着。太姥爷就以为是谁家的狗，或者这狗有什么事情，他于是放下水桶，这狗走过来，太姥爷摸着他的皮毛，感觉这狗虽然瘦，但是很精壮。摸了摸它的脖子，全身检查了一下，没看见伤，啥都没看见。太姥爷索性不管它，接着往回家的路上走，可是它还跟着。太姥爷真的好奇起来，咋回事呢？于是他挑着水找到村里的霍老六。霍老六多少懂点医，人们头疼脑热就会找他拿药，或者施针。偶尔谁家的猫、狗病了，也习惯性地找他。霍老六看了半天，就说，没毛病啊！霍老六仔细研究这条狗，喃喃自语，说："看这身形、肚子、莫非是有孕了！"

　　我太姥爷说，"老叔，知道这是谁家的狗不？咋一路老跟着我！"霍老六摇头，"这村里远近都知道谁家有猫，有狗，还没看见过这条！可能是跟你家有缘分吧！"

　　我太姥爷无奈，只好又往回走。也不唤它，它就乖乖跟着。我太姥姥看着这狗就喜欢，问："哪里来的？不会是你牵的别人家的吧！"我太姥爷只憨憨地笑，也不说话。自此家里多了一口，起名叫老黑。老黑到家后，每天跟着太姥爷转悠，打水、上地，回家就在院里歇着。

　　老黑进了家门，我太姥姥就开始陆续怀孕，先后生下了8个孩子。

日子就显得有些紧张起来。这8个孩子，有两个因为疾病夭折，剩下了6个。

因为我太姥姥暴躁的脾气，动辄打骂。这让家里时时处于一种紧张的气氛之中。老太太事事以她的心思主意为第一位，老爷子惹不起，只是一心侍弄家里的几十亩地。

第三节　六兄弟　脾气秉性异

我姥爷兄弟六个，他排行第四，人称四哥，大名蔡子玉。在"人多力量大"的那个社会，我姥爷他们家也算是人丁兴旺，这也是当时中国农村的生活常态。生产力低下，有了人就有了一切。那个时代虽没有计划生育，但是医疗水平的落后，生下来养不活的也时有发生。

蔡子瑞（1899），排行老大，心思细密，个性谨慎。他是旧社会时期的典型的农民代表，读过几年书，"老婆孩子热炕头"就是他生活的理想状态。作为家里的长子，他16岁就成家，住在村子东北角的三间北房里。

次子蔡子珍（1901）是兄弟六个中脾气最为温和的一个。蔡子珍饱读诗书，为人谦和，是村里的教书先生。姥爷二哥因勤于读书，不善侍弄田间的事，成家后就在村里学堂以教书为生，一家住在学堂的两间厢房里。日子相比于大哥家要清贫些，但是很受村里人的尊重。

蔡子恒（1903），姥爷三哥，个性憨直，天生神力。据姥爷说，当时村里就有关于他三哥哭声的说法，出生时哭声尤其响亮，把在堂屋烧水准备接生的邻居王婶都吓一跳。村里还流传着这样的说法，有一次过路的马车陷在河套，泥沙误住，越往外拖越往下陷，当时足足6匹骡子都不能拉出来。姥爷他三哥驾辕拉车，卯足劲，将车轮拖出砂砾旋涡。姥爷三哥的神力，在当地被传成了神话，是不是天有神力的人全都性子耿直，嫉恶如仇？他三哥就是一个"猛张飞"。

老四（1905）就是我的姥爷蔡子玉。姥爷生性憨厚、善良，但是心思缜密，考虑事情考虑得周全。在兄弟几人中，就属我姥爷跟老黑的关系最近。要插一段关于我姥爷跟老黑之间的往事。在姥爷六七岁的时候吧，跟着哥哥还有村子里其他的孩子到拒马河沿玩耍。

西明义村就在拒马河边上，村里的孩子没事经常去耍。夏日里游泳捞鱼挖野菜，那里简直就是孩子们的天堂。这一天姥爷淘气，跟村里一个叫山炮的孩子比赛游泳，结果意外发生了。拒马河在姥爷他们比赛这一段的水流流势不急，但是姥爷游到了旋涡里，双手拼命扑腾，始终在涡里旋转。山炮见状，吓坏了，眼瞅着姥爷往下掉，双手只剩下不停地举着扑腾，喊"救命啊！救命啊！"

偏偏当时是晌午休息的空儿，拒马河边空荡荡的，只有孩子们在耍。就在孩子们手足无措之际，老黑跃入水中，水面偶尔露出黑色的脑袋，它游近姥爷，用嘴叼住姥爷的胳膊，拼命往回游。这时别的孩子喊来了大人，大人扎进水里拿着棍子，合力把姥爷给拉了出来。老黑自此成了姥爷的救命恩人。因为这件事，姥爷跟老黑的感情加深了很多。

姥爷在同龄的年轻人里是最心灵手巧的。除了田间地头的农活，一些简单的农器具，如编筐啊、蒲团或者是佛笤帚啊，姥爷做的也都是数一数二。

背筐在农村是必需品，到田间除草，或者菜地扒菜，夏种秋收或者用来背种子、果子、肥料都实用得很。编背筐的材料通常都是紫穗槐，村里人都叫它"子孙槐"，荒山坡、道路旁、河岸、盐碱地均可生长，外形类似于荆条，开紫色花朵，秋季成熟。村里农人都会用子孙槐来编筐，或者浅子、小提筐之类的，用来盛装东西。现在这个手艺很少有人会了，在村里的个别集市上还偶尔会有的卖。

编筐最主要的手艺首先就是对材料的选择，秋季头茬的枝条，匀称地选取一批，湿润褐色的紫穗槐条，就如同欢脱不羁的孩子，需要编筐人刷掉叶子再整理收拾地服帖了，随着编筐人的心意跟随编筐人的手变幻成不同的形状。我姥爷手指细长，灵活，编筐手艺是自学成才。周围邻居都喜欢找他来编筐。

除编筐外，像浅子、提篮，还有以前家里用来坐的那种蒲团，姥爷都能信手拈来。所谓心灵手巧不过如此。就像那种提篮，姥爷十五岁那一年，跟山炮去邻乡里赶集，看到过一次提篮，小巧又精致，很是好看，又实用。回到家里，他就张罗着要自己编一个。于是就张罗着到山坡去打子孙槐，山炮问姥爷，"你就见过一次，知道怎么编吗？能编成吗？"姥爷说，"试试呗，看着挺好，放在家里可以装东西，很好用啊！"

姥爷到家就拿起镰刀到河边的荒坡上打子孙槐，很快就打好一大捆。扛着回家，挑来水，在家门口刷叶子，收拾槐条。姥爷先是拿着那个漂亮的浅子颠来倒去看半天，就开始下手摆弄、比划……半天的时间一个精美的提篮就出来了，而且进行了改良，篮内用子孙槐隔开做了分区，还分别做了收口。

这样可以把小件的东西分开来放，比方说母亲的针线包，还有零头碎布下脚料；或者逢年过节的瓜果和糖……

蔡子琪是老五（1908）。据姥爷说，他这个五弟性子暴烈、直爽，像极了他母亲。但是他五弟善良悲悯，为人古道热肠。五弟死于一次见义

背筐

勇为的事件中。当时五弟已经成家立业，有个贤惠的老婆和一个三岁的儿子，完全符合大哥那种"老婆孩子热炕头"的理想生活。当时正值军阀混战时期，直系军阀路过涞县，奔石家庄抗击阎锡山部队时（1922年），沿途一路在各个村庄征集粮食、壮丁，补充供给。其中三个士兵强抢了他五弟邻居家的粮食。政局不稳，年景也不好，邻居家只有一个老太和守寡的儿媳，带着2岁的孙儿，稍微像样点的东西都搜刮干净，临走前还要调戏年轻儿媳，隔壁的五弟妹拦不住火往上冲的他五弟，他在挨了一枪托之后，中弹而亡。姥爷五弟就这样只留下孤儿寡母艰难度日。

老六蔡子斌（1912），生意人，奉行"和气生财"。他经常到外地倒腾一些农器具、牲口之类的，倒腾回来再卖给本村或者附近的村民，赚些钱，可以糊口。走南闯北的生活，练就了"嘴皮子"，为人十分机灵又懂得变通。

兄弟六个一前一后在村里学堂读过两年书。我姥爷跟学堂的先生蔡洪恩关系很近，经常听他讲史，偶尔还会跟他练几下拳脚。

学堂位于村子北边靠近村外拒马河的街角。学堂是一个四合院，坐北朝南。北屋正房是学生学习的地方，放着几张桌子和几把条凳，正面挂着一幅孔圣人像，孔圣人两边挂着条幅，"文圣吾祖，恩泽海宇；千古巨人，万事先师"。下设案桌，焚香致敬。学堂东厢正房也是教室，在学生考试，或者学生多的时候用。教书的先生住在西厢。学生在学堂学的无外乎是四书五经之类的儒学经典，还有基本的数算。学堂的先生据说是清王朝末年的秀才，因家里父亲喜好习武也练就了一些武功。在学堂学习的学生偶尔会跟先生练几下拳脚。

时光匆匆，蔡家老大、老二都辍学回家帮扶家里种田，老三、老四也到了读书的年纪。我的姥爷聪明好学，很受蔡先生喜欢。我姥爷对新鲜事物保持着很强烈的好奇心。先生也看中他这点，总愿意多教一些东西给他。

这些孩子会在学堂认真听先生讲课，又会逃课到学校后边的拒马河里撒欢……先生也并不生气，先由着他们玩，等他们回来，再藤条伺候。

在这样的欢笑声、责骂声和认错声中，时间嗖嗖嗖地就过去了。

第四节　秉公断　姥爷来分家

随着家里人口的增加，吃饭的嘴巴也越来越多。我姥爷他们兄弟六个个个长大成人，开始帮扶家里的农活。有人好干活，兄弟六人犹如六条猛虎，在后山又开了二十多亩的荒地。

家业不算大，也不算小。但是弟兄多了，就显得单薄了。兄弟六人岁数呈阶梯状，一个接一个地成人，马上就要成家。

我姥爷深知家里环境，在弟兄六个里头，属于不争不抢的那一个。

在我姥爷父母的努力下，他大哥、二哥、三哥、五弟先后都结了婚。他大哥、二哥、三哥的婚事几乎耗尽了家里的积蓄，媒人介绍，聘礼下定，娶媳妇过门。虽然我姥爷也到了成家的年纪，但是兄弟的岁数实在太近，到该给我姥爷说亲的时候，家里已经所剩无几，实在需要缓一缓才能说上一门亲事。

比姥爷小三岁的五弟个性豪爽，喜欢结交朋友。他五弟在家里跟着哥哥们读了两年书后，就跟着村里山炮外出跑些简单的生意。山炮是村里学堂老师的小舅子，常年在外奔波，到定兴城里时常带些新鲜玩意和消息回来。他五弟常常被这些小玩意吸引，自己跟着跑，也倒腾一些有趣的洋玩意挣钱。

在定兴和涞县这一来一回的奔波中，他五弟救了沿路乞讨的一个外乡女子，名叫春燕。当时正值深秋，天气寒冷，尤其是山里气温更低两度。春燕穿着薄薄的单衣，抱着一个小小的灰色包袱，头上绑着一条粗布头巾，虽满面灰尘，却也能看出她姣好的面容。春燕身材消瘦，东北口音，由于长期的战乱，不得已跟家人逃难，过了山海关、京城和高碑店，在一日晚上过兵时与家人走散。

他五弟与春燕俩人彼此有意，经家人和邻里的撮合，二人成家。这一年他五弟虚岁16。老六蔡子斌年纪小些，还可以再等几年。

娶妻生子，吃饭的嘴巴多了，家里的日子也显得窘迫起来。自古以来婆媳就是一对天敌，这句话真是一点都不假。太姥姥暴躁的脾气、太姥爷柔弱的性格，让家里是时刻处于紧张气氛之中。家里的几个儿媳妇也是暗地里较着劲，为谁家干得活多，谁家多收了粮食而耿耿于怀。

终于一天，地下暗藏汹涌的"战争"浮到地面上。这次争吵发生在我姥爷他五弟蔡子琪见义勇为牺牲后。当时我太姥姥因为连日感冒、加上为家里事情着急上火，卧病在床，说不出话来。

老大媳妇抱怨着，老二家不干活，就知道在书院里磨洋工，老二媳妇家里的家务一点也帮不上；老二媳妇也不是省油的灯，满嘴里说着自己的不易，照顾自己的丈夫，给婆婆做了几件衣裳，给公爹做了几双鞋；老五家更是吃白食……总之，这次争吵的目的就是一个：分家。

我姥爷实在听不下去，也看不下去。他父亲在里屋蹲着，被女人掌管了一辈子的他，从来没有出面驳斥过，面对儿媳妇的吵闹，只能装作没有听见，但也是愁眉深锁。他母亲在床上，竟兀自落了泪。虽说在农村分家是再正常不过的事情，但是他母亲要强了一辈子，实在不想是以这种形式分家。

我姥爷大哥劝着大嫂，"少说两句，哪那么多计较的。多干点不是应该的吗！"他大嫂不理会，继续说着自己的道理；二哥在书院，以为这争吵有辱斯文，不屑于参与争辩；三哥思路简单，咋着都行。

到最后没办法，我姥爷站出来，把兄弟几个叫到母亲跟前，主持分家的事情。这一年是1924年，是姥爷离家的第三个年头，第一次回家探望父母[2]。天津虽好，老家的父母亲和兄弟依然是姥爷最深的牵挂。当时他

---

2. 后期姥爷离家在天津打工，下文会提到。

已经熟悉天津的环境，也基本掌握了彭老爹早点摊的手艺，已经成为彭老爹的义子。生活已有着落的我姥爷，把工资悉数都交给了母亲，贴补家用。也正因为此，家中的兄弟对于姥爷主持分家这件事也都是服气的。

一般在农村分家，应当照顾弱小，像尚未成家的他六弟，成为寡妇的老五家，再考虑兄弟平分。通常考虑老大的年纪啊，有了耕种经验和一定的生活基础，会适当吃亏，照顾弱小的弟弟、妹妹。

我姥爷也是依照这个原则，把家里的田地、房产进行了分配，不过这引起了大嫂的不满。姥爷没办法，希望一家人和和气气的，担心卧病在床的老母亲的身体，他就主动提出了让步。自己放弃家产，地也不要好的。先给其他弟兄分了，剩下的是自己的。这在老大、老二、老三家没有异议，他二哥觉得愧疚，又苦于家里的劳力全靠媳妇和娘家人不敢开口。得到优惠照顾的五弟妹，非常感激，她抱着只有2岁的幼儿，给我姥爷叩头致谢。

分家之后，我姥爷就起程回了天津。

我姥爷自幼爱跟学堂里的先生蔡洪恩聊天。蔡洪恩是他的恩师，是他儒学仁义思想的启蒙者，这对我姥爷影响很大。姥爷的这次分家就是一次实践，当然这也跟我姥爷仁义的性格不无关系。这次分家我姥爷自己吃了亏，其他几家都很满意，尤其是照顾了还没有成家的老六和寡弟妹老五家，姥爷心里平和很多。他就是这样，宁愿自己吃点亏，只要家里一团和气，就觉得值得。蔡先生不仅教礼仪，教知识，还带孩子们练几下拳脚，活动活动身体，锻炼体魄。

我姥爷后来回忆说，他不后悔，男人，就得顶天立地。该站出来就站出来，该说话就说话，再说都是一奶同胞的兄弟，那还叫吃亏啊！姥爷在亲情上从不计较，他不是小气的人，他有无限的爱。对于他来说，家人比一切都重要，有家人在，家就在。姥爷后来的经历也印证了这一点，他无论在什么境遇，都把家人放到首位，家就是他的后盾，是他的精神家园，是行动力的支点。

第二章　离家出走　坎坷他乡途

"环顾四周,姥爷的目光被右前方脚下的红薯地吸引。顾不了那么多了,心里念叨着对主家的歉意,他下手拉开一段红薯秧子,湿漉漉的秧子翻到旁边的垄沟上,拉断主根茎,用双手一点一点地挖开,两块红薯就露出小小的脑袋,很快就全身而出了。姥爷的双手沾满泥,在身边的秧子上扑打几下,泥土顺着露水落下,双手搓了搓红薯皮带上来的土,就大口吃起来。姥爷把另一块装在口袋里,把红薯秧子翻下来,盖上刨开的红薯坑。"

十六岁开始的漂泊生活:挨饿受冻,被欺负,早出晚归地辛苦都不能让姥爷放弃对美好日子的向往。他本分、勤恳、诚实,最关键他忠于内心。

姥爷救彭顺老爹、救罗冰并没有希图任何的回报,那只是发自内心的一种本能,危难中的出手相助,毫不犹豫,一句简单的"应该的,没什么",正直淳朴之外闪现着嫉恶如仇的侠义精神。

见义勇为是一种明心见性的行为。见到义、勇而为之。勇敢地做一些非常不容易的事情,要有勇气才能办到。一般人不太能忍受或者成功概率比较低的事情。姥爷这一时期的见义勇为是发自本能。这也是他身上的闪光点,优于他人。

第一节　为饭菜　与母亲起争执

我姥爷的父亲排行老二，上头一个哥哥，底下有一个弟弟，一个妹妹，妹妹已远嫁他乡。他父亲成家后，很快他爷爷奶奶就分了家，实在儿媳多，矛盾多，还是各过各的小日子。三个儿子每家一处庄院，他爷爷奶奶自己住在老院子里，三处庄院距离老院子都不远，分别在老院子的南、北、东边，呈三角形，老院子位于三角形的中心位置。63 亩地，每家 20 亩，剩余 3 亩，他爷爷奶奶自己侍弄。

分家后的前几年，日子过得倒也太平。他爷爷奶奶身子硬朗，可以侍弄田地自给自足。但是随着年龄的增长，他爷爷奶奶渐渐体力不够，庄稼地就又分给了三个儿子。

两位老人的饭菜就由三个儿子三家负责，轮流送饭，尽为人子女的本分。

我姥爷十六岁这一年，轮流送饭已经一年有余。我姥爷六弟还小，我姥爷也有做哥哥的样子，哥哥们和老五家都成家了，给爷爷奶奶送饭的事情就落到我姥爷的头上。我姥爷没有怨言，从来都是按时按点地送，从不迟到，有事情也尽量不耽搁。

这一天姥爷要去场里把人偶支起来，送饭就晚了。场里晒着新收的麦子，人偶就是我们说的稻草人，在晒新收的麦子的时候，为了避免被鸟儿啄食，农人会支起人偶来吓唬鸟雀。虽说秋都收完了，可是走在路上太阳依然晃眼睛，阳光有些毒辣，偶尔风吹过，有了些干爽的凉意。身上不再是伏天那种黏糊糊、腻歪歪的感觉了。我姥爷提着菜篮子奔老院子走去。

老院子并不远，在姥爷家的正南方，只需要向东走，绕行到南北大街上，再向南走过三个胡同走回东西街向西转过圈来，走到胡同底就到了。因为今天的饭菜有些晚了，我姥爷快步走过胡同，来到院里。顿时就凉爽起来，老院子里种了三棵核桃树，树上已经开满了黄色的小花，很是好看。两棵柿子树，还有院门口的两株白杨，即使阴凉不够，但因为老院子再往西就是田地，旷野里因为没了玉米、高粱的阻挡，风更加畅通无阻，直接扑面而来，再细微也能感觉到。他爷爷在院里房檐下蹲着，吸着旱烟，不时传来一两声咳嗽，伴随着一口浓痰。他奶奶在收秋前就已经卧病在床了，生活不能自理，吃喝和大小便都是他爷爷伺候。儿媳妇有心要来帮忙，他奶奶拒绝了。不想麻烦小辈，各人都成了家，一大家子人需要伺候。

他跟他爷爷打过招呼后，就走进东屋。他爷爷磕掉手里的烟灰也跟进来。从水缸舀了水，拿上毛巾进屋。我姥爷的奶奶在炕上，靠在东墙边的柜子上，一床粗布薄被搭在身上，后边枣红色的柜子因为年代久远，红漆有些剥落，斑驳的柜体在她奶奶身后尤为凄凉。我姥爷拉过炕上西头的炕桌，把篮子里的饭菜摆在桌子上。他奶奶低头看了一眼饭菜，暗黄色的脸上没有生机，嘴角眉梢的皱纹略微动了动，就望向窗台。我姥爷知道，老太太这段时间什么都吃不下。听姥爷说，他奶奶的病是肝上得的，当时已经晚期，没有食欲。我姥爷他爷爷把水盆放地上，毛巾放水里摆一摆，拧干，给老伴儿擦脸、擦手，嘴里嘟囔着，"孙子送饭了，多少来吃点吧！吃点东西长劲儿！"

今天的饭菜是：今年新收麦子磨的面粉和玉米面掺着的馒头，用蒜汁、香油和少少的盐巴调的红萝卜樱子。中午他们吃的满嘴里都是面粉麦芽糖的香甜和胡萝卜的清香。可是他奶奶却只看了一眼，就不再吭声。我姥爷有些焦灼，胸闷，跟爷爷说，"你们吃上，我还有事。"说完就跑离了那个院子。

回到家，他就跟在门洞坐着纳鞋底的母亲说，"咱想办法弄点什么好吃的，给奶奶吃吧！奶奶啥都不吃，已经好几天没有吃了。"我姥爷是个直肠子的人，有啥说啥。他母亲听了，眼睛立起来，停下手里的针线，"你以为我不想让她吃啊，可是她身体有毛病，做啥都不吃！"母亲说完"滋啦滋啦"地用力拉着麻线，不时地抬起手，把针在密密的头皮蹭一下，那针就像经过砭石的刀锋一般，扎着更顺手了。

我姥爷接着说，"弄点新鲜的，不然我们熬点大米粥，加点白糖，奶奶肯定喜欢吃。"他母亲倏地扔下正在纳着的鞋底子，抄起身边的笤帚朝我姥爷扔去，"哪儿来的白米，你们几个羔子都养不活，哪来钱买白米！你看看你大伯家、叔叔家送的饭，咱比谁家送的饭菜差，还不吃！"我姥爷仓皇跑出院门。

我姥爷知道，他母亲为了这个家已经尽了全力。他母亲也知道，我姥爷也没有怪她的意思。她只是对这日子很无奈，没有办法。家里两个半大小子还没娶亲，眼瞅着都蹿起来了。

我姥爷一路上就想着奶奶在炕头歪着的样子，神色麻木，雕像一般，一动不动，没有一点生气……随后就是儿时在奶奶怀抱里度过的童年，胸口如同堵着一块石头，无处宣泄。十六岁的我姥爷，年轻气盛，也年幼懵懂。

他跑去找山炮，想找些新鲜甜嘴的玩意给奶奶。山炮是蔡先生的小舅子，当时就是个混混，来往于保定府和涞县县城之间，混迹于当时的各种圈子，打牌赌博，小商小贩的各种倒卖，甚至是打架斗殴、拦路抢劫。山炮大名是白守墨，但是他本人并没有如同他的名字一样斯文有礼，相反"山炮"到是他真实为人的写照，能说能侃，没人知道他真正的性格和为人。

山炮虽然是个地痞无赖，但是也分对谁。我姥爷跟学堂的蔡先生走得很近，虽然已经辍学，姥爷还是会经常跑去找先生要书看，蔡先生也喜欢我姥爷，因为他聪明、好学。这样俩人走得近了，就会撞见山炮。山炮自幼丧母，都是靠两个姐姐一手拉扯大，因此他平时没人管，散漫惯了。人大了，还没娶亲，平时吃饭就是到姐姐家蹭饭，或者在外边买一口吃。山炮在姐夫家撞见过几次我姥爷，打了几次招呼后，俩人也就熟了。山炮那时常会带回来一些新鲜玩意，看得包括我姥爷在内的孩子们目瞪口呆。

我姥爷找到他时，他正在跟一班村里的后生耍牌，我姥爷看了一会儿觉得没有意思，打算要走。山炮喊住我的姥爷，"蔡子玉，你没事就瞅会呗，不然玩两把！"我姥爷摇头。"那要是缺啥，去我那拿啊！"我姥爷心里动了动，答了一句，"不用了"。

后来我姥爷还是去他那拿了一点白糖和一把大米，带回来给母亲，让母亲熬粥。山炮住在本村村口的山脚下，那是用石头堆成的两间房，全村就只他家的房子一边紧贴着山，房子里边用席子、塑料布封住墙壁，避免冬天漏风。姥爷来过一次山炮的家，里屋摆了一张木床，这只是看起来像床，用齐整的石头摞起来的床脚，上边搭着两块门板，铺一层卷席在上边，看起来就是那么回事。这间屋紧贴着山壁，就在他床的位置。床下边摆着一张条案，上边放着喝水的缸子和一些其他零碎。外间放着一张吃饭方桌，两个条凳，还有一个用石头垒就的简易灶台，上边蹲着一个圆形宽沿的铁锅，里边锈迹斑斑。她的姐姐经常给他洗衣服，拆洗被褥。没有女人的山炮家里就像遭了匪一样，乱七八糟。

这简单的房子一眼就能看到头，那他的新鲜玩意儿放在哪呢？姥爷第一次来，也是想不通，直到山炮把位置告诉他。原来在床板下边的山壁上有一个洞，山炮用石头堵着，根本看不出来。

姥爷实在是想为奶奶做点什么，双腿不由自主就奔村口走去。大脑里一直在激烈地斗争。最终他还是搬开了山炮床板下的石块，拿了白糖和小米。

母亲看到这些时，以为他是偷来的，又是擀面杖伺候……边追边骂，"小小年纪不学好，一个一个不知道正经挣食吃，学一些歪门邪道。都成人娶媳妇年纪了，还像孩子！"

我姥爷一肚子的委屈，跑出家门，身后传来他母亲恶狠狠的话语："跑出去别回来啊！"

我姥爷一口气跑到拒马河边，坐下来，扎个猛子在水里，让自己冷静一下。他感觉自己心里像是燃着一把火，越烧越旺，要把人烧毁的势头。随后姥爷索性泡进河里，想着年迈的奶奶被病痛折磨的样子，爷爷抽旱烟皱着眉头的样子，还有母亲被日子煎熬无奈的样子……他很想做点什么，又不能做什么。

在清凉的拒马河水里转着圈，河水随着摆动的双臂漾起涟漪，如同思绪，一层层，一波波，洗静了头脑，便生出这样的心思：出去喘口气，四处走走，到处闯荡闯荡挣口饭吃，能帮衬帮衬家里最好。

我姥爷自此离家，暮色霭霭中，一路向东，开始了他漂泊的生活。

这一年我姥爷十六岁。

第二节　谋生计　早点摊做伙计

深秋的夜已有了入骨的凉意。白天那点晒，相较于夏日的烈阳来说实在是仁慈。可是对于深秋的夜晚而言，又显得奢侈了。我的姥爷穿着白天出门时的那件洗成灰白色的薄衫，一条已经打了补丁的粗布裤子，脚上是他母亲亲手缝制的布鞋，其他身无一物。

刚出村时天刚擦黑，我姥爷走得铿锵有力，带着少年的意气，对生死的无奈，对新生活的渴望。经过官庄村、长安城、高里店、义安乡就到了定兴地界。刚过完中秋，月亮缺了小小的一道边，但是依然明亮，阴冷的光辉洒向大地，收割完的田野更为冷清，空旷宁静，地下蛐蛐的鸣叫声和树梢知了的歌唱时有时无，装点了这宁静的夜。姥爷走了大半夜，尽管月色清冷，汗珠还是扑簌簌地下雨一样往下掉。因为争吵晚饭泡汤，五脏庙传来一阵阵的肠鸣，如敲鼓一般，和着田野的乐曲。

露水下来了，走过大路，爬上义安乡的大缓坡，姥爷停下来喘口气，裤腿已经被脚下的野草、庄稼上的露水完全打湿，一阵阵寒冷从脚下蔓延至全身，姥爷打了一个哆嗦。

又累又饿，怎么办？回去？不可能！还是要出去，找活路。

环顾四周，姥爷的目光被右前方脚下的红薯地吸引。顾不了那么多了，心里念叨着对主家的歉意，他下手拉开一段红薯秧子，湿漉漉的秧子翻到旁边的垄沟上，拉断主根茎，用双手一点一点地挖开，两块红薯就露出小小的脑袋，很快就全身而出了。姥爷的双手沾满泥，在身边的秧子上扑打几下，泥土顺着露水落下，双手搓了搓红薯皮带上来的土，就大口吃起来。姥爷把另一块装在口袋里，把红薯秧子翻下来，盖上刨开的红薯坑。

祭奠了五脏庙，继续往前走，肚子里有了底，走起来更从容了些。脑子也逐渐冷静下来，接下来去哪儿？做什么？听山炮讲过保定府有多繁华，先去保定府落脚吧。

于是姥爷加快了脚步，差不多在凌晨4点来钟，他走到了定兴火车站。这时候的姥爷已经筋疲力尽。定兴火车站昏黄的灯光，在暗夜里摇曳。一大堆小虫子围着灯光飞来飞去，车站旁边的杨树叶子在灯光的映衬下，都成了黑色。大街上偶尔经过三两个士兵。白色的绑腿，灰蓝色

铁路轨道

的军装，压着的白色的大檐帽。他们背着枪，走起来路来摇摇晃晃，像是夜间穿梭的幽灵。

定兴火车站很小，姥爷一眼就看到底了。由于天气冷，姥爷还是回到了候车大厅里。这里几个小贩也在打盹，他们的烟啊，瓜子小吃啊，茶叶蛋啊，都收起来，或者绑，或者系，以防被饿鬼、小偷什么的惦记，他们东倒西歪，趁没车进站抓紧迷瞪一会儿；在检票口的椅子上，检票员也在打瞌睡。候车室靠墙躺着三、四个不知道是上车还是刚下车的旅客，有的打着盹，有的聊着天。姥爷在候车室的一个角落坐下来，开始还想着天亮怎么办，靠什么生计……很快，上下眼皮打架，他就到了梦家庄。

姥爷迷迷糊糊在一阵喧闹声中醒来。

天亮了，这个很小的定兴火车站也醒过来，熙攘起来。有一列新到的列车，陆续下来了几个旅客。他们也是一脸的疲惫，有的背着包袱，有的提着箱子，东张西望地下车，出站。卖零食、特产的小商贩都拥了上去。

"早点早点，茶叶蛋香咧！"

"驴肉火烧来一个呗！"

"要不要来包瓜子，省得路上无聊啊！"

……

小贩们不知疲倦，一直追着旅客喊。很快下车的旅客有的找到了来接站的亲人，有的自己认识路，一个一个都离开了。火车站再次安静下来。我姥爷站起来，好奇地看着车站里的一幕。就在这时候，就听有人喊："抓小偷！"紧接着一个瘦高个子的小伙子飞窜过他身边，冲出候车室。后边追着一位大爷，一边追，一边喊："抓小偷，抓小偷！"

我姥爷听到"抓小偷"的声音就条件反射，站起来冲着瘦高个追了过去。姥爷是在田间山上跑惯了的，三两步就追上去摁倒了那个毛贼，老人追了上来。

姥爷把瘦高个毛贼手中的褡裢递给老人家，"看看，是不是您的？少东西没有？"，脚上用力踩着那个毛贼，让他在地上趴着，动弹不得。老人家就说："东西没少，谢谢你啊，后生，让他走吧，肯定是没活路了，才来抢的"。

相遇也是缘分，俩人互相打招呼，介绍自己。老人家表示谢意，请姥爷吃了一顿早饭。姥爷可是饿了一宿啊，本来在家也吃不饱，吃不上好的。这老人家请姥爷吃了油条豆腐脑。姥爷一口气吃了4根油条，不好意思再吃了。他腼腆地跟老人家说，"我都饿了好几顿了！已经前胸贴后背了呢！"老人家又拿出块大洋，感谢姥爷。姥爷看到钱很激动，但是他拒绝了，"抓贼是举手之劳，再说这都是应该的，不能拿您的钱！如果您心里过意不去，可以帮我介绍一份差事吗？"

于是在吃早饭的空档，姥爷就把自己怎么跟母亲吵架，怎么舍不得奶奶，怎么想要出人头地，减轻家里人的负担，都一一说了出来。目前还没有打算，不知道要做什么。

这个老人家脸上露出笑容，"孩子，跟我走吧！"。

老人名叫彭顺，家在天津卫。这是刚从天津卫过来准备给家人拿药。彭老爹也是可怜人，今年都五十拐了俩弯了，老伴早亡，膝下一子，现在这独子又身患怪病，四处寻医问药，这是刚经京城寻到的偏方，就把家里的事情和卧病在床的儿子拜托给了邻居。他正着急拿了药回家。

彭顺私心里就想带我姥爷回家。原来他在天津卫是个生意人，家里开了一个早点摊，他每天照顾儿子又卖早点，一个人一天累死累活，实在是顾不过来。彭顺就把自己的想法跟姥爷说了，"回家帮我照看儿子，空了就帮我弄弄早点！每个月给你2块大洋，管你吃住！怎么样？"姥爷一听天津卫，就犹豫了。不是不想去天津卫，是不知道天津卫在哪儿，心里有点害怕，担心把自己走丢了。他本来是想找个人家做做长工、佣人什么的就好。可是这遇到了彭老爹。不过姥爷最终还是答应了彭老爹。

接下来姥爷跟着彭顺老爹就去找拿药的村子，一路走一路问，终于拿下了药。姥爷也听不明白是什么药，就听彭老爹把钱给人家，在回来的路上叨叨,"不管有没有用吧!回家吃上,心里就踏实了。"回到城里,在火车站旁边又吃了一顿饱饭,晚上就宿在火车站旁边的小旅馆。第二天我姥爷就跟着彭老爹登上了奔天津卫的火车。

中国人好像自古就有围墙情结,从秦朝的秦始皇就开始修筑长城,这是世人皆知的。在中国几千年的发展历史上,在广袤的中国国土上,四处可见耸立着一座座大大小小的城郭。"筑城以卫君,造郭以守民",城墙最基本的功能是保护城内居民,防御外敌侵略。在一座座城墙之内,生活着安居乐业的人们。中国人盖房子,也喜欢圈个小院。有钱人,就建成深宅大院,没钱的也羡慕胡同里独门独院的房子。

1900年7月14日,八国联军攻占天津,并成立了殖民军政府。自此开始对天津实行行政管理,天津进入长达两年的"都统衙门"时期。这一时期都统衙门责令属下的公共工程局上报拆墙方案。1900年12月31日,20世纪第一年的最后一天,工程局从西侧开始动工拆除城墙,首先试拆二十米,以便搞清城墙结构,随后工程招标,开始全面拆除城墙。

这样天津成了中国没有城墙的城市。海河汇聚内陆河流经天津三岔口流入大海,既联通了内陆漕运的来往船只,也与外界的联系紧密起来。天津当时已经是中国最先进、最发达的商埠。

到了天津卫,姥爷的眼睛就不够使了。姥爷进入了一个花花世界,起码在姥爷眼里是。姥爷后来跟我讲起天津卫的经历,满嘴里都是感叹!如果一辈子就在村里面朝黄土背朝天地生活,他肯定不知道世界还有这个样子。姥爷说,他从来不后悔离家出走。

一出火车站,淡淡的海腥味缓慢袭来,似有若无。对于生活在内陆的姥爷来说,这味道尤其敏感、刺激。姥爷说,他永远忘不了那味道。初见天津,他就对那一派热闹繁华一见钟情。

天津火车站可比定兴的火车站大多了。

高鼻梁、卷头发、白皮肤、蓝眼睛的老外抓住了他的眼球,他们的身材要高大很多,操着一口听不懂的外国语,有的坐在小汽车里,有的

胶皮

在街上散步……站前的小广场上靠近东边是一排推小车的商贩，嘴里喊着"煎饼馃子"、"十八街麻花"，广场下边一排带着棚子的两轮车，车夫喊着"胶皮"。仔细看，每个车轮都绑着胶皮，这胶皮就是人力车。

"胶皮"就是北京的黄包车，用来拉客人的交通工具。当时的"胶皮"车身是木制，呈流线型，车杠特别长，车夫圈在车杠内。生意来了，客人坐定后，车夫握杠弯腰就飞腿跑起来。车夫就如同现在的的哥，是一个城市的活地图，要到这个城市的任何角落，他们都可以把你送到。

姥爷说起当时的车夫，还带着满满的佩服。车夫装扮一律白色汗衫，头戴草帽，脖子里横搭着一条毛巾。彭顺老爹引着他出了车站，走下广场，来到胶皮跟前，伸手，就跑来一辆，姥爷跟着彭顺上了车，就听彭老爹说了一句："北关。"姥爷坐在彭老爹旁边，非常拘谨，不习惯这种被人拉着跑的感觉，像是欺负人家似的。不过这愧疚感没有多久就被突如其来的天津街景取代。

人力车嗖嗖地跑过河道上的一座小桥，进入租界区。这里是租界区身后的大马路，路的右手边是高大石头建筑，在这高大的建筑下跑，有一种很强烈的压迫感！就好像那大楼随时会倒下来压在身上。不过这样

民国时期的海河

的高楼遮挡了大部分光晒，姥爷扭头看着河道，河道三十米宽，比老家的拒马河可窄多了。我姥爷心里暗暗比较着，而且这河水很脏，偶尔穿过几只小船，带着那股子腥气粘人的味道！姥爷这才知道，这是海河，那味道就是海腥味。

租界后来姥爷跟着一位小姐进去溜达过。那里的异国风情深深震撼了姥爷。姥爷不知道，世界那么大！风情如此不同！

天津在民国时期是九国租界。在 19 世纪末 20 世纪初，经历了甲午风云的清政府，开通了包含天津在内的商埠。因此各国纷纷在天津建立租界。这一时期，天津借助于各国的开发和投资，有了飞速的发展，成为民国时期最发达的城市。英租界的维多利亚公园屹立至今，漫步其中随时把人带回到维多利亚时代；沿马场漫无目的地闲逛，不经意就能看到工商学院的大楼，气势恢宏，很是气派；顺着街角拐个弯，就走上了落满落叶的香港道，让人不由站住脚，享受当下，就好像穿越了时空，产生错觉，以为自己身处异国他乡。法租界的市政中心就是著名的克雷孟梭广场，这广场建于 1900 年。法国设计师穆勒在天津留下了一系列重量级的地标建筑，如劝业场、利华大楼、渤海大楼、交通饭店、中法工商银行等。这些当年的法国建筑风格对天津的建筑影响很大。马可波罗广场是意大利最具匠心的设计，正中央耸立着的花岗岩石柱，顶端是一尊女神铜像，基座四周有浮雕和向上喷的兽头。这就是意租界的标志……此外还有俄租界、日租界、奥地利、比利时租界……

穿过租界区，拐弯就上了一条大道。这条路非常宽敞，路两边不远就有一根杆子。彭老爹说，那是路灯，姥爷好奇地抬头仰望，看到了在灯罩下的电灯。在夜里那电灯就如同山里夜空中的星，闪耀着光芒。路上的灯可真多啊，晚上肯定跟白天一样亮。比路灯更紧密排着的是高高的梧桐树，叶子已经变黄，有的已经掉了七七八八。

这条路吸引姥爷的是那些非常宽阔又气派的大门口，像是衙门，姥爷不知道那是什么。彭老爹一路指点讲解，告诉他，那是学校。姥爷呆住了，天哪！这么多学校，有那么多学生吗？这么排场的学校，在学校里得学些什么东西啊！姥爷开始想蔡先生了，他可想问问他关于天津这些高等学府的事情。如果他不知道，哪天回去，也要讲给他听，告诉他在山外，离开拒马河，还有这么漂亮一个所在。

当时的姥爷不知道，天津在维新运动后，是港口中兴办新学最多的通商口岸。

20世纪前后被帝国主义打开大门的大清王朝正式面向世界。生活在这里的人们被唤醒，认识了崭新的世界，并从骨子里意识到：落后就要挨打。一大批主张新学，西方教育的革新人士开始兴办学堂。虽说袁世凯倒行逆施罪行不小，但是他对天津办学却有着不可否认的重要作用，他是实行新政的助推者。在他的主持下创办了北洋大学、北洋工艺学堂、北洋军医学堂、北洋军械学堂、天津高等女学堂等。

姥爷来到天津是1921年，这时的天津学堂林立，办学成效显著，办学的数量和质量都是全国一流的。全国各界的精英都把天津当做自己深造的落脚点。

经过大经街那些高等学府，看见出来进去的那些年轻人，穿着校服，

北洋学堂

抱着课本，姥爷心里升腾起愿望和羡慕。

经过这一条充满青春气息和书香气的街道，姥爷被一声清脆的铃铛声吸引，随后过来一辆白牌电车。他这才注意到，在车顶有斜斜的电线如同蛛网，拉扯着电车。长着触角的电车被那些绳索拉着走。车上稀稀拉拉地坐着几个人，彭老爹指着开过去的车说，"那就是电车。"我的姥爷望着电车屁股，发出感慨，"城里人，这生活这么高级呢！不过，彭老爹，那两根线就能拉着车走吗？""那是电线，靠的是电力！"

史料载，天津的有轨电车于1906年建成，是中国第一条轨道交通路线。有轨电车在天津运营初期，并不受欢迎。有轨电车的车厢，除底盘、车轮和车顶接线弓，其他几乎全都是木制的。

彭老爹说，"这有轨电车，刚出现的时候，老百姓不知道是啥玩意，这木头玩意，不烧煤，是怎么满大街跑的？"百姓不能理解，不敢上车，就算上了车也是提心吊胆的。总以为是被神仙鬼怪施了魔法，车才能跑起来。听彭老爹这么说，我姥爷更加好奇，也很想上去坐坐。"彭老爹，这车多少钱，白坐的吗？"

"刚开始的时候是白坐的，因为根本没有人坐，还可以抽奖。慢慢儿的。坐的人多了，就开始买票了，也不贵，4、5个铜板就能上"。

后来姥爷了解到，这种电车是有路线的，根据颜色，跑不同的路线。像刚才看见的白牌电车，就是4个铜板，专门跑天津东南西北四条马路的；从北大关起，经北门、东北角、老铁桥、东浮桥、奥国菜市、东天仙（后为民主剧场）、意奥交界、俄工部局等站，到老龙头后车站的是"红牌"电车；驶达老龙头火车站的是"蓝牌"电车。"绿牌"电车从老西开教堂出发，经滨江道、万国桥，终点仍是老龙头火车站。

"花牌"电车从东北角到海关；"紫牌"电车线路铺设得最晚，1947年开通，从金刚桥通道天津北站。在姥爷的印象里，这些电车线路的设计，站点的安排非常科学，票价也合理，对当时的天津市民出行非常方便。

姥爷又一次感慨，城里人可真幸福啊！住得也好，那些青砖垒筑的四合院，平和、清净，给人一种岁月安稳的感觉。

很快到了彭老爹的家，民园西里。这里的房子都自成院落，又彼此连接。这是一座中等偏小的四合院。

正门进去，影壁映入眼帘，上边画着"松鹤延年"壁画，经年累月，画面的颜色淡了，有些地方斑驳了，影壁侧面是"二道门子"（屏门）。从影壁左侧进入，就是用方砖铺就的甬路，将东西两院分开。

四合院坐北朝南，北房有5间，南房3间，东西厢房各两间。院内搭着的凉棚经过一夏天的风吹雨打，有些偏了，眼瞅着就要倒下来似的。旁边种着一棵槐树，北房门口种着的是柳树和石榴树。在西院门前摆着两个大缸，里边是荷花，养着几条彩色的小鱼。

彭老爹家几代单穿，人丁不旺。这让彭老爹看起来更加孤独，西院里放着祖宗牌位和佛堂。旁边的一间是厨房，一间空着；东院连接着套院。套院外边就是通往城外的北关大道。

彭老爹把他安顿在东跨院外侧的房间里，这里放着一些零星的家具和杂物。我姥爷就住在杂物间旁边的房间。在杂物间另一侧的房间里，是一套锅灶，旁边放着的是一副挑子，还有几张矮脚桌和小凳。

这些就是彭老爹平时以卖早点为生的家当。在城里，人们是很少自己做早餐的，没有早起干农活的压力和习惯。起床后大都在街上喝碗豆腐脑或者来套煎饼馃子。

姥爷跟着彭老爹来到北房的西屋，一个有点发福的中年妇人，端着一盆污水出来。她是彭老爹雇的邻居，帮忙照看儿子，一天给人家5个铜板。

进屋就能闻到一股腥骚味，虽熏着香，盖住了一些味道。不过大约是时间久了，这味道仍然缥缈着游荡在屋子的各处。床上躺着年轻男子，面色苍白，骨瘦如柴。

"这是我儿子，彭孝礼。"老人家抬手摸了摸儿子的脸，神色中透着些悲凉，我姥爷像是看到了他的奶奶，再一次感觉到生命的脆弱，面对生死的无奈。彭老爹叹口气，从床头拿起竹壳子的暖壶，像是要倒水，我姥爷顺手就接了过去。从桌子上拿过碗来，倒水，水壶的手感不重，像是没水了。我姥爷试着倒出来一些，水不烫了，温温的。

"老儿子啊！受苦了啊，老爹走这三天，你饿着没？"彭老爹满是疼惜地絮叨着，可是床上的人只是笑笑，不说话。彭顺老爹36岁上才有了这个儿子，之前跟老伴生了两儿一女，都夭折了。彭老爹老来得子，所有的爱和希望都寄托在这老儿子的身上。老伴生下老儿子之后，月子里得了病，扔下他父子俩走了。

前边几个子女相继夭折就让彭老爹认了命。他不跟命争，就把所有的心思都放在彭孝礼身上。满满的父爱，让老爷子不续弦，满满的父爱也溺爱着这个独子。彭孝礼在十二岁以前读书写字非常用功上进，甚至还会帮衬父亲的早点生意。彭老爹每天日子过得非常紧张忙碌，但是也很有盼头。

彭孝礼十三岁这一年，去赶天后娘娘诞辰庙会，没想到意外就在这一天发生了。天后宫，俗称"娘娘宫"，在现在的天津古文化街上。始建于元代泰定元年（公元1326年），明代永乐元年重建，是天津市区最古老的建筑。天后宫坐西朝东，面对海河，建筑面积2500平方米，宫内供

老宅

奉着天后娘娘。

这一天天后庙前非常热闹，耍狮子的，各种摊贩，卖小玩意的，卖针头线脑的，卖零嘴好吃的……到处都是，摆得满满的。十三岁的男孩子正是贪玩的时候，在人头攒动中，孝礼追着看耍狮子的，跟着一路走，合该出事，或许也是命该如此，耍狮子的狮子头从高处坠落，砸到孝礼身上。自此孝礼双腿不能走路。

彭老爹忍住悲伤，更加认命。他说，"人不能跟命争，踏踏实实地做好自己的本分就行了！"照顾儿子4年，早点生意萧条了不少。善良的邻里偶尔会搭把手。在来往的食客中，邻里闲谈中，彭老爹听到什么方子，就会不辞辛苦，不吝金钱地去求医问药，想要医好儿子的病。几年下来，家里的积蓄已经花费殆尽。

这一年秋后，孝礼的身体和精神状态就越来越差。

姥爷听着彭老爹的叙述，胸膛里塞满了石头般，不知如何发泄，眼圈里噙着泪。这种对亲人的不舍、面对病痛的无奈感，他太熟悉，太了解了。他内心里充满了对老人的同情。

当晚，姥爷帮着彭老爹给他儿子洗脸擦身体。收拾妥当，才到西跨院的小屋里歇下。天不亮姥爷就起床，打扫院子，又洒上水，把孝礼的房间也收拾了，给孝礼擦脸擦背。

彭老爹起床后，看到这些，很是欣慰，心里踏实了很多！他把我姥爷叫到西跨院的豆腐房里，挑起担子，让姥爷扛起摞着的矮脚桌，搬着用绳子串起来的小凳，奔院外大街上走去。

自此姥爷开始了他的打工生涯，成了早点摊的小伙计。

第三节　贵人品　老板赠与摊铺

在天津安顿下来，姥爷开始了在彭老爹早点摊打工的日子。从农村里走出来的孩子，带着淳朴、真诚和善良，彭老爹不管安排什么活计，姥爷都能做得很好，彭老爹也很满意。

彭老爹为人随和，但也是个生意人。尤其是世风日下，世道没落，他更看重自己的家业。最初他对姥爷还是有戒心的。彭老爹的早点摊主要卖豆腐脑、豆腐花、豆浆，干的主要有油饼、煎饼馃子和炸糕。老爹本来雇着一个伙计，是乡下廊坊清河地界的，但是家里老人生病回老家了。再加上照顾儿子也需要时间，老爹就减少了早点的种类，主要是老豆腐、豆花和豆浆。

在老爹的豆腐房，固定摆着2个陶盆，一盘磨在靠近窗台的角落。石磨呈圆饼状，由上下两块组成，上下石磨中间各有一个凹槽，上下凹槽之间用圆木塞连接。上片石磨转起来，就不会从下片石磨上滑出去。两片石磨相接触的一面都有一楞一楞的磨牙，黄豆被磨牙咬住，就磨出了豆浆。石磨坐在磨盘的中央，磨盘也是圆形，比石磨稍大，通常用长板凳支起来，离地面大约1米的高度。磨盘四周边沿向上翘起，开一小口，小口下放一木桶。磨好的原浆就是从这里流下，进入木桶。

黄豆堆在石磨上，磨眼插一根细木棍，细木棍随石磨转动不停地摆动，黄豆就纷纷滚到磨牙里去。石磨上方悬挂一个盛水木桶，木桶下方安装一个细水管，木桶里的水就细细地随黄豆一起流到磨牙里，磨出的豆浆不至于粘稠。

石磨长得跟村里磨房的石磨很相像。姥爷回忆起来，带着对时光和科技的感慨，不同的是，彭老爹家里的磨是用电的，省不少事呢。磨豆浆过程中要不时向木桶中加水，向石磨上加几瓢黄豆。

磨好的原生豆浆需要筛渣滓，一桶桶的原浆倒入架在类似杠杆的大滤包中，双手高举，一手扶着滤包的一个对角，上下来回抖动，下边接上大盆，接住滤出的豆浆，此时渣滓留在滤包里，大盆的豆浆倒入灶台的大锅内。

接下来烧旺火烧开大锅内的豆浆，浆液一定要煮沸，因为豆浆不开锅，会生性，是有毒的。烧开锅的同时，要用大铁勺不停来回搅动，不要糊锅，这时候满屋里就充满了豆浆的香气，姥爷说那香气让人沉醉。

最重要的一个步骤，就是最后这一步：点卤。点卤是决定豆腐成败的关键，多了就是老豆腐，少点就豆腐花。这完全是手艺，是老爹几十年磨豆腐的经验。每到这一步，我姥爷都会去准备豆腐脑、豆花的调料。姥爷不去偷着学人家的手艺，姥爷本分，不是他的，他不会去拿。

我姥爷要做的就是每天晚上都要泡上一大盆黄豆，当年的新黄豆经过一天一夜的浸泡，其皮壳软化，肉质饱满，富含水分，这个为粉碎打浆做好了准备。

太阳还未升起，彭老爹挑着扁担，两端挂着矮脚桌和小凳，我姥爷推着推车，车上装着卤好的豆腐脑和豆花，装着两大暖壶的热豆浆，还有各种小料。来到北关大街对面人民公园门口的小广场，这里每天清晨都有遛弯遛鸟的，上班的也经过这里，附近居民也习惯了在这里买早点。

经常是摊位还没安顿好，买早点的就到了。很多都是熟客，你一言我一语地唠着家常，东家长西家短地说着八卦。

姥爷听着客人的需求，跑前跑后地把彭老爹盛好的豆腐脑、豆浆端到客人面前，"豆花！加不加糖，要不要辣椒……"，这样忙碌着，很快大约上午9点钟就全部卖完。姥爷手脚麻利地收拾家当，推着车回家。因为彭老爹上了年纪，几乎所有的活计都是姥爷主动抢着做。

忙碌的日子过得很快，很快一个月过去。这一天晚上，爷儿俩在吃完晚饭后，唠嗑。彭老爹拿出3块大洋，放到桌子上，"俊臣，好后生咧！来我这帮工一个月了，很能干，做得不错！说好的，一月两块大洋，多出的一块，你买件衣服吧。眼瞅着天凉了，你不能老是穿着单衣单裤的。我屋里有几件不穿的，拿给你，先对付着"。彭老爹说话从来都是不疾不徐，温和但有力。我姥爷当下就觉得内心里满满的被一种感情充满，是自力更生的成就感，还是彭老爹父亲一般的关怀带来的温暖？说不清楚，总之我姥爷收下了三块大洋，向彭老爹表示感谢，"东家，我一定会好好干的！"

我姥爷离家出走之后，就把名字改掉了，由蔡子玉改成了蔡俊臣。

随后我姥爷就把自己的工钱，寄到了乡下，并托人给母亲捎话，说他在天津过活，请他们放心。姥爷想帮衬家里，想自己的奶奶能够尽快好起来。

在天津早点摊做伙计的日子，姥爷学会了很多东西，做早点的一些手艺自不必说。对事物的认知，如姥爷第一次见识外面的世界，洋人、电车、高楼、渔船……这让姥爷眼花缭乱。还有，豆腐脑、豆花有什么差别呢？豆腐脑，浇上卤，再放少许辣椒油、蒜汁就可以食用；老豆腐，以硬豆腐为主料，盛到碗里，浇洒上酱油、蒜汁、韭菜花、豆瓣酱、辣椒油、花椒油、洗麻酱等佐料，味道鲜咸，清香爽口。

这期间有两件事情要特别提一下。

当时的天津，各国租界都有，各国洋人都有，姥爷看到了其他国家的发达和先进，这更加刺激了姥爷的求知欲。彭老爹看在眼里，喜在心里。他是真心喜欢我姥爷这个年轻人，把彭孝礼读过的书拿给姥爷。姥爷就在空暇时间，读东家少爷的书。我姥爷虽然识字不多，但是慢慢读下来，不清楚地就问东家，也新认识了不少字，懂了不少东西。鸦片战争、洋务运动、康有为变法这些也进入姥爷的头脑，开拓了姥爷的视野，增长了姥爷的见识。

另外一件事情，就是东家少爷的离世。我姥爷初次见彭孝礼，他就已经非常虚弱，每天吃饭不多，很快就水米不进，那两日彭老爹迅速衰老下去。每天坚持给儿子擦脸擦身子，熬煮稀饭，各种好吃的，容易下咽的食物。但是再多的不舍，也是无力回天，在姥爷来到彭老爹家的第二十一天，彭孝礼就死了。他帮着彭老爹办理了彭孝礼的后事。

之后的三天，彭老爹没有一点精神，失魂一般吃饭、喝水，机械地烧水，磨豆腐，点卤没有成功，糟蹋了6斤豆子。彭老爹日后不停地重复这件事，我姥爷知道他是心疼这6斤豆子。

唯一的儿子走了，彭老爹跟我姥爷的感情更近了，俩人更加相依为命。但是时事多变，战乱年代，越来越多的兵进入天津。大街上身穿各种服装的大兵交替出现。他们吃饭不给钱，因为背着的枪，仿佛是谁赐予了他们糟蹋这个城市，欺负老百姓的特权，到处横冲直撞，不可一世。

这一天清晨，差不多要进腊月的时候，天亮得晚。彭老爹照例弄好豆腐，跟姥爷推着车来到公园的摊位，支摊子、摆桌子。北风嗖嗖地刮，人们都陆续穿上了夹袄。姥爷多加了一件外衣，没有多穿，一是舍不得买，二是穿多了不方便干活，肩头搭着的毛巾，沾水就有点发硬，要冻起来似的。人们都开始买早点回去吃了。

差不多太阳刚升起来，来了5个大兵，藏蓝色白边的制服，歪带着帽子，竖着领子，大摇大摆地走到摊位，坐下，其中一个大声喊："豆腐脑！"

很快，姥爷手脚麻利地端上了豆腐脑，把各类调料全部摆他们桌前。他们唏哩呼噜地把热腾腾的豆腐脑喝完了。起身就走，彭老爹在后边追，"官爷，您还没给钱"。那几个当兵的白了彭老爹一眼，自顾自地走了。彭老爹叹了口气，扭身回来，低头收拾桌椅。姥爷咽不下这口气，快步追上去，拉住其中一个像是队长的人，大声说，"吃饭就得付钱，我们这弄个摊子也不容易，大冬天的！"被拉住的那位，斜着眼睛，吐了口唾沫在地下，甩开自己的胳膊，旁边另一个兵已经举起了枪托要砸姥爷。姥爷本能地抬起胳膊挡下去，砸到了那个兵的肩头。这会儿彭老爹赶过来，拉开姥爷说："俊臣，算了，咱忍了。"可是，彭老爹刚搭上姥爷的手，就被个子矮小的那个兵推倒，然后作势就要带彭老爹走，其他两个兵返回头来把桌椅踢翻，两个装豆腐脑的缸被砸破了。姥爷赶紧跑过来，阻拦那两个士兵，结果还是晚了一步。这边彭老爹踉跄着爬起来，一瘸一拐地去捡拾地上的碗筷。

这次冲突，彭老爹的家当有了损失。姥爷内心里开始升腾起仇恨。为啥这些官兵如此横行，进而是对社会不公的愤恨。彭老爹的胸口挨了一枪托，又跌倒摔在马路牙子上，小腿摔伤，没有骨折，可能是软组织挫伤，走路很不利索。彭老爹不得已在家休息养伤。

这期间姥爷在彭老爹的指点下，开始学习点卤。因为磨豆腐需要两个人配合干活，彭老爹体力不够，我姥爷就放弃卖豆腐，开始做煎饼馃子。

姥爷刚到天津的时候，就被煎饼馃子华丽的外表，丰富的馅料，扑鼻饱满令人回味的香味征服。姥爷口里的煎饼跟现在咱们吃的可是有很大的不同。在天津人的吃食习惯里，煎饼馃子跟锅巴菜是一定要搭配吃的。这两个一定要一起吃，别有风味。

史料记载，煎饼馃子来自山东。蒲松龄的《煎饼赋》里就写了煎饼的制作过程，先"溲合米豆，磨如胶炀"，然后将弥合豆浆倒进盆中，舀上一勺，放在烧热的铁铛上，用扒子急急摊平，便"黄白忽变，斯须而成"。

会吃的天津人根据自己的喜好进行了改装，把原来的玉米面、白面改成了绿豆、小米、虾米，加进香料和水磨成浆，这样的浆面松而不散，爽而不粘，不像白面和水摊成的煎饼，入口后，在舌尖纠缠，难以下咽。

天津煎饼要用平锅现摊现卖，每张摊好后，可加摊一个或者多个鸡蛋，裹进一根油条滚成卷，就成了。可是姥爷并不会做，只是跟着彭老爹这段时间吃过几次，怔怔地看着摊煎饼的动作，摸索着其中技巧，"左手拿面勺，右手持刮子，稀软的面糊铺在煎锅上，刺啦一声向四面散去，马上用刮子顺时针地一转，随着那美妙的弧形，一个满月般的圆饼就出现在锅面上。然后根据食客要求，或撕开一根油条，或折叠放一只锅篦，平放在煎饼上，卷过来，抹面酱，撒葱花，口味重的，还要点几滴辣酱，撒上些孜然粉和芝麻，厚厚的一层。"这样一套"煎饼馃子"新鲜出炉，姥爷每次跟我描述做煎饼馃子的过程，我头脑都会出现这样的画面，不由自主地咽下一口口水。

姥爷跟彭老爹说明了自己的想法，获得了彭老爹的支持。家里上个伙计在时添置了一套摊制煎饼馃子的工具。彭老爹打开西跨院的仓房，指挥着姥爷把推车、炉灶、面瓮，甚至刮板都拾掇出来。

姥爷在彭老爹的指导下，装好小推车，擦拭干净。这是一个用黄泥涂抹的炉子，外层包了铁皮，里边烧煤碳。上边盖上一块铁板，有些锈迹，姥爷拼命用丝瓜瓢子来回刷，刷得非常干净，直到可以泛出亮光。

在家里把火点上，试着摊了两个。面糊的调制，火候的掌握，摊面糊的速度都要好好练习掌握，才算是好吃的煎饼馃子。经过几天的摸索，姥爷已经完全掌握，操作起来驾轻就熟。从磨粉、调浆、配料的准备工作，到生火、摊制煎饼的全套过程都能轻松搞定。

彭老爹的胸部在上次受伤之后，一直隐隐作痛，在冬天又增加了咳嗽的毛病。后来摊煎饼、卖煎饼的工作都是姥爷一个人做了。尽管这样，姥爷仍然每天按照真实的收入给彭老爹报账。每个月拿彭老爹固定的薪水2个大洋，坚持寄给老家的爹娘补贴家用。

彭老爹被我姥爷的勤恳和诚实感动，有意把整个早点摊子交给他打理。一日把我姥爷叫到跟前，交代他第二日去买摊煎饼的豆面和其他配料。让他回来捎上1斤肉馅，爷儿俩在家里过个冬至，包顿饺子吃。

第二天姥爷收完早点摊子就直接去买原料了。妥妥当当地办完，回家来包饺子。彭老爹慢悠悠地说，往年冬至，跟家里人一起过。虽说吃不上什么好的，好歹还有家人，现在唯一的家人也走了。俊臣啊，人活着是为个啥咧！彭老爹满是皱纹的脸上，淌下两滴泪。这让我姥爷很是震惊，在十几岁的年纪，还不能完全体会白发人送黑发人的心情和感慨，但他对于生命的无常已经深有体会。我姥爷对彭老爹说，"老爹，活着就扎扎实实地活着，该吃吃，该喝喝，该休息就休息。"

"话是这么说，可是我一天比一天老，没个人伺候，也没人养老送终。一想到这些，就很难受，真是凄凉啊！"彭老爹干了一杯酒，吃了口花生米，停顿了一下，继续说道，"这段时间，你辛苦了，每天出摊卖早点，还要回家伺候我这个病秧子，来干一个！"俩人碰杯一饮而尽。

"俊臣啊，我现在一个人，就这点家当，我有意收你做义子，伺候我养老送终。这家里的东西都给你打理。你觉得咋样啊？"我姥爷没想到彭老爹会说出这样一番话。还没等姥爷开口，彭老爹又接着说，"每天我这吃闲饭，也是心里过意不去啊！""东家，这是说啥，没有这些家当，我也会伺候您，给您养老的。我在困境里蒙您收留，心里感激您呢！"

自此爷儿俩就像亲爷儿俩一样，相依为命，顾着早点摊子。

煎饼馃子

第三章　弃商从戎　风雨征战路

"白天行军,夜晚就地休息。越往北走,天越冷。靠近内蒙绥远地区,晚上的气温尤其低,战士们一路行军,没有足够的棉衣来取暖。只好互相挤着,抱着取暖,行军快至五原时,环境极其恶劣,草原的北风没有任何阻挡,刀削一般,能穿透人的肌肤,渗到骨子里,晚上战士们就在背风弯坡处,挤在羊群里,抱着羊腿,搂着羊脖子……"

如果说从拒马河畔的西明义到定兴火车站是出门赶了趟集;那跟随彭老爹来到天津就是到了游乐场,繁华耀目,令人晕眩;穿上军装,跟随孟奎奔赴五原,随后南征北战,奔波于祖国的大好河山,感受生离死别的无奈与无常,就是姥爷"一览众山小"[1]心态的开始,告别"一叶障目",告别"逞勇好斗"……

风吹雨打,种子发芽。

姥爷已经不满足于对外界环境变化的接受,不满足于阶级差异带来的生活不公的忍受,尤其是看到底层挣扎活命的百姓……"王侯将相,宁有种乎"[2]应该更能表达姥爷当时的心态吧!

这一时期姥爷的身手、认知、情感发展至成熟。

---

1. "一览众山小"出自杜甫唐诗的《望岳》。《望岳》是现存杜甫诗中年代最早的一首。诗人到了泰山脚下,但并未登山,故题作《望岳》。诗篇描绘了泰山雄伟磅礴的气象,抒发了诗人向往登上绝顶的壮志。表现了一种敢于进取、积极向上的人生态度,极富哲理性,体现了中华民族自强不息的精神。

2. 出自《史记·陈涉世家》,司马迁记载的陈胜起事时说的话。其意初为:那些称王侯 拜将相的人,天生就是好命、贵种吗?

第一节　求投靠　三哥家人来天津

寒来暑往，春去秋来，姥爷在彭老爹这里已经两年了。这两年时间，姥爷已经熟悉了天津的环境，认识了很多当年在他看来新鲜的玩意，坐过了电车，看过了戏，吃过海鲜……日子就这样一天天过去，姥爷跟彭老爹就如同亲父子一样，彼此照顾、帮扶着过日子。

1923年，第一次直奉战争结束。中国军阀混战更加激烈，直奉战争之后，奉系张作霖作战失败。直系军阀也分裂为曹军、吴军两派势力。因为奉系张作霖的亲日行为引起直系吴佩孚的不满，奉系借日军提供的款项扩充军队，不断扩张，直接触及直系的利益。吴佩孚一再通电，揭露其媚日卖国的丑恶行径，张作霖成立"镇威军"武力抗衡直系。自任总司令，将奉军编为6个军；总兵力约15万人，于9月15日分路向榆关（即山海关）、赤峰、承德方向进发，发动第二次直奉战争。

第二次直奉战争以奉系军阀获胜告终，北洋政府开始了张作霖时代。长期的军阀割据与混战，老百姓最倒霉，灾荒年月里，庄稼收成不好，家里粮食都不够吃，更不要说还要面对不同派系军阀的征粮、征兵、筹款。

此时的天津已经超越北京成为中国的政治、经济文化中心。天津是个工商业城市，也是个租界城市。天津在民国时期能够发展起来，起步于清王朝的没落。辛亥革命发生后，满清显贵担心家产被国民军抢走，纷纷把财产运往距北京最近的天津。天津是中国北方最大的商埠，这个港口城市地理位置的重要性，吸引了世界各国的目光。天津的日租界、英租界或者法租界成为满清显贵存放家产的最佳选择。后来军阀割据，各派系军阀混战不断，失利的一方就会逃跑到天津做寓公[1]。

姥爷已在这里过了两个春节，第三个春节（1924年）马上就到了。

年三十彭老爹和姥爷才算开始休息。这一天不出摊，爷儿俩在家里打扫卫生。彭老爹收拾了几件孝礼的衣服，拿给姥爷。孝礼的书也都搬出来放到了西跨院的杂货房里。彭老爹免不了一阵伤感。

姥爷赶着把磨房收拾干净，就开始打扫院子。彭老爹收拾祠堂。

很快小院和屋里的卫生都收拾好了。快到中午，爷儿俩商量着吃什么饭。因为天津卫的习俗是大年初一这一整天都得是素饺子。所以俩人决定三十这一天先包顿一个肉丸的饺子。

年货是早就备下了的，多数是买的现成的。倒也不是不会做，主要还是时间有限，人又少，上锅开始做的话，容易做多。不如买来省事些。好在两个人都不讲究，好赖都能吃下。俩人分工，姥爷和馅，彭老爹和面，两人合作一起包饺子，彭老爹还包了一个铜板进去，说是谁吃到这个铜板，谁这一年都有福气！很快一箅子[2]饺子就包好了。

爷儿俩烧火煮饺子，一锅出来，盛到两个盘子里。坐下来，开吃。姥爷吃饺子喜欢吃蒜，尤其是肉馅的饺子，有蒜才有肉香味。姥爷狼吞虎咽，很快一盘饺子就见底了。彭老爹怕姥爷没吃饱，从自己盘子里夹给姥爷几个。姥爷憨笑着，说"饱咧饱咧！您吃您吃！这都不好意思了！"边说边往嘴里送，正吃着，没留意，"咯嘣"吃到了铜板。姥爷哎哟着，说吓自己一跳。

彭老爹说，孩子，你有福气啊！年轻好啊！有的是可能，有的是希望！

俩人正说着，彭老爹突然一拍大腿，"哎呀，我说买什么来着，一早还想着，中午饿了忙乎吃的就忘了！咱还没有买春联呢！""我去！"我

---

1. 寓公是指北洋政府时期，那些下野军阀政客和清朝皇室宗亲等上层人物。他们隐居在租界，赋闲在家，过着富而闲淡的生活。
2. 箅子在过去一般是指中切割、打磨好的竹片，纵横两层扣接在一起，架在锅、釜、鼎等炊具中，用以蒸焖食物的炊具，多为圆形。

姥爷站起来就要出门。因为已经三十了，怕下午都收摊子了，买不到了。

姥爷说着，就出了门。走过西开天主教堂的时候，就听到有人喊"救命！"姥爷循着声音跑去，在教堂旁边的胡同里，三个匪兵围着一个姑娘，在动手动脚，嘴巴也不干净，调戏着姑娘，

"你这么漂亮，干嘛一个人在路上啊？"

"大过年的，一个人闷不闷，军爷带你回家啊！"

"这脸蛋真漂亮！"说着还动起手来，"能掐出水来！"

……

"你们要干什么？知道我是谁吗！"姑娘大声喊着，棉外衣已经被脱下来了，姥爷飞奔过去，拉开那几个匪兵，三两脚全都放倒了。现在的兵全都是花拳绣腿，哪里是姥爷的对手。

三人见不是对手，就仓皇逃走了。姥爷把姑娘扶起来。给她披上棉外衣。这个女孩叫罗冰，父母是女子师范学校的教授。她是从英国留学回来的。这天是刚从英国回来，赶着过中国的农历新年。

自此两个人就认识了。姥爷把姑娘送回家，才跑去买对联，顺带买了鞭炮。到家就已经傍晚了。

这是我姥爷跟彭老爹过的第三个春节，也是最后一个。爷儿俩张罗着请福字、贴春联。到了晚上守岁，俩人就唠着嗑玩了半宿牌。

第二天早上一起床，我姥爷就穿戴整齐，敲开彭老爹屋，当屋跪下磕头，给彭老爹拜年。彭老爹嘴角眉梢都是笑意，还准备了红包给姥爷。爷儿俩先是洗漱，然后给祖宗灵位上了香。

彭老爹不免又伤感一番，对着我姥爷诉说着命运的不公，对孝礼的思念。看着这位老人在自己面前落泪，我姥爷也非常难过。但他不是敏感的人，感动、伤感会有，但有限度，知道适可而止，过后就会全身心地继续投入到生活中，去熬炼。

爷儿俩吃过早饭，商量着大年初一头一天干点啥。天津卫习俗：初一吃一天素饺子，不讲究出门拜年，就在家里自娱自乐，晚上早早休息。爷

儿俩没事可做，前一晚守岁太晚，早上又早起，俩人就各回各屋补觉去了。

姥爷一觉醒来，太阳西斜。彭老爹已经在准备晚饭了。这时候有人敲门，姥爷打开门，发现是罗冰，昨天救下的女孩子。

她穿着一身藏蓝色的呢子衣，手里提着两盒点心，问，"是不是蔡俊臣家？"姥爷推开门看到她，还有她身后停着的一辆黑色的轿车。

原来姑娘是来感谢昨天救命之恩的。姥爷把她让进院里，给彭老爹介绍。因为是新年，又是刚回国，罗冰坐一下就回去了。

罗冰虽然来也匆匆去也匆匆，可是这足以在小院里刮起旋风。爷儿俩有了新的话题。彭老爹先是不停追问事情经过，接着就不时打趣姥爷"英雄救美"。

第二天彭老爹带着我姥爷出门，去逛逛天津，还到戏园看了戏。姥爷感觉自己不是自己了，这生活很遥远，但又那么真切。彭老爹边看戏，边用手在腿上跟着曲调打着节拍。看他满足的样子，我姥爷心里宽慰很多。

在家休息两天后，我姥爷就闲不住了。他说，"老爹，咱就是辛苦的贱命，这么成天歇着，都不知道干啥！就想着磨豆子，可想那豆腐咧！"姥爷说着，还闭上眼睛，用力吸着鼻子，像是在回味那烧开原浆的满屋弥漫着的豆香。彭老爹哈哈大笑，说，"那也得过了初五，给天后娘娘上了香，再开工！"我姥爷点着头，说"是，是"。彭老爹看我姥爷实在无聊，就说："不然你去找找你三十那天救的那姑娘，约上她，咱明天一块上香去？"我姥爷被彭老爹的话说愣了，他偶尔会想起罗冰，就像偶尔会想起家乡的蔡先生、老黑，只是当作一个认识的人偶尔回想，这么正儿八经去找她，有点目的地去想，姥爷就突然觉得不自在了。可是这想一开了头，就像潘多拉的盒子，打开了就再难关上。姥爷回答彭老爹说，"又不认识，就见过一面。找人家干嘛呀，又没事。"彭老爹就接话茬说，"多找找不就认识了！人家都有诚心冲着北关、公园买早点的打听到你。"姥爷一时语塞。姥爷还是没有去找罗冰。

正月初五，逛庙会。彭老爹带着姥爷去天后宫，见识见识天津的风土人情。姥爷还记得第一次坐电车的经历，当时他激动不已，随着叮当叮当声音的临近，姥爷竟然不知道如何站立是好，彭老爹先一脚登上电车，从前门进入，我姥爷随后有样学样地也上去了。电车里的人比平时多了一些，都穿着过年的新衣服，脸上洋溢着笑容。姥爷从车头走到车尾，非常新奇。彭老爹坐下，示意姥爷也坐。姥爷小心翼翼地把屁股放在车厢内木头椅子上，有一种过电般的激动。姥爷说，当时就想啊，这车如果开到咱村里，那就不用跋山涉水地走亲戚了……

姥爷现在俨然已经是一个天津人，从容自然地上车，跟着彭老爹来到了天津最大的庙会，吃喝玩乐一应俱全，这让从乡下上来的我的姥爷眼花缭乱。他看看这，看看那，虽不像初到天津那会啥都不懂，但还是有好些东西是第一次见。俩人像孩子似的一人买了一串糖葫芦，在庙会上游荡。我姥爷年轻，看见稀罕的东西老想跑，刚要加速就想到身边的彭老爹，于是就放慢脚步，左顾右盼地看身边的摊位上有啥……

然后就到了天津卫敬拜妈祖的地方，天后宫。天后宫位于天津东关，始建于元代。由于当时海运漕粮，漕船海难不断发生，而天津是海运漕粮的终点，是转入内河装卸漕粮的码头。所以元皇帝下令建天后宫在天津海河三岔河口码头附近，供人们奉祀海神天后。

当时水工、船夫、官员在出海或漕粮到达时，都会在这里向天后祈福求安。居家百姓没钱的也来求财，没儿的求子，有病的祈免病灾。后来天后宫就演化成了庇佑天津百姓的神了。那天天后宫人头攒动，熙熙攘攘，彭老爹带我姥爷进了山门，过牌坊、穿前殿、就来到大殿，边走边介绍，到大殿就拿上香钱请了香，上去跪拜祈求。我姥爷也学着请香、跪拜。愿望都是美好的，祈求的无非是平安、健康之类的话。

转悠了一整天，天还没黑俩人就回来了。彭老爹已经累了，姥爷提着庙会买的东西，跟着彭老爹回到家里。到家里就拿出一件东西，"老爹，今天我趁您去茅厕的时候，给您买了个礼物。看看，喜欢不？"

今天的妈祖庙会

彭老爹没想到，姥爷一个大男人，还有这份心。姥爷买的是一副棉套袖，主体是棉布包着棉花缝制的小圆柱体，是通透的，两只手可以从两边抄进去，天冷的时候，用来取暖。彭老爹不停地说，不用花这些钱，留着钱你自己花。

上了初五的庙，这年算过完了。第二天姥爷跟着彭老爹就把早点的摊子支起来，开张了。

熬过了整个冬天，在万物复苏的春季，彭老爹的身体也好转了，已经可以帮着姥爷点卤做豆腐了。姥爷完全掌握了点卤水豆腐的做法。每天早点摊的早点花样也多了，可是收入并不见增长。姥爷知道，世道不好，没办法啊！

渐渐的街上日本兵多了起来，叽里呱啦地说着听不懂的日本语，时不时有打人事件发生，这让年轻气盛的姥爷也时常处于愤恨之中。这期间孝礼的那些书已经读完，姥爷常常跑到高校门口去溜达，找机会就进去听学校礼堂的演讲。他在家里跟彭老爹念叨世道的不公，日本人的残忍，官兵和政府的不作为……经常说得义愤填膺，激动时会握紧拳头，朝墙上砸。

在一次听完演讲之后，姥爷匆匆往回赶的路上，又遇见了罗冰。姥

爷有点兴奋，不由地就拘谨起来。相比之下，罗冰就大方多了。

"啊，你经常来听演讲啊！这演讲不错的！"罗冰跟姥爷聊着天。姥爷说，"是，平时没时间，偶尔会出来。"这次偶遇拉开了俩人见面的序幕。姥爷因为出来好久了，着急回家泡豆子，就要先走。罗冰还想再跟姥爷聊一会儿，就说，"那我明天再去找你吧！"我姥爷答应着就匆匆走了，心里有一个鼓乐队在咚咚咚咚地演奏。姥爷当时太紧张，啥都没想，就答应了。结果没想到的是，第二天罗冰真的来了，还在早点摊吃了早点。

认识罗冰以后，姥爷性情变温和了些。罗冰不时会约姥爷出去。姥爷也愿意听罗冰讲话，偶尔还会盼着罗冰来找自己，出去走走。他被爱国的热情和现实的残酷激荡着，约束着。

我姥爷活到 20 岁还没有接触过女孩子，连女孩的手都没摸过。他跟罗冰交往这段时间，发现了一个跟过去完全不同的世界。收过早点摊后，姥爷就坐车到邮局，罗冰就已经等在站台处，看到那白色的叮叮当当的电车晃悠着开过来，罗冰飞快地跳上车，坐到姥爷身边。姥爷心脏就扑通扑通跳得厉害，这是他以前没有过的。姥爷就往外边挪一挪，可是也舍不得站起来，他很享受那淡淡的桂花香气，闻着心里特别舒坦。

每次约会姥爷从身体到精神都经受一次洗礼。他觉得如果没有遇见罗冰，如果罗冰不是新时代留学回来的学生，不计较他的出身，不青睐于他，那他的人生可能就一直围着电磨，摊着煎饼，做他的小生意了。

罗冰领着他去天津人来人往的大胡同。路两边鳞次栉比的商铺热闹非凡，姥爷的眼睛又是目不暇接的状态。罗冰买各种好吃的，棉花糖、糖人、大麻花还有狗不理包子，每一个姥爷都是头一次吃，不仅好吃而且甜到心里。姥爷心里不住感慨一句话："这真好吃，城里人的生活真好啊！"从大胡同出来，俩人又坐上胶皮来到英租界的维多利亚公园。

维多利亚花园坐落于天津市维多利亚道，始建于 1860 年。公园里不时有人走过，有白皮肤黄头发的英国人，也有大鼻子的俄国人，一男一女走过去，不是牵着手就是挽着胳膊，还有揽着肩膀的。我姥爷在公园

民国时期维多利亚花园

里东看看西瞅瞅，看到这些散步的男女，姥爷都不敢抬头正眼看。罗冰看着姥爷局促的样子，很是好笑，索性伸出手去挽上他的胳膊。姥爷就僵住了，机械地迈着步子，这支胳膊如同锈死一般，再也不动了，让罗冰靠着，姥爷心脏要"咚咚咚"跳出来了……可是他心里欢喜，他愿意。

维多利亚花园呈方形布局，全园都铺好了绿色草坪。园中心有一座六角凉亭，四个角通过四条园路，通向花园的四角。院内的路边都摆好了花架，配搭绿植。园子西边是温室花窖，半地下建筑，顶部堆土成台，也种上了花草，西南角是假山，东南部是火警钟、欧战纪念碑及雕塑。北侧就是戈登堂。姥爷觉得外国人就是能摆弄，把个园子弄这么漂亮。

俩人从维多利亚花园出来就上了威廉街，德国总领事馆和德国俱乐部都在这条街上。姥爷走在宽敞的柏油路上，路灯整整齐齐地站在两边，大晚上这么走着，小风吹着，身边有心仪的姑娘伴着……姥爷觉得他的人生已经是巅峰状态，什么都不需要了，沉浸在他的幸福里。罗冰就是天使，带给他一个崭新而又美好的世界。

姥爷把罗冰送回家，才坐电车赶回四合院。彭老爹已经泡上黄豆，在等他回来。姥爷到家后，换掉外衣撸起袖子就开始洗豆子，磨磨，主动跟彭老爹搭着话，"老爹，你说外国人咋那么会弄，会盖高楼，会铺铁轨，还会搭电线开电车，一个花园吧，整得利索的跟皇宫似的！"彭老爹看我姥爷心情很好，就打趣他，问，"去哪里玩了？都干嘛了？"

姥爷就一五一十地说个透。说到买吃食，彭老爹就打断了姥爷，"人家姑娘给你买的啊？"我姥爷说，"是，是她买的"。彭老爹就说，"哎呀，呆人啊！你咋不花钱咧？"我姥爷愣了一下，他没有想到自己花钱，不过当时自己确实有这个念头来着，可是又觉得花钱买那些东西舍不得。

"跟人家姑娘出去玩，干什么啊？为啥跟人家出去啊？你没打算娶回家做老婆的。你老婆你还舍不得给她花钱？"我姥爷一时语塞，过了一会儿说，"我舍得花钱，但不该花的钱，我不会让她花。这些钱够俺们村里半个月的吃食呢！"彭老爹摇摇头，转身回房了。姥爷继续摇他的滤包，原浆哗哗地滤下来，流进木桶里。原浆快做好的时候，彭老爹又回到了豆腐房，手里拿着三块钱给他，说，"给你，下次出去带上，该花点钱就花点钱。"我姥爷不要，说自己有钱，彭老爹说，"姑娘瞅你啥，瞅你俊啊！还不得看你人好不好，对人家好不好，咱可不能抠了！"

姥爷答应着，开始烧火熬煮原浆。不一会儿满屋子就是豆浆的清香，大锅里的原浆翻滚着，一层厚厚的泡沫在浆面追逐着。姥爷的心里也充盈得满满的！彭老爹的话，让他有了顾虑。他感觉自己配不上罗冰，起码现在不配。他不想像父亲那样，看着母亲脸色说话。他希望能靠自己的能力来挣钱养家，即使罗冰看上他的人，愿意跟他吃苦，他也不愿意罗冰吃苦。

姥爷想到这些，就想起白天罗冰说的话，问彭老爹，"老爹，黄家花园在哪？她说让我明天穿最好的衣服，要领我到大华饭店吃西餐。"

彭老爹"嗬！"了一声，吓了姥爷一大跳。"黄家花园坐4路电车就到了。孩子，我可告诉你啊，大华饭店可是天津最豪华的饭店。你可不能露怯！穿好点！"彭老爹心里也嘀咕，这女子可真讲究啊，去大华饭店可不是普通人家能去的。

第二天，我姥爷收了摊，把小推车推回家，就想收拾好了出门。彭老爹就说,"我来收,我来收,你收拾自己就行,赶紧回去捯饬捯饬吧!"我姥爷穿上了自己最新的一件白色衬衣,这还是用彭老爹发的薪水买的最好的一件衣服呢。穿上了一条粗麻布裤子和布鞋。彭老爹一看,这哪行啊,就把自己珍藏的一双皮鞋拿出来给姥爷。姥爷不穿,姥爷说,"这就是我最好的衣服,没必要捯饬别的"。但是彭老爹坚持让他穿上皮鞋,姥爷拗不过老爹,就答应了。

姥爷穿着新衣服像过年一样,很不自在,老是低头看自己,也老觉得街上的人也在看自己。很快姥爷到了"邮局"站,罗冰已经站在那里了。罗冰穿了一件西式的长裙,浅蓝色,领口系着白色的蝴蝶结装饰,披着长发,带着素白色的发带,远远望去,就像仙女,这是姥爷能想到的最美好的词汇。姥爷说,所有的美好都在她的身上,用任何美丽的词汇来形容都不过分。

电车缓缓驰过,带过一阵风,罗冰裙角摇曳,长发随风轻轻扬起,一双明亮的眼睛能溢出水来。姥爷回忆罗冰的时候,满脸的温情。

罗冰看着捯饬过的姥爷,微笑着坐过去,还是很自然地伸手挽过姥爷的胳膊,把头放在姥爷的肩膀上。姥爷说那一天的太阳格外得明亮,灿烂的阳光就像照进了他的心里,边边角角都是亮堂的。姥爷第一次主动拉过罗冰的手,那手很柔软,像从寒冬苏醒过来的春日里的拒马河的水,轻柔又明媚;那手很光滑,像秋日里拒马河的水,温润又多情;那手也很热情,握在手里就像泡在拒马河里,舒服自在,别无他求。

他们牵着手在黄家花园散步。黄家花园是商场,属于英租界。附近马路纵横,交通十分便利,那些晚清显贵、军阀、各国商人和领事馆的人都到这里来购物。罗冰挽着他,在这人流里一点也不突兀。姥爷偷瞄着商场里商品的价格,以为自己看花了眼,"我的娘娘啊,一双鞋就要俺们老家一年的收成啊!"罗冰笑着,"这里的军阀、官爷,个个都是有钱人。那些钱有几个是干净的?"姥爷想想,觉得罗冰说得对,如果没有这些军阀的横征暴敛,百姓的日子也不会这么艰难。姥爷是带着钱出来

的，本来还想着买个礼物送给罗冰，可是一看价钱就又舍不得了。

罗冰没理会姥爷的心情变化，边走边有一眼没一眼地扫着商场的东西。姥爷一圈转过来，真切感受到了"不公平"，心里堵得慌。那些抹着头油，穿着西装、皮鞋的地主财阀，那些走路扭着腰肢，花枝招展的女人，在他眼里一点也不美，充满了铜臭气。

从黄家花园出来，他们坐胶皮直奔大华饭店。

大华饭店是20世纪二三十年代最豪华的餐厅，坐落于法租界十二号路和二十一号路转角处的德泰洋楼上。大华饭店的西文名称为"Cafe Riche"，是法国巴黎最讲究的饭店名称，下面注明"Restaurant de luxe,"意为"最优待的餐馆"。大华饭店的主厨，原来是在北京西山饭店掌勺的厨师，做点心的师傅是由北京正昌酒楼调来的西点师。饭店特色菜有"刍鸡"、"天鹅"、"火鸡"、"填鸭"、"三味夹饼"及"各种洋酒布丁"等食品。总之这在当时是最高贵、最上档次的一处吃饭的豪华所在。

大华饭店内部的设施与装潢在天津也是一流的，内有大客厅、小花厅，另设西式雅座。楼上设有冬日花园，纯大理石铺成，冬暖夏凉，惬意无比。房顶开辟屋顶花园，夏日里可以纳凉跳舞。尤其是聘请的外国乐队和俄国舞女，吸引了生活在租界里的外国人。

姥爷一进门就被华丽的装潢吸引了。罗冰选了一个角落靠窗的位置，大厅里放着收音机的音乐。姥爷说，那都是些靡靡之音，蛊惑人的小曲儿，让整个大厅看起来像是戏院。他把这个想法告诉罗冰，罗冰忍不住笑出声来，他跟我姥爷解释说，"那是无线电收音机，专门接收北京那边电台的戏曲。"姥爷说，他听着不像戏曲，都变了味道。

"你经常到这儿来吗？"姥爷问罗冰。

"也不是，偶尔会来吧，一个月一次？差不多……"她边说边想，然后点着头像是确认了似地回答。

"这里的饭很贵吧？"姥爷轻声问道。

"嗯，是天津最贵的了。差不多一餐饭两个人的话3块钱。"罗冰回答，把餐牌递给了他。

"我没吃过，不会点，你点吧！"姥爷说着，先翻着菜单看了看。扫了一遍就递给罗冰。

罗冰点好菜，看着姥爷。姥爷在打量四周。罗冰说，"放心，我有钱。我带你来就是想让你见识见识。咱们中国太落后了，天津的高楼、宽马路、商场、教堂、电车都是外国人建了租界，才弄起来的。国外现在都汽车满地跑了。咱们国家还以为自己是世界的老大呢！"

姥爷就愿意听罗冰讲这些，他觉得罗冰讲的有道理，罗冰的话打开了他认知的大门，点燃了他的求知欲。"清政府这么无能，打不过日本人，就割地；北洋军阀政府不知道团结自强，就知道在窝里斗，百姓民不聊生。你说这国家还有希望吗！"罗冰说着这些话，带着无奈和愤慨。

我姥爷打从心眼里佩服罗冰，一个女人，有这样的认识和见解。姥爷说，"是啊，外国人啥都会弄，而且啥都讲究。不过昨天维多利亚花园的花太整齐了，没有我老家好看！"

"是吗！你老家在哪儿？你老家的花是什么样子的？"罗冰很好奇，也很兴奋，追问道。姥爷就讲拒马河，讲扎扎菜，讲漫山遍野红灯笼一样的熟柿子……显然，罗冰也进入了一个崭新的世界。

俩人每人一份牛排，姥爷看着刀叉，愁住了。他求救似地看着罗冰。罗冰笑笑，"没事，学学，多吃几次就好！"姥爷虽然很快就学会了，但是还是不习惯，双手都不听使唤，一餐饭下来，吃进去多少，使用刀叉就消耗了多少能量。

俩人聊到未来，想要过什么样的生活。罗冰憧憬着，她希望能跟爱人到英国定居，远离落后和灾难。英国的庄园都很大，大片的草地可以满地打滚。姥爷是从来没有想过这些的，他每天跟着彭老爹，想的就是每天的早点，一天收入多少，今天泡几斤黄豆……

听着罗冰的梦想，他那矛盾的心不纠结了。他要放手，让她自由自在地追逐她想要的日子。在罗冰眼里，中国人的落后是无法救治的。她曾经也苦闷过,想为国家奋起努力。可是中国人的自私、内斗,让她看不到希望。

这一年的端午节,我姥爷他们收了早点摊。老爹让我姥爷上街去收点黄豆,顺便买点辣椒、韭菜、大蒜之类的菜回来。家里这些小料快没有了。姥爷把小车推回家,又收拾停当,就早早地出门了。

当时社会主义新思潮的影响,在中国大都市,一些关于思想启蒙、探求救国救民的演讲在街边悄悄进行。我姥爷出门上街,开始看到路边有人贴传单,内容大都是推翻帝制、打倒军阀,追求自由、平等之类的宣传语。偶尔在学校门口、公园广场、戏院门口开始出现演讲的学生,有时候是年轻人,他们讲封建帝制的压榨,军阀的独裁与反动,他们讲革命、自由,越来越多的人围观,有些人在听的过程中被爱国情绪感染,会不由自主地鼓掌。

我姥爷在最近几次上街采购东西时,发现了这些。他也会停下脚步,听他们演讲,有一次听得入了神,回家的时间都晚了。姥爷急匆匆地往家赶,因为晚上还得泡豆子呢。

今天姥爷出门早,可以多听一会儿。姥爷走到大经街高校区的小广场,果然已经有人在发传单了。姥爷走上去,接过传单,靠在路边的梧桐上看,"这国家正处于危难时刻!""我们奋起反抗压迫!""哪里有压迫,哪里就有反抗!","中国的土地,可以征服,而不可以断送。""中国的人民,可以杀戮,而不可以低头。""国亡了,同胞们起来呀!"……

姥爷看得心惊肉跳,可是又被内容吸引,目光不听使唤地在传单上从头看到尾。发传单的是几个年轻的学生,都穿着中山装,脖子上戴着一条白色的围巾。

其中一个戴眼镜,留着寸头的男人向他走过来,问他,"同学,你是哪个学校的?"这位是师范学校的指导员雷昭先生,这是他们第一次见面。姥爷当时只觉得这男人这么单薄,就做这种事情。不怕被当兵的抓起来吗!姥爷不好意思说自己不是学生,怕他们嫌弃。结果在知道他没有读书之后，雷昭先生反而与他走得更近。雷昭给他讲压迫，讲地主的剥削。说实话，那会儿我姥爷对这些没什么感触，再说老家也没有正儿八经的地主，就算有地主，那人家祖上传下来的地，雇着长工干活，也不是白干，给工钱还给粮食。姥爷觉得他们讲得这些不全对。但是又愿意听他们讲。

时间长了，姥爷有空的时候经常出来找他们。通过雷昭，认识了好几个学生朋友呢。有时候演讲，他就帮着摆放简单的舞台，或者也帮着发发传单。

当时的天津已经有社会主义青年团组织。随着斗争的发展，天津早期共产主义者逐步地成长为无产阶级的先锋战士。江浩、李锡九、于方舟、于树德、雷昭等人相继加入中国共产党。在组建国民党地方组织的掩护下，中国共产党天津地方组织的筹建工作开始秘密进行。1924年春，于树德等5名党员和候补党员成立了直接隶属于中共北京区执行委员会的天津党小组。

这些当时我姥爷都不懂，他只是很朦胧地觉得这些内容某些方面很吸引自己。他愿意跟这些学生在一起，多听他们讲，增长知识，开拓视

姥爷思想开始破土发芽

野。

姥爷回到家里也会慢慢跟彭老爹唠叨起这些，有时候气愤封建军阀的可恶，姥爷会抡起拳头。彭老爹听着姥爷的慷慨陈词，开始还附和着跟着骂几句当时的政府。后来听得多了，彭老爹慢慢被忧虑笼罩，他担心有一天，这个义子会像街上演讲"自由、革命"的学生一样，投奔革命，离开他去保家卫国。因为他已经失去了自己的儿子，孤零零的一个人，他非常担心这个善良、有担当的义子丢下自己。人上了年纪，就容易想以前，容易敏感，也变得越来越脆弱，胆子也越来越小，对孩子的想念和依赖越来越多。但是东家的自尊和长辈的身份，让他不能把这份担忧说出口。不过我姥爷已经注意到彭老爹脸上的笑容越来越少。

姥爷越来越少出门跟罗冰约会了，罗冰有时候来找他，姥爷都推说有事。彭老爹就问他，"跟罗冰处得怎么样啊？"姥爷就说："俺们不合适，配不上跟她在一起！"

这一天收摊回家，彭老爹就催着姥爷快点回家，给他刮脸、剃头，弄得清清爽爽，让姥爷穿上他最体面的衣服，然后就带着姥爷出了门。姥爷被弄得莫名其妙，不知道这是要干嘛。原来彭老爹看姥爷年龄大了，跟罗冰也没个结果，就托人给他说了一门亲。我姥爷知道后，脸都红了，人就变得局促起来。他也不是不想成家，在老家的时候就是因为家里穷困娶不上媳妇，在天津这大城市，还能寻下？姥爷不相信，就跟彭老爹说，"老爹，我啥都没有，拿什么养活人家啊！"彭老爹不理他，硬是拉着他上了电车，到了东关生活区的一个胡同，姥爷记得很清楚，那一站的名字是"东浮桥"。然后进了一个跟彭老爹家相似的四合院里。

院里种了爬山虎，爬到了凉棚顶上，枯黄的叶子萎缩着搭在上头。可以想像夏日多繁盛又有多么凉快！姥爷坐在西厢房里，桌子上摆着瓜子和糖，一个身材略微发福的中年妇人上下打量着姥爷，彭老爹介绍说，"这是我的义子，人很老实，也勤快！是个过日子的人！"姥爷穿着一件藏青色的夹袄，新剃得发青的头皮，脸上非常光洁，一看就是干净小伙儿，身板不高也不矮，很壮实。那中年妇人说，"等一下，我去催一下姑娘，是不是有什么事情绊住脚了！"

正说着，就有人进了门，这是姑娘的妈带着姑娘来相看了。姑娘微胖，剪着齐耳短发。穿着学生们常穿的裙子，是棉质的，脚上蹬着一双带有小跟的皮鞋。很好看，是姥爷的第一印象，紧接着就感觉到门不当户不对。姑娘叫陈凤，她对姥爷也很满意。姑娘读了几年书，现在还在女子师范，只是不是天天去了，因为世道不太平，她经常缺课。父母对她的婚事也是操碎了心。

后来俩人就开始约会，原来在学校的一次演讲礼堂，陈凤就见过姥爷了。当时姥爷是偷偷跑进礼堂，穿着宽大的棉袄，在礼堂的学生中间非常显眼。那堂演讲讲的是关于压迫与反抗。姥爷反应很激烈，积极地响应老师的演讲。陈凤觉得像姥爷这样的年轻人，不耽于现状，会积极求上进，分析时局，是一个有作为的青年。姥爷不大喜欢跟陈凤聊天，她言语间透着天津人的傲劲，倒未必是针对姥爷，是一种讲话习惯。

彭老爹偶尔会问一句，"你跟陈凤怎么样？"姥爷只是笑笑，"我比人家差得远，配不上人家咧。"姥爷说的是实话，他清楚地感觉到俩人之间的差距。他对未来不抱希望。彭老爹看出来姥爷的心思，姥爷其实心里还是装着罗冰。就劝姥爷，"娶妻生子过日子，人家姑娘愿意，你还别扭什么呢？"是啊，姥爷当时就是觉得心里不愿意。他觉得他好像爱上那些令人激动的理论和主义了。姥爷说，当时好想拒马河啊，在河水里泡上半天，就知道自己想要什么了。最终姥爷选择了分开，不耽误人家姑娘。陈凤也没有挽留，本来也没见几面，也没有多少感情。

最令姥爷难忘的是跟罗冰的一段交往。这短暂的粉红色的回忆是姥爷第一次恋爱的经历。他非常感谢罗冰，让他这个乡下来的粗野汉子懂得牵挂与爱，尤其把另一个世界展现给他看。他把有关罗冰的记忆都珍藏起来，再不打开。

这一天爷儿俩收完摊，回到家里。收拾豆腐房的黄豆，姥爷在石磨上续着水。突然，在院里歇息的彭老爹进来拍了拍他的肩膀，说，"俊臣，老家来人了，说要找你！"姥爷关停石磨，在围裙上擦着手，跟着彭老爹走到前边大院里，一看影壁前站着的是他三哥、三嫂还有两个娃：侄子和侄女。我姥爷当时愣住了，以为家里出了什么事情。自从年前奶奶病逝后，没有听到其他消息啊。

寒暄着把三哥一家让到院里凉棚下的台子上坐下，彭老爹笑着沏上了茶，还是坐在北房月台下的太师椅上闭目养神，注意听着他们的谈话。

年前腊月里，山上的土匪到村里抢劫。领头的是匪头纪希斌的小舅子"土霸王"蒋飞。蒋飞跟他姐夫的毛病一样，好色。这夜他们到山下来抢粮，蒋飞领着十几个弟兄，东家偷鸡，西家摸狗，每家交两升麦子。村头这几家靠山近，最先遭殃。

一时间鸡飞狗跳，土匪们拿着枪横冲直撞。姥爷他三哥家就在村口，背靠大山。当时他三哥他们已经睡下了，被吵闹声惊醒，赶紧穿衣服出来看。他三嫂利索地把家里稍微值点钱的东西收起来，藏好。

蒋飞一见三嫂就动了色心。

"这漂亮的媳妇儿少见啊！"他三嫂躲在后边，哄着炕上的两个孩子。他三哥挡在前边，"兄弟你怎么称呼？商量个事儿呗？"蒋飞像个无赖跟三哥说话，眼神却色眯眯地不曾离开过三嫂。

我姥爷三嫂不属于那种美艳的女人，严格来说她算是清秀。粗茶淡饭的贫苦生活，让本来生过两个孩子的她，保持着姣好的体形，头发蓬松地在脑后挽个发髻，发髻上罩着一片月白色的手绢，粗布衣服更衬得人清丽。三嫂不敢吭声，只轻声哄着孩子，"别怕别怕，没事啊！"

三哥可不是吃亏的主，本就脾气暴躁，现在有人打他媳妇的主意，这还了得。所谓无知者无畏，还是有道理的。对三哥来说，家就是他的一切了。三哥自幼神勇，天生神力。当年曾在沙河里搬起几头牲口都不能拉动的马车，你们几个毛贼还能让你们得逞！三哥想着，就操起家里的锄头，奔蒋飞砸去，三下五除二就把那几个人打得哭爹喊娘。

三哥因为力气大，脾气暴躁，一出手没有轻重。尤其是被蒋飞气坏了，下手更是狠了点，等三哥停下手来，蒋飞已经只剩一口气，鼻青脸肿，嘴角淌着血，眼角眉梢那里像是被什么东西划破了口子，双手捂住肚子，不停地"哎呦哎呦"地叫唤，其他几个受伤轻点的匪兵过来，扶他，才发现双腿已经被打折。三哥声如洪钟，说道，"大丈夫行不更名坐不改姓，我是蔡家老三，叫蔡子恒！赶紧走吧，不然全要了你们的性命！"

梁子就此结下，山上传来消息，说是蒋飞的双腿废了。她姐姐天天哭喊着要报仇。他三哥固然是不怕，但是人家是土匪人多势众，搞个偷袭什么的，还真怕着了道。三嫂胆子小，每日不敢出门。

最终跟家里商量了一下，出来到天津投奔我姥爷。

我姥爷天生悲悯，看不得人受苦，更何况这是自家兄弟。他安慰了三哥三嫂几句，带他们到厨房吃东西，然后出来找彭老爹商量。

彭老爹自然是这些话都听到耳朵里了。这年月不太平，土匪、官兵、日本人都不好惹，最苦最难的就是老百姓。彭老爹心里很矛盾，他并不担心家业被拿走。他不了解三哥的为人，这听着、瞅着就是个暴脾气的主，万一不好惹，可怎么办？其实彭老爹最担心的是最后没人管他了。可是也没有别的办法，彭老爹本性善良，他又相信姥爷的为人，犹豫片刻，就答应了。姥爷万分感谢。

姥爷跟彭老爹商量后，把跨院的仓房收拾出来，给他三哥一家住。家里有了女人，衣服的浆洗、平时的伙食就有了着落；院里有了孩子，也就有了生机。慢慢地，彭老爹脸色也活泛了起来。

我姥爷手把手地教他三哥卤豆腐，摊煎饼馃子，慢慢的早点摊子又支起来，品种花样多起来。虽说人手多了，生意应该更好才行。可是，毕竟来回吃早点的还是那些人，社会动荡不安，生意并没有预想的那么好做，要说以前爷儿俩早点摊的收入可以养活爷儿俩还能有点剩余，现在勉强喂饱家里这几张嘴。

我姥爷眼瞅着这生意越来越不好做，心里也起了急，本来是给彭老爹做伙计的,这一下家里这么多人都靠早点摊吃饭,心里觉得对不起彭老爹。

还好姥爷他三哥个性直爽,为人正直,善良仁义,跟姥爷脾气性格很像。这让彭老爹彻底放了心。每天跟两个孙子孙女玩得不亦乐乎,一到晚上就在院里的凉棚下,给孙子孙女讲故事。孩子们睡着了,他就感慨几句,命运真是摸不透,说不准啊,谁能想到我这一把老骨头,临了还能享这福。

很快到了农历五月,端午节到了。姥爷跟他三哥联手在院内搭上天棚,也就是凉棚,这样即使外边赤日炎炎,热得汗流浃背,一进入宅院天棚,汗马上就没了。姥爷跟他三哥动手就省下了搭天棚的费用,彭老爹乐得合不拢嘴。可是跟省下的几块大洋相比,他更愿意看见两个孩子在院子里奔跑,两个年轻后生彼此合力把棚子搭起来的画面。

天棚用芦席做平顶,覆于全院之上,十几平方米,东西坡用芦席封死,免得东照与西晒,透气与通风全靠棚顶下南、北侧的"活扇",用绳子一拉,席卷而上,成为天窗;再加上影壁前的荷花缸里的水,游动的鱼儿,和开着红色花朵的石榴树,一时间让人忘记是动荡年月,这里一片安宁。

到了晚上,彭老爹坐在凉棚下的椅子上,轻摇着蒲扇。八仙桌上放一碗冰镇酸梅汤,听小孩子吵吵闹闹,看一家人说说笑笑,心满意足地进入梦乡。

第二节 彷徨中 军装上身始从戎

天津是个依海而建的城市。要提到天津的生活环境就得必须先提一提天津的母亲河——海河。

海河孕育了天津城市的成长。海河尾闾的三岔河口为天津带来了最早的城市聚落直沽寨。《天津卫志》载："三岔河在津城东北，潞、卫二水会流。潞水清，卫水浊，汇流东注于海。"明确记述了旧三岔河口位于天津城东北隅（今狮子林桥附近），为海河、南运河（潞）、北运河（卫）的三河交汇处。

三岔河口是天津最早的居民点、水旱码头和最早的商品集散地，被誉为"天津摇篮"。元朝时期把直沽寨改成了海津镇，这里发展成为海运、漕运的南粮船队必经之所。当时有"晓日三岔口，连樯集万艘"的繁荣景象，被记载成"万商辐辏之盛，亘古未有"

1404年燕王朱棣扫北时始唤作"天津"，在直沽渡跸处立牌坊一座，上书"龙飞渡跸"的匾额。"天津"之名取得晚，在三岔河口之后，所以有"先有三岔口，后有天津城"的说法。海河六次裁弯取直中的第三次，也就是"天主堂裁弯"工程，针对的是三岔河口的。这次裁弯取直的成果，使三水汇合之处向北推移，形成新三岔河口。

海河是天津的母亲河，它哺育了这方水土的儿女。天津的文化因海河而丰富，也更加具有个性和张力。海河是天津文化的标志，魅力的展现。海河见证了天津的发展，三岔口的变迁，让天津文化拥有悠久长远的历史文化底蕴，更有丰富的多层次的文化内涵。天津港作为通商口岸，不仅沟通了南北商会，而且让天津文化具备包容特性，兼容并蓄、南北并存，也因此而丰富又博大精深。海边的百姓都信奉妈祖，天津也不例外。妈祖文化是海洋文化的重要组成部分，在天津已有近千年的历史，绵延至今。天津敬拜妈祖的天后宫，现今仍完好保存，这在现代化的大都市里尤为难得。有妈祖的庇佑，天津人养成并传承了勇往直前，不畏艰险的大无畏精神。妈祖在天津人心中就是守护这方土地的安宁的神。

天津是个开放包容的城市，来自四面八方的人都能在这里立住脚。在海河两岸生活的人，都不是天津本地人。他们来自五湖四海，同时也带来了多种多样的家乡文化，多姿多彩的秦淮文化、运河文化因为水运获得先机而登陆海河。近代中国的新文化、新思潮都首先影响天津，新科技带来的便利也是天津人民首先享有，如铁路、有轨电车、邮局、铁路等。

天津由原来的小小县城，迅速发展成为中国第二大商业城市，在北方是已超过北京的政治、经济、文化中心。尤其是民国时期的天津，因为有着开放、包容、多元的海河文化底蕴，形成了与时俱进，持续创新的文化革新力。正是具有这样的能力，天津才在20世纪初北平失事后，借助开通商埠的时机，迅速发展，成为民国时期最先进、最发达的城市。上世纪二三十年代的天津已经与世界接轨，海河两岸市区区段，开发建筑了具有地域特色的世界各国的建筑风貌的小洋楼，就此天津有了"万国建筑博览会"。当时的天津在全国有很多个第一：华北最大综合性商场的劝业场，闻名遐迩的商业区小白楼和居住区"五大道"。

生活在这里的人们既有水的灵性，头脑灵活，又有大陆沉着安稳的品质。彭老爹自小在天津长大，吃得惯海鲜，粗茶淡饭也能饱肚。

农历六月初八，是彭老爹的寿辰。彭老爹心情愉快，要带这一大家子下馆子。按彭老爹的话说，就是"不知道哪天就闭眼了，该吃吃，该喝喝，认识这一大家人高兴"！

一家人老老小小一块出门，我姥爷带着侄子侄女到北关大街等着坐电车，两个小家伙一听要坐电车，兴奋地手舞足蹈，到处乱跑。出了门，姥爷抱起小的，牵着大的。他三哥跟三嫂伺候着彭老爹在后边。很快电车叮叮当当地来了。这不是姥爷第一次坐电车，可是他仍照样很兴奋，跟那两个孩子一样。

第一次坐电车是今年过年的时候，彭老爹带他去庙会、去看戏。姥爷还记得当时坐电车时的样子。他说，第一次坐电车，手脚都不知道放哪儿，眼睛望着窗外，坐在座位上，感觉很不真实。车子就这样带着自己走出去好几里地。

这次他带着三哥三嫂还有侄子、侄女，坐上电车，一路坐到了"永盛斋"（利顺德大饭店）。途中两个孩子并不怕，而是兴奋地望向窗外，指着外边的建筑或是其他新鲜玩意，问这问那。倒是三哥和三嫂，一路上不吭一声，彭老爹笑着给他们介绍一路上天津的风土人情。

"永盛斋"是天津最早的饭店，起初由洋人兴建，后经英国传教士的改建，具备了英国式样和印度风情。1886年在德国人手中改进成为利顺德大饭店，1924年又翻修，由原来三层改建为四层。

在利顺德门口挂着一副对子：

　　谋衣苦，谋食苦，苦中作乐，拿碗茶来
　　为名忙，为利忙，忙里偷闲，饮杯酒去

这副对子，说透了人生的忙碌和意义。终日奔波，不能停下脚步，经历人世各种奔波痛苦，还是苦中寻乐，喝盏茶来放松一下，算是悲苦人生中暂时的享受；谋求名利，熙熙攘攘脚步不停，还是在紧张忙碌的生活中，学会停下脚步，驻足喝杯酒，来犒劳一下自己是一件很痛快的事情。

虽说是对子，也道出了人生活着忙碌的意义。

这是我姥爷、三哥、三嫂第一次来到这样的馆子。两个侄子和侄女开始还有点怯生，一会儿就熟悉起来，兴奋地跑来跑去，彭老爹选了一个偏僻处的角落，方便孩子们玩闹。彭老爹点了几个经济实惠又具天津特色的美味佳肴。

这是难得的一次家庭聚餐，对于彭老爹来说意义非凡。他愿意拿出自己的积蓄，跟这些孩子一起吃饭，过一次自己的生日。席间，我姥爷跟他三哥一家，一个接一个地给彭老爹祝寿，还送上了礼物。我姥爷的礼物是一把蒲扇，给彭老爹在热天扇风用。彭老爹现在用的扇子，早就松散了，上边还补着一块塑料布，扇起来费力也没有多少风。这礼物虽小，可是彭老爹很是喜欢。他三哥站起来，有些羞赧，跟彭老爹表达着感激之情，然后述说他跟三嫂会把他当作自己的老家儿（长辈），像四弟那样孝顺他。彭老爹边听边点头，双目浑浊，闪着泪花。

三嫂拿出自己亲手纳鞋底子，连日赶出来的一双布鞋，给彭老爹，让老爷子上脚试试。彭老爹非常感动，虽然自己是孤老头子一个，可是这些孩子就像是自己的孩子一样，守在身边。老人家有些哽咽，两个淘气的孩子也跑来一边一个拉着彭老爹的手，说"爷爷，给您拜寿"！大的走到小的这边，就一起跪下给彭老爹磕头。"哎哎，好孩子，快起来。"彭老爹高兴地抹着眼泪，又伸出手拉住孩子。他颤巍巍地从怀里掏出红包，给两个孩子。

这就是他要的生活啊，红包是一早就准备好了的，没想到这两个孩子这么懂事。随后彭老爹两个腮帮子一边一个，被俩淘气孩子亲了一口，说："谢谢爷爷！"

这一顿饭吃得很圆满，彭老爹很开心也很满足。前半辈子一直在病痛悲苦中过来，从现在起就享福啦？幸福这么突然，这么容易，彭老爹一想这些就觉得像是在做梦。

日子就这样在一家人的努力奔波中度过。晚上泡豆子，磨豆腐；清晨早起，早点摊忙碌；下午回到四合院里，是一家人短暂午歇的时间，孩子们总是不喜欢午睡，在院里闹腾半日，最终在天棚下的凉台上呼呼睡去。

我姥爷对现状是不满足的。他有自己的想法，一个早点摊子收入不多，要养老人孩子，还有三个大人，这是远远不够的。

他跟随彭老爹的这段时间，也很清楚早点摊的收入。他知道三哥一家到来的这几个月，彭老爹这早点摊子是入不敷出的。于是他找到彭老爹，跟老爹说了自己的担心，彭老爹沉默不语。他知道姥爷内心的想法，在他三哥来之前，彭老爹就知道我姥爷迟早要离开。虽然早就洞悉了我姥爷想离开这里出去闯荡的心思，可是这一刻的来临，是那么快，又是那么难以接受。

在早点摊收摊后的空档，姥爷会看孝礼的书；在雨、雪天不能出门开张的日子，他会抽空偷偷赶去那些高等学府，听一些西学，或者是学生们在活动时的演讲。

是的，我的姥爷不满足现状，他有更远大的抱负。他看书，听演讲，越看越听，越觉得现在的生活不是他想要的，心里就燃起一把火。他看着现在像自己一样生活在社会底层的人拼着命在挣命，还吃不好穿不暖，那把火就烧得更旺了，让他焦灼。他不明白那些有着跟自己类似身形、不同颜色的皮肤与头发的老外到中国地盘上，为啥还颐指气使，胡作非为，好像自己是主家一样；不明白为啥官兵来自不同的地方，势力不同，却全都欺负百姓……

三哥他们的到来，在一定程度上解放了他。姥爷去中心广场听演讲的次数越来越多，跟雷昭先生熟悉起来。这才知道雷昭先生是北平人氏，日本留学回来，为动荡的中国奔走。姥爷回想起来说雷昭是自己共产主义思想的启蒙老师。当时姥爷特别愿意听他讲，讲清政府的无能，讲北洋政府的残忍和暴戾；讲百姓的疾苦，讲未来中国的模样。

六月的一天，天气阴沉沉的，一会儿就淅淅沥沥地下起雨来，姥爷来找雷昭先生，想听他讲课。可能是因为阴天，广场上没有人。他在广场的柱子上，看到了招兵的信息。这一次我姥爷心里开始活动，像暗夜里看到了渺茫的光。

第二天姥爷又来到这里，这次他见到了雷昭先生，并向雷昭先生说明了自己的想法，雷昭先生表示支持。但是他不让姥爷参加那种普通的招兵。他有一个朋友，是冯玉祥的旧部，也在招人。他们打算重组队伍，练兵，等冯将军回来。冯玉祥将军是他们喜欢并跟随的爱国将士，我姥爷二话不说，就答应了，因为他信雷昭先生。之后的第三天，姥爷见到了雷昭的这位朋友，叫孟奎。他五短身材，寸头，一脸沧桑，身材不魁梧但是一看就知道是军人的体魄。

姥爷跟他三哥说明了事由，就说自己想要出去看看，学点手艺。一家人不能都在这干耗，但是又放心不下彭老爹，当初是彭老爹收留了他，他唯一的儿子又先他离去，是个可怜的老人。希望他能代替自己孝顺彭老爹，伺候彭老爹，给彭老爹养老送终。三哥答应了，让姥爷放心。他会像照顾自己爹妈一样，伺候彭老爹。我姥爷把自己攒下来的钱拿出一半给了他三哥，嘱咐三哥要让孩子们读书，不管男娃女娃，都要读。要好好学习，看看城里人，知识可以改变咱们的命运啊！

一进七月，我姥爷跟彭老爹和他三哥辞行，跟随雷昭的朋友孟奎入伍。这次入伍怀揣着报效国家的梦想，还有一个月5块钱的工资，可以寄回老家，贴补母亲。姥爷心中是有一个梦的，就是关于中国的美好未来的梦。他希望通过自己的努力和参与实现这个美梦。

姥爷走那天，罗冰来送他。两个人没有说话，姥爷只是冲她微笑，摆手，然后转身离开。因为拖泥带水不是姥爷的风格，这个时期的姥爷满怀豪情，报效祖国的想法激荡着整个心胸。这儿女私情的情愫还不足以改变他出门闯荡的想法。

孟奎所属是一支冯玉祥的旧部，被收编成皖系，编号第3集团军第5师。姥爷入伍以后，积极锻炼体魄，学会了很多枪械知识，尤其吃得饱，穿得暖，姥爷正是长身体的时候，有了足够的营养，迅速成长，强壮起来。

这支部队继续沿用冯玉祥将军过去治军的方式进行管理。

冯氏治军方式讲究制式教练，竭力追求形式上的整齐雄壮。操练学习内容一般包含以下几项：

第一，兵器、火药的节俭教育。反复练习以下："目测距离、据枪、瞄准、利用地物"等项动作，提高瞄准射击的准确性，并提出"敌人不到三百米以内不放枪"，"瞄不准敌人不放枪"，"一粒子弹要消灭一个敌人"等项口号。因子弹不足，很少演习实弹射击。

姥爷在这项训练中，每次都是满分过关。姥爷目力很好，有极强的判断力和反映能力，经过训练，枪法也很准。

第二，行军耐力训练。练习场地是用土垒成的一圈假山。每天早晚列队围着假山跑步，从上到下，正向、反向，操练时间很久。行军的演习，多种类全方位进行，短距离、长距离、障碍行军，等等。行军演习距离最长达到一百数十里，而且持续长距离、长时间训练，加强耐力操练。

第三，筑垒训练。战场筑垒是基本训练内容。除了日常正规战壕挖掘、阵地构筑的练习，用来提高士兵作业能力以外。其他加强训练还有：在冬季的冰天雪地中，利用暗夜进行筑垒比赛。

第四，夜间训练。战势紧张，夜间突击战斗时常会有，因此夜间紧急集合，夜间旅次行军，夜间战备行军，宿营和驻军警戒，夜间战斗等项目也在反复操练之列。

第五，劈刺训练。在每天必练的科目里包括打拳、刺枪、劈刀等。附加训练包含：盘杠子、跑拦阻、跳远、跳高等项运动。

在文化教育方面，以前冯将军带的团内设有国文、数学、英文、日文、俄文、蒙文等班，学兵可以任意选修，现在条件有限，国文、数学和日文会有简单的培训。

以上的几项训练，姥爷科科不差，都非常优秀。只有文化课，很多方面都是从零学起，还好姥爷天资聪明，再加上学习勤奋。在班里的成绩名列前茅。

衣食完全由部队供给，四季服装、鞋袜一应俱全。主食主要是粗大米和小米，节假日可以吃到白面。每人每月发零用钱五元，发给一个针线包，拆洗缝补都由自己来做。对内务和卫生特别重视，宿舍内枪有枪架、鞋有鞋架。各种物品都按规定放置，整齐划一。营、连长随时抽查内务和个人卫生，如不清洁，即受惩罚，厨房、厕所等处的卫生尤其注意，虽在夏天，也不许有一点臭味和一个苍蝇。

姥爷每天从早到晚，没有一点空闲时间，除了正式出操、上课、集体练习以外，空余时间也用来练单杠、打拳、劈刀、刺枪。星期日虽不出操上课，但较平日更忙。上午要整理内务、打扫卫生、礼拜、听训话，下午要擦拭武器。

经过半年的训练和学习，姥爷已经脱胎换骨。他说，这时候的自己，可能才及罗冰的十分之一。我觉得姥爷不是不爱罗冰，是有不配的自卑在作祟，大男人的自尊在作祟。只是当时年幼，不懂珍惜。恰恰因为这样，才更珍贵吧！

第三节　砥砺行　戎马岁月将长成

第二次直奉战争，冯玉祥发动北京政变，囚禁时任总统曹锟，直系曹锟政府被推翻，把溥仪皇帝驱逐出宫，从北洋军阀政府脱离，本部改名为"国民军"，电邀孙文北上。后来冯玉祥迫于形势，不得不与奉系张作霖、段祺瑞妥协，组成以段祺瑞为临时政府的北洋政府。

1925年春天冯玉祥迫于奉、皖两派压力，赴察哈尔张家口任西北边防督办，所部改为西北边防军即西北军，后任甘肃军务督办兼任西北边防督办。就在他最落魄的这一时期，共产党人和苏联专家向他伸出援手，冯玉祥建立了各种军事学校。1926年受迫于奉军、直军的威胁下野，冯玉祥赴苏联考察。

5月初冯玉祥携30人组成的苏联顾问团到达张家口，帮助国民军进行军事训练，介绍苏联的革命与建设。中共党员与苏联顾问团一起宣传国民革命、三民主义，冯玉祥采纳建议，创办国民军干部学校。动员京津地区大、中学生入校学习，扩充军容，提高军人素质，毕业后留国民军各部工作。

1926年7月国民军在第二次北伐南口时溃败。值此危难之时，李大钊电请冯玉祥回国，整理旧部，配合南方国民军北伐。冯玉祥慨然接受，并提出："进军西北，解围西安，出兵潼关，策应北方"的战略方针。

当时战局波诡云谲，战事一触即发，冯玉祥将军从国外回国的消息，振奋了国民革命军和他的旧部。我姥爷他们的第五师同样备受鼓舞。冯玉祥在苏联期间学习访问历时三个月，受到各界热烈欢迎。姥爷听孟奎说，访苏让他更加坚定了爱国抗日的信念，受世界革命氛围熏染，坚定了参加国民革命的信心。

冯玉祥将军于1926年9月16日回国，到达绥远五原。他于国家危难之际，挺身而出，内心激荡澎湃，回国后立刻召集国民军各部首领，以期再次振兴国民革命军，向全国"发出一个自我怀抱与献身革命的信心的宣言"。

冯氏旧部听说冯玉祥回国，纷纷携枪归队。于右任、邓宝珊拥护冯玉祥，组建成立国民军联军，随时恭候，以备召唤。孟奎跟姥爷讲到这些，神采飞扬，非常激动，那神态好像看到了希望，看到了新中国的未来。孟奎原属冯玉祥的旧部，后因冯受威胁下野，他在部队流浪，郁闷了很久。孟奎受到新思潮的鼓舞，认同中国共产党的章程和做事原则，年轻的他希望能够为贫弱落后的中国做出自己的贡献和努力。1925年他就加入中国共产党，受组织任命深入京津冀区域进行地下活动，这期间通过雷昭与我姥爷结识。

国共合作被广大爱国人士认可并支持，孟奎在冯玉祥回国加入国民革命军后，非常踊跃地积极响应冯玉祥将军的号召。

1926年1月，奉直军阀联合对抗国民军。邓宝珊随国民军第二军在河南与吴佩孚军作战，在驻马店战败后，率领部队向西退回洛阳。当年3月6日，第二军主力在洛阳被豫西红枪会围攻溃散。他间道返回陕西，在三原收集、整顿了原留在陕西的第二军余部以及豫西败退归来的官兵。

这一年孟奎带着姥爷回到旧部，就是邓宝珊的部队。跟随旧部赶赴绥远五原，参加五原誓师大会。

在奔赴内蒙古的行军途中，所见所闻再一次充盈刷新了我姥爷的脑袋。一路上，风景如画，从山区到平原，从平原到草原，从夏末到仲秋，沿途风景也随着四时的变化、地域的变化呈现不同的景色。9月初的中国北方即将步入秋收的时节。金灿灿的麦穗弯着腰，红彤彤的高粱低着头，龇着牙的黄豆夹在风中摇曳，咧着嘴的棉花，吐着白白的棉絮，招呼着主人，快来把它带回家……这么美好的家乡，这么美丽的祖国，姥爷怎样也不能把这跟战争联系起来。

山里出来的孩子，带着山里孩子的质朴，善良和热忱，对祖国的满腔爱意，姥爷豪情万丈，奔赴五原，跟大家为新中国的明天奔走。

姥爷跟随部队白天行军，夜晚就地休息。越往北走，天越冷。靠近内蒙绥远地区，晚上的气温尤其低，战士们一路行军，又没有足够的棉衣来取暖。只好互相挤着、抱着取暖，行军快至五原时，环境极其恶劣，草原的北风没有任何阻挡，刀削一般，能穿透人的肌肤，到达骨子里，晚上战士们就在背风弯坡处，挤在羊群里，抱着羊腿，搂着羊脖子……

姥爷所在的团团长是崔大风，他小时候在茶馆里做伙计，见惯了生活百态，世态炎凉。茶馆每日里说书先生所讲的古代典故和文人故事深深感染并影响着他。一到晚上，崔大风就开始给战士讲故事或者来段评书，他坐在战士中间，从"三国"到"水浒"、从"小五义"到"五鼠闹东京"，战士们纷纷聚集在周围，互相靠着，认真听书，忘了寒冷。评书里水泊梁山的英雄豪情深深感染着这帮为祖国前途奔波的年轻人，姥爷也是在这一时期，知道了那么多的英雄人物。姥爷对人与人之间的感情都是正面、积极的，就像小五义之间的帮助与提携，像梁山好汉的守望相助，这都让姥爷在待人处事，做人方面形成了一种"仁义先行"的道德认知。通过评书里的战争体味到人间疾苦和战争带来的危害，受苦的都是老百姓。

从军生涯的前半期，姥爷认真学习并贪婪地吸收各类知识，充实自己，提升自己。从沿途的见闻到崔大风团长夜间的故事会，都让姥爷的精神达到了新境界。

姥爷他们这支队伍不足300人，基本都是冯玉祥的旧部，还有一些就是姥爷这一类，慕名而来。在雷昭、孟奎他们一伙人的召集下，聚集起来。大家来自不同的地方，但是为着一个目标而备感亲切。

担心赶不上冯大帅的誓师大会，他们一路上风餐露宿，日夜兼程。人太累了，走着就睡着了，还在深一脚浅一脚地快速前进，脚下稍一踩空就会惊醒。战士们饿了就吃布袋里带的干粮，渴了就喝水壶里的水。行至陕北高原，大家几乎被黄沙席卷，灰头土脸，一望无际的裸露的黄

行军见闻

土地像是巨人嶙峋的脊背。粗犷苍凉的旷世原野，凛冽的寒风卷着细细的黄沙从远方吹来，在广袤的旷野上打着旋撒野，一声一声尖利地呼啸擦身而过。凛冽的寒风，如同刀剑一般，侵人肌骨。我姥爷说，当时就觉得那寒冷像是回到了冬日下雪的太行，寸步难行。战士们在荒原脊背上逐风而行，吃了很多尘沙，从头发丝到脚趾间，都深深感受着陕北高原的热情与好客。

经过长达半月的行军终于到达了内蒙的五原。五原县位于河套平原腹地，历史悠久。据说"五原"这个名字源于夏朝，相传四千多年前天下洪水泛滥，大禹治水成功。水势减弱，在高埠处出现了若干个丘状的原所。其中较大的原所有五个，人们在原所之上开辟田地进行耕种、建造房屋用来居住，在这里生活繁衍、生息、耕作。"五原"的名字也由此而来了。

五原北有阴山横亘，东临鹿城包头，西与临河市接壤，是一颗璀璨的塞上明珠，也是重要的军事要塞，是兵家必争之地。

行军见闻

  1926 年 9 月 17 日，五原县广场，广场中央搭着 2 米高的誓师台，台子一丈见方。冯玉祥、刘伯坚、于右任等共同站在台上，刘伯坚宣读《誓师通电宣言》，冯玉祥站在旗帜左侧，发表动员讲话。冯玉祥在宣言中说："玉祥本是一介武人，半生戎马，未完学问。唯不自量，力图救国，无奈才识短浅，对于革命的方法不得要领。所以飘然下野，去国远游。及至走到苏联，看见世界革命起了万丈高潮。中国是世界的一部分，受国外帝国主义和国内军阀双重压迫，革命运动早已勃兴。又受世界的影响，民族解放的要求，愈加迫切。孙中山的三民主义与所领导的国民革命，即由此而生。于是我明白了救国的要诀已经由他开辟了道路。"

  "我这是没有办法而去，有了办法而来。现在当归国之始，有些必要的话，掬诚以告国人。"他还表示，"遵奉中山遗嘱，进行国民革命，实行三民主义。"接受国民党两次代表大会决议、宣言，冯玉祥正式表明了参加国民革命的立场。

  这一天风和日丽，阳光灿烂，与会的全体官兵队列整齐，军容肃穆。冯玉祥将军身材魁伟，穿着一身普通士兵服装，精神焕发，满面春风，健步登上誓师台，演讲慷慨激昂。

誓师大会上他列举大量事实，揭露和痛斥卖国求荣的封建军阀，勾结帝国主义列强统治压榨中国人民的累累罪行。他指出帝国主义利用中国军阀压迫中国人民，是造成中国贫穷落后的根源。他号召全体官兵响应北伐，并宣布奉行民主、民权、民生的"三民主义"，实行孙中山先生的联俄、联共、扶助农工的三大政策。他说："现在我所努力的是遵奉孙中山先生的遗嘱，进行国民革命，实行'三民主义'……"

将军的演讲，声音洪亮，词义恳切，扣人心弦；忧国忧民、痛恨暴政之情感人至深。将士们听得也是个个摩拳擦掌、义愤填膺，决心投入北伐，以求中华民族之解放。

"打倒列强！铲除军阀！"的口号声此起彼伏，响彻整个会场。姥爷说当时的场面非常壮观，广场上喊声如雷，就如同汛期里奔腾的拒马河水。接着于右任把一面北伐军旗授给冯玉祥将军。冯将军将大旗高擎在手，面向会场挥舞起来。顿时，会场上唱起了北伐军军歌。歌声震荡着整个会场，又从会场传出去飘荡在塞外原野上空。在一片群情激奋的歌唱声中，大会发出《五原誓师通电宣言》，晓喻中外，传檄天下。参加誓师典礼的是冯玉祥所属部国民军一、二、三、五、六各军官兵万余人，包含孟奎、姥爷他们，在场所有的战友在台下听得热血沸腾，震天的掌声不时响起，经久而又热烈。

会后，冯玉祥、于右任扛着青天白日旗，率领全体官兵在五原街上游行。

誓师大会后成立了国民军联军总司令部，鹿钟麟任总参谋长，刘伯坚任政治部副部长，聘请苏联顾问乌斯曼诺夫为政治军事顾问。冯玉祥随即率部参加北伐战争，出师甘、陕，11月解西安之围。

1927年4月冯玉祥所部被武汉国民政府收编为国民革命军第二集团军，任总司令，旋率部东出潼关，鏖战中原，与北伐军唐生智部会师郑州。进而冯又挥师北上，进北京推翻了北洋军阀的统治，完成了伟大的北伐革命。

我姥爷跟随参加了初始甘、陕的北伐战争，跟随孟奎、崔大风意气风发，驰骋沙场。他们打了一个又一个漂亮的胜仗，获得了部队的嘉奖。这期间孟奎被提拔当了连长，我姥爷做了排长。

五原誓师后，在用兵方略上，冯玉祥也得到共产党人的具体帮助，使国民军不仅恢复了元气，由弱变强，而且成为一支以国民革命为目标的新型军队。这支军队按照中国共产党协助制定的"固甘援陕，联晋图豫"的作战方针，西进南下，不断发展，成为拥有近20万人的革命武装，并最终与南方北伐军胜利会师于河南。姥爷在征战中也成长起来，学会分析战局，分布兵力，跟着崔大风和孟奎研究兵法和用兵之道。

姥爷在跟随部队平甘援陕之时，一路上增长了很多见闻，看到了不同的风土人情，唯一不变的就是善良的百姓，苦难的百姓。从五原到临河，沿途的土地肥沃，适于种植农作物。古时在西北屯田，多在这一带地方。可惜现在人烟稀少，已成一片荒原。听崔大风说，这里一直不重垦殖，以至肥田沃土，白白地荒废了。在行军途中听说冯将军处了一个连长，因为这个连长强迫百姓换马，因而被枪决之事。要换一匹马，看起来并不是什么大罪，可是军纪必须严明，骚扰百姓的事情尤不可有；因为新败未久，正在努力整顿，肩上担着艰巨神圣的使命，更要严格地维持纪律，方不致再次败北。姥爷觉得很有道理，要取胜就必须自强，没有强大的自律精神和严格军纪并且执行，其他都是枉然。

姥爷讲起行军路上的见闻都是滔滔不绝，黄河的伟岸，高原的荒凉，还有草原的广袤……

磴口位于黄河之边的城市，原来隶属阿拉善旗管辖。沿路所过的地方都是黄色的砂土，无论是山坡或是平地，看不见一块树木，看不见一块青色的草地，非常贫苦。居住在磴口的居民不多，有一半是蒙古人，另一半信奉回教，汉人也有一部分，属于汉回蒙三族杂居的状态，社会环境十分复杂。我姥爷深处这样的环境，相比之下顿时感到无比幸福。自己出生在拒马河畔，太行山物产丰富，自己是多么幸运从小就享受这么多的美好。在这里半年都未必能洗上一回澡，风沙特别大，绿色的植被几乎没有。不过这里产一种稀有的特产。听崔大风说，磴口以西，出产一种肉苁蓉，销运广东南洋一带，年达十几万元；肉苁蓉生活在沙土中，它茎粗有一寸，高有八寸，随处皆是。姥爷听了崔大风介绍，就低头看，留心找，可是没有看到，因为姥爷根本不认识。他后来查找，才晓得此物性热力大，为至佳之补品。磴口还生产一种甘草，粗的直径约摸一寸，味甘性热，产量亦丰。

固原这个地方处于陕、甘、蒙、回接壤之处，地理位置非常重要。清代就已经设提督，成为重要的行政单位。民国九年这里刚发生过地震，地震持续时间长达五分钟，全城瞬间化为一片瓦砾，死伤无数。姥爷他们当时看到的固原城，到处断壁残垣，满目荒凉。部队在城西小客店中整顿。姥爷看着这荒废的城市，内心一片悲凉，在自然灾害面前如此无助，唯有忍受。

从宁夏到平凉，一路深沟绝壑，险势天成。马路修筑工程过于草率，高高低低非常难行，聊胜于无。大雪之后，途中积雪已被扫除，但远山近野，仍是一片耀目的银白世界。

姥爷一次又一次被祖国这大好河山深深吸引，感慨着祖国之大，景色之美。姥爷一路上听崔大风给他讲各地的风土人情不禁感慨，我们的祖国真是地大物博，随地都是宝物。可惜这样的国家正在被战争残害吞噬。

第四节　显谋略　战场提拔受重用

冯玉祥将军是个基督徒，他善于利用基督歌曲，赞美诗，进行改编，重新填词改成军歌，用来鼓舞士气。他改编的军歌内容渗透到治军的各个环节，从入伍动员、部队生活、杀敌卫国到士兵的思想建设，部队的建设，非常广泛。如《射击军纪歌》《国耻歌》《爱国歌》《山地行军歌》

等等。

唱歌对于治军有很大的帮助,不仅有益于士兵身心,对于鼓舞士气,整治军队有非常大的帮助。我姥爷在这期间学会了很多革命歌曲,战士们通过早晚唱歌也锻炼了肺活量,精神愉悦,每天都有精神头。我姥爷对冯玉祥的治军是非常佩服的。

"小之如食息寝兴之微,则有晨起唱歌,吃饭唱歌,寝时唱歌"[3]。其他如行军打仗、射击刺杀、戒烟酒嫖赌等皆有相应歌曲。这些歌曲歌词内容不仅灌输军事知识,教育官兵勿染恶习,勿扰民众等,更重要的是对官兵进行爱国主义教育,激励官兵勿忘国耻,勇挑救国御侮的重担。

如每餐前必唱的《吃饭歌》,这是冯玉祥在大革命时期为部队编写的,歌词是:"这些饭食,人民供给,我们应该,为民努力。帝国主义,国民之敌,救国救民,吾辈天职。"1933年冯玉祥领导察哈尔抗战时,又将后四句改为:"东北沦亡,军人之耻,收复失地,我辈天职。"在冯玉祥亲自为部队编写的大量的爱国主义教育歌曲中,最典型的是反对日本利用"二十一条"独占中国的《国耻歌》,歌词为:"四年五月七日,二十一条件,日本要挟我国,欺我四万万。同胞奔走呼号,冒死赴国难,况我爱国军人,铁血男儿汉。"[4] 这首歌是民国初年冯玉祥担任左路备补军第二营营长时编写的,到国民军时期仍然是官兵们的必唱歌曲。

这些歌曲鼓舞着我的姥爷和其他士兵们,时刻提醒自己,严于律己,铭记军人的职责,外敌尚在,不能松懈,外侮不除,时刻备战。

此外冯将军治军之严也是出了名的。听姥爷讲,当年流传着这样的说法,他是听孟奎说的。这位冯将军不讲究吃穿,跟普通士兵一样。随时会到部队临检,从不提前打招呼。这样可以看到部队里士兵真实军纪情况。一日冯将军到了孟奎他们连队,时值正午,赶上部队午餐。冯将

---

3. 冯玉祥,冯玉祥自传[M],北京:军事科学出版社,1988,P23.
4. 中国人民政治协商会议北京市委员会文史资料研究会,文史资料选编(第15辑).[Z]北京:人民出版社,1982.

军检查紧急集合的士兵的军容军纪，午餐时间难免放松，几个士兵妆容不合格，被罚去操场跑圈。

还有一个传闻说，他每到连队，该连队都必须把伙食搞得很恶劣，比方说粥里边掺点沙子啊，用点不好的菜叶啊，总之伙食水平要整体下调才行。因为冯将军相信"生于忧患，死于安乐"，他不想让士兵们的生活太过富足，忘记士兵的职责和我们所处的环境。要用咯牙、难以下咽的饭食时时提醒自己，要记得"忧国忧民"，知道国家、人民正处于水深火热之中。

冯玉祥将军曾写对联批评讽刺过官僚机构的拖沓和不作为。仅是十几个人的一个会议，召集起来也不容易，经常是两点钟的会，四点钟人还不齐。会议桌上水果点心摆得满满的，西洋点心、美国橙子，一切都是穷奢极华，旧官僚的习气全都学会了。他们不知道自己应该做什么，没有想过百姓过什么日子，对流血牺牲的战士更是毫不关心！要他们做什么，这种情形，一点也不夸张。据说冯将军回到郑州开会，也是这样的情形，汪精卫就多次没有出席。冯对这种官僚作风愤怒难忍，编一副对子，送给了汪精卫。联文是：

"一桌子点心，半桌子水果，哪知民间疾苦；两点钟开会，四点钟到齐，岂是革命精神。"横批是"官僚旧样"。

不论这传闻的真假，姥爷是被冯玉祥将军的风采折服了。跟随冯将军征战的几年，他养成了早睡早起的生活习惯，规律的生活让姥爷保持最佳的身体状态和敏捷的头脑。这一时期，姥爷不论从身体条件还是思想认知都趋向于成熟，更加明确做一个什么样的人，怎样做好，要做什么事，怎么做。

姥爷因为在部队肯吃苦，自觉学习，获得了营长崔大风的提拔，做了连长。队伍行进到陇南市的武都，开始休息整顿。

武都位于甘肃省东南部，处于白龙江中游地带，在秦巴交界的地方，因为是甘肃、陕西、四川三省交界的交通要道，其地理位置十分重要，

山林风光

一直被称为"巴蜀咽喉、秦陇锁钥"。

  姥爷他们的部队占领了陇南市后,就驻扎在附近姚寨镇擂鼓山[5],负责这一区的安防,防备奉系军阀的反扑。夏日的武都风景秀美,天气凉爽。晚上部队分片安排执勤,步哨严密,可以说是密不透风啊。偏偏一晚在擂鼓山山腰红杉树口有敌人潜入,还好只是几个打散的奉系军阀的士兵,不死心想要侦查地形,计划回去邀功。

  这次突袭的敌人很快就被我姥爷他们收拾殆尽,虽没有造成重大损失,但是执勤哨兵玩忽职守,不能无视。因此三排排长丁二平计划对渎职士兵进行严惩。

  这一晚在擂鼓山山腰红杉树口执勤的是钱二槐,因为连日奔波打仗,休息不够,在执勤的时候睡着了。丁二平叫来执勤士兵钱二槐所在二班班长乔杰,训斥一顿之后命令乔杰军法处置,当他得知当晚执勤士兵是钱二槐时,他更改了命令,要求乔杰枪毙钱二槐,以儆效尤。乔杰不敢

---

5. 史书称为露骨山,主峰海拔 3600 米。相对高差 2933 米,垂直差异明显,是武都境内最高处。

不听，下去执行。

姥爷说，钱二槐这样的失职行为，未造成重大损失的在当时就是罚俸、撤职或者体罚，还罪不至死。丁二平为什么要置钱二槐于死地呢？

原来这钱二槐来自河北沧州吴桥。吴桥是杂技之乡，自小就耳濡目染，身上有些功夫，带艺从军。平日里也是钱二槐太过张扬，显摆自己，惹得排长、班长这大大小小的长官眼红。排长觉得碍眼，所以钱二槐虽错不致死，排长也要枪毙他。

当时与钱二槐一起在部队当兵的还有他一个弟弟，叫做钱三槐。当晚枪毙命令下达后，钱三槐就急了。钱三槐性子急，脾气暴躁，做事不计后果。他一听第二天就枪毙了，救哥哥心切，把乔杰约到了僻静处，先是送礼，接着评理。结果可想而知，一个心有偏见，一个脾气暴躁。一气之下钱三槐拧了他脖子，推下了悬崖。然后他就奔绑着哥哥的简易监狱，二话不说，解开捆绑的绳子救下钱二槐。

哥儿两个也是为求自保，一看闯下大祸，连夜逃命。

当时军阀队伍虽有枪有人，但是枪械比较紧缺。跑了两个士兵不是大事，战争频繁，死伤无数，人少了只要再通过征兵补充就可以了。但是一旦丢失武器，罪责就大了。我姥爷得到消息的时候已经是半夜，团长崔大风分派了三组人马去追，捉到就地枪决，武器缴回。鉴于二人在我姥爷的连队，我姥爷也主动请缨去捉拿钱氏兄弟。

平日里部队组织练武比赛，这钱氏兄弟也是小有名气的。他二人爱好习武，有几次在比武中还获得名次，姥爷对他们印象不错。内心里，姥爷还是想要帮他们一把，因为毕竟都是中国人，又是老乡，尤其让姥爷觉得可惜的是他兄弟俩一身的武功。

从午夜出发开始追，一直追到第二日上午十点钟左右，姥爷一路追上了山。因为山路虽难行，但是有树木隐蔽，是藏身的好地方。这擂鼓山山岭叠嶂，树林茂密，绿叶碧天，水源丰富，飞瀑流云，如果没有战争，这里就是人间仙境。姥爷一路追赶，走到山上缓坡处，发现有人活

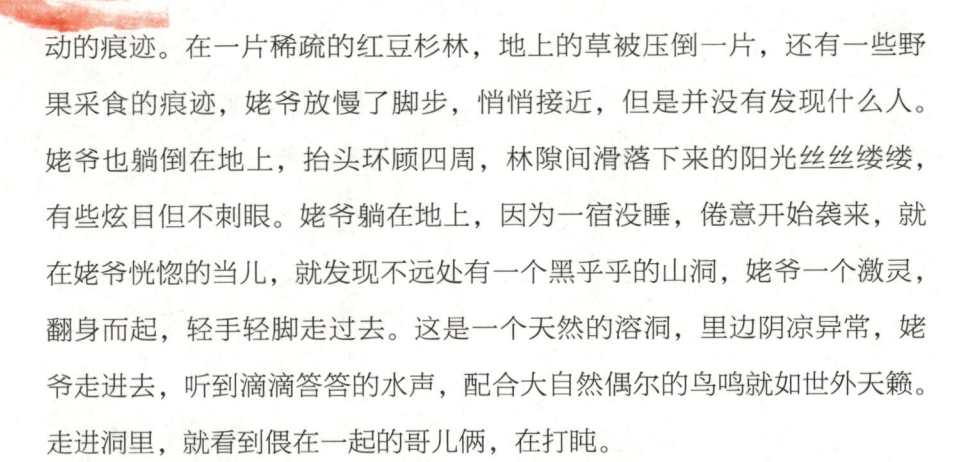

动的痕迹。在一片稀疏的红豆杉林，地上的草被压倒一片，还有一些野果采食的痕迹，姥爷放慢了脚步，悄悄接近，但是并没有发现什么人。姥爷也躺倒在地上，抬头环顾四周，林隙间滑落下来的阳光丝丝缕缕，有些炫目但不刺眼。姥爷躺在地上，因为一宿没睡，倦意开始袭来，就在姥爷恍惚的当儿，就发现不远处有一个黑乎乎的山洞，姥爷一个激灵，翻身而起，轻手轻脚走过去。这是一个天然的溶洞，里边阴凉异常，姥爷走进去，听到滴滴答答的水声，配合大自然偶尔的鸟鸣就如世外天籁。走进洞里，就看到偎在一起的哥儿俩，在打盹。

原来他们趁着夜色，一路狂奔，到天渐亮就不敢走了。想先找个地方躲一躲，休息一下，天黑时候再起身。在歇脚的时候无意中发现了这个溶洞，干脆就进来休息，躲过风声再说。

兄弟俩在逃亡中，本来也睡不安稳。他们发现我姥爷时，像是在做梦，睁大眼睛，不相信眼前的事实。他们没有想到，我姥爷能追这么快，而且在溶洞里堵住了他们。

随即发现就我姥爷一个人时，就放松下来。姥爷说，他们当时可能也是被逼急了，看我一个人，觉得两个对付一个，还是很有胜算的。姥爷内心里也盘算了个遍，自己虽没有要杀害他们的意思，但是难保他们为求自保不杀自己啊。

姥爷手里有枪，只能威胁他们。钱氏兄弟被逼无奈只好先把裤腰带扯下来，交给姥爷。他们自己用双手提着裤腰。这样一来，就困住了兄弟二人的双手。

姥爷劝他们，"两位兄弟，知道你们不容易，能出手杀了二班班长乔杰，也是被逼无奈，为求自保。"

兄弟两个不吭声。

"还是打仗亲兄弟啊！二位这兄弟情义也让蔡某深受感动。"我姥爷晓之以理，动之以情，"我主动要求追查二位，就是看中二位身上的功夫，咱又是老乡，我没有为难你们的意思。二位走是可以的，交出手里的步枪，蔡某就当没有见过你们。"

兄弟两个平日里对姥爷的为人也有耳闻，觉得姥爷说的有道理，就说，"背着枪实在不好逃命，影响速度还惹人注意。我们把枪扔在路上的水潭里了，你可以原路返回，捞上来就行了！"

"是哪个水潭？有什么标记吗？"我姥爷追问。

"没有标记，就在来路上。很好找！"钱三槐回答。

"步枪如果找不到，我也交不了差。还是麻烦两位带一下路，到水潭把枪捞上来。两位就可以走了。"我姥爷说。

钱氏兄弟交换了一下眼色，没有办法，只好提着裤子带着姥爷去找水潭。

往姥爷来时路不远处走上差不多1个小时，到了一处平缓地带，这里不再继续直行下山，而是拐弯上侧路小道奔山上走上几分钟，就看到水潭了。

静水潭深。姥爷说，那水潭远望是墨绿色，映照着山壁上，潭边的片片树林。走近了，水色浅了些。幽碧的深潭，清澈，但又深不见底。外边并不见有瀑布从山上流下，想必是山体内有流水，潭水平铺开来，水面泛着粼粼的细光，便是幽深的墨绿色。让人不自觉产生寒意。幽幽沉沉，没有半点声势。

面前的幽暗水潭，深不可测。像一只沉寂中的巨兽，幽静而深远；又像一把落败的名剑，置身于黑暗和深渊之中，湮没在无尽的历史里。

此潭方圆丈许，潭水清澈幽寒，却又深不见底，站在潭边，隐约感到一种深陷潭底不可脱离的魔力，让人双腿发颤。

"就是这里了，我们今天清晨的时候扔在这儿的！"钱二槐说。他们在逃亡路上，一直想要扔掉两条步枪。可是不敢随便扔，怕留下痕迹，被追踪。这天清晨，发现了这个水潭，这才把枪丢弃。姥爷看着他们两个人，听他们说，感觉他们不像是在说谎。

姥爷本意是想让他们两个下潭水捞枪，可是他们哥儿俩都不识水性。

姥爷没有办法只好把他们哥儿俩捆在一棵树上，自己下水捞。

"真的在这潭里，你放了俺们哥儿俩吧！"钱氏兄弟嘴里絮叨着，求姥爷放了他们。姥爷不理会他们，脱掉鞋子、军装外套，叠放在一棵树下，纵身跃下，"噗通"一声闷响，姥爷进入了水里。听到响声，姥爷知道这潭水一定很深，虽是盛夏时节，可是潭水冰凉，有丝丝寒意。姥爷咬着牙，先来回熟悉了一下环境和水温，让身体先认识这潭水后，就开始寻枪了。这枪肯定已经沉底了。思索着就游向兄弟俩指引的位置附近，浮上水面，深吸一口气，憋气下潜。

还好姥爷自小在拒马河里扑腾长大，水性不错。上来下去几个来回之后，终于看到了枪。最后一次浮上来换气的时候，姥爷就发现钱氏兄弟已经逃跑了。姥爷心想，跑了就跑了吧，把枪捞上来是正事。

这钱氏兄弟看我姥爷上来下去好几趟，担心找不到枪的话，姥爷会不放他们走。于是哥儿俩互相解开绳子，找机会逃命了。我姥爷发现兄弟二人逃跑后再下潜下去就把两支步枪捞了上来。此时我姥爷已经精疲力竭。

要说这钱氏兄弟人也不坏，俩人离开的时候，在我姥爷叠放衣服的那棵树上绑上了绳子从潭壁上垂下来，可以帮助我姥爷尽快上来。

后来我姥爷就把两支步枪带回部队上缴了。姥爷在讲这段经历的时候，经常会感慨，人无所谓好坏，都是相对的。没有彻头彻尾的坏人，也没有完美无缺的好人。基本上人都处于中间状态，只有在面临一定的事件的时候，因为不同的选择才决定了"好坏"。与人相处要"将心比心"，从善心出发，不要计较，要有容人之量。

1927年，冯玉祥任国民革命军第二集团军总司令，率部东出潼关加入北伐行列，与武汉军会师郑州、开封。

在会师徐州途中，曾与直系军阀打过一场遭遇战。当时队伍行至城川镇，快进陕西地界的时候，与直系军遭遇。此时我姥爷他们是崔大风带队，当时崔大风已经是旅长。

如何应敌最是迫切。

崔大风把孟奎和我姥爷叫到跟前，在草原上行走。穿过一大片干草地，翻过一座小山包，站在了一块巨石上。巨石叫望云石，站在这里，辽阔的河川便尽收眼底。整个川呈东西走向，如一条长长的地毯，两头连接着高山。

崔大风说，河川以前应该是一条河流。若干年前，这里一定是碧波荡漾，水光潋滟，水草茂盛。只是随着时间变换，沧海桑田，河流慢慢干涸，或者是改道，留下了这一望无际的古河道。经历几次大的地壳运动，将古道河川摇得四分五裂，辽阔的草原就成了现在这样起伏不定的丘陵带，两侧悬崖峭谷壁立。

我姥爷望了望地形，之间河川起伏，丘陵间现，草地延伸到远方。两侧的高山将这一块草筑的地毯围住，就像一个椭圆形的口袋。姥爷心中有了应敌的打算。崔大风和孟奎讨论着战斗的方案，他们都在为兵力不足担心。大部队已经前行，留下他们押后，总不能让已经前行的队伍回来支援。这是万万不能的，这种丢人的事情可不能干。崔大风讲话透

河川草原

着幽默，说："我们的大将军蔡俊臣，你有啥想法？"从参军就跟着孟奎、崔大风，从五原誓师一路走来，姥爷的为人，崔大风很是了解。姥爷为人谦虚，诚恳，又好学。很多时候能冒出一些出其不意的点子，让人茅塞顿开。

我姥爷就说："旅长请看，河川虽然开阔，但从地势看，它是一条布袋子。往远看，这布袋一头系在东侧的贺兰山，一头是祁连山的龙首山。往近看，它的一头就系在前面那两座悬崖间。那两座悬崖，就是天然屏障，是老天爷赐给我们的保护神。必要时，将两座悬崖一炸，乱石一堵，任它千军万马，想进入河川，难！"

那两座悬崖已经吸引了崔大风的注意，他跟孟奎抬头看，会心一笑，那如果没守住，放进来了呢？

"进来就进来，进来有进来的招。两边架起炮火，逼他们往里钻，钻到最中心低洼处那里，我们就成功的把敌人全给装进去了，咱么那就收口袋系绳子。他就是再强大的敌人，也只能乖乖受死了。如果有逃窜的，咱们的队伍可以在乌鞘岭集合掩护，将逃窜的漏网之鱼，一网打尽！"姥爷分析得头头是道，崔大风频频点头，说着，"小子！果然没有看错你！"

于是派姥爷带兵埋伏在周围，很快敌人静悄悄地走进了布口袋，姥爷耐住性子，让大家别急，直到全部走进中心区域，才下令开火。这次姥爷狙击了直系军队将近千人，有两个营的兵力呢！姥爷这次立了功，很受崔大风赏识，被破格提拔做了第三团的团长，比孟奎级别都高。

姥爷第一次有了荣耀的感觉。他想要带兵，想要打胜仗，想要证明自己的价值。姥爷内心里朦胧着的一种念头清晰了，这也算是出人头地吧！于是他也把自己初入伍时所受的教育搬到战场上来，学习是一方面，练习最重要。姥爷选用老兵来带兵，设置自己熟悉的专业如骑兵、炮兵、工科等。

骑兵科的骑术教练、乘马操练、搜索、警戒、战斗演习、战术演习、劈刀、刺矛等等，都反复演练。炮兵科对山炮、野炮迫击炮的操作、射击、指挥等等，也经常进行演练。工兵科对于各种阵地的构筑，各种防御器材的架设，各种军用桥梁的架设，各种爆破技术的练习，以及交通和通信等项课目，反复进行了演练。

  姥爷把队伍带到哪儿，训练就在哪儿进行。他的兵都是随时处于备战状态中，不论体力还是脑力。这种紧张备战的状态培养了姥爷机警和敏捷反应的良好素质。这为他日后的武工队的地下工作打下了基础。

第五节　辞权贵　交枪退伍回涞县

  后来姥爷带兵又跟着部队打到甘肃、徐州、郑州，杀到直隶、北平。多年的戎马生涯，让姥爷的脸上多了些沉稳和沧桑。一路上虽捷报频传，但是姥爷越来越没有获胜的喜悦与满足感。夜里姥爷时常想起跟着孟奎奔赴五原的情景，那一路上的黄豆、高粱、玉米和沉甸甸的谷穗，晃得他在梦中都能走回去，幸福得不想醒来。

  军阀的派系之争，直接受苦的就是百姓。这是姥爷脑子里最近时常冒出的念头。老百姓就是种田，土里刨食吃，战争剥夺了家里的劳动力，糟蹋了田里的粮食，让百姓在惊慌、害怕中捱日子，还怎么种田！姥爷忘不了上次战役遍地的尸体，高温的天气，毒辣太阳的暴晒下，到处迷漫着尸臭味道，久久都消散不去。沿途都是逃难的百姓，伴随着嘤嘤的哭啼声，或者是重重的叹息声。

  这些情景和声音开始骚扰我姥爷的视听，姥爷不得不思索，带兵打仗的意义何在。好几次他找到孟奎，诉说自己的苦闷。

  "这一场一场的仗，打得没有意义，看到遍地尸体，刺鼻子的尸臭气，只让我觉得是造孽"，孟奎每次听完都是沉默，他比姥爷见多识广，但也不免陷入沉默。他说，"我们是为了获胜而战，为了百姓解放和自由

战场

而战！"于是姥爷就更加迷惑，为了百姓而战，就是让百姓过着颠沛流离的生活？其实姥爷心里很清楚，这就是党派之间权利的争夺，主义的厮杀。可是他对权利没有兴趣。他以为跟着孟奎上了战场，跟着冯玉祥大帅就可以平定天下，给百姓安稳的生活了。所以他义无反顾地穿上军装，跟部队北伐，现在想想当时的自己还是太幼稚了。

现在华北平原刚进夏天，棒子和高粱还没有熟，绿绿的身姿挺拔得很。站在高岗上向田野远处望去，会看到绿色的海洋，那是老百姓的庄稼，一年的口粮。成片的玉米地就如同无边的大森林，遮天蔽日，隐蔽了日常的行迹，遮掩了村庄、树木和道路；壁垒森严，从一个村庄望不到另一个村庄，从一条路找不到另一条路，从这块地望不到那块地。钻进去，肯定转向，找不到东南西北。路边的小草、地里的昆虫、飞鸟、野鸡以及割草的人、放羊的人都被玉米遮挡，幽暗、诡秘，一个人走进这里，肯定会不安，会迷路。这样的环境打狙击站也是最好的掩护！想到这里，姥爷就笑了，他觉得自己打仗打成痴了。

现在队伍打到了老家，经过直隶省高碑店的时候，姥爷真想回去看看母亲啊！跳到拒马河里泡一会儿，冷静一下，冲掉自己身上的沧桑和血腥。看看多年未见的老院子，蔡先生……

想着，更多的往事就涌上心头。姥爷的心焦灼起来，回家的愿望更为迫切。

姥爷因为战场表现英勇，又再次获得了提拔，做到了旅长，每月还多拿7块大洋。姥爷照旧寄回去，给他母亲，贴补家用。但是这样的重用和赏识已经不能让姥爷产生荣耀感和满足感。他开始思考，要留在部队还是退伍回家。跟血腥的战争比起来，他更喜欢在乡野田间过好自己的日子，就算有战争，也不怕，别的老百姓还不是一样地过。

"近乡情更怯"，姥爷主意拿定，就开始准备交枪退伍。他先找到崔大风、孟奎，三个男人在高碑店的一家酒馆里，痛痛快快地喝了一场。姥爷首先感谢孟奎带他从军，让他有机会认识外边的世界，学到了很多东西，结识了不同的朋友。然后又感谢崔大风的赏识和提拔，让自己也经历了带兵打仗的乐趣。但是他离家六年，没有在家尽过孝，还让年迈的父母担心，这让他心思难安。行军至此，家门就在咫尺，姥爷决定就此退伍，回家耕田，守着老娘尽尽为人儿子的孝道。说完，姥爷一仰脖把杯中的酒干了。这让孟奎和崔大风面面相觑，对姥爷的决定感到很意外。

三人经常在一起，也都了解对方的脾气秉性。孟奎虽知道姥爷有动摇之心，只是没想到这么快做了决定。崔大风对痛失一员虎将感到非常可惜。二人纷纷阻止，劝解半天，没有用。三个男人推杯换盏地喝了个痛快。但姥爷去意已决，摆着手，不让他们说了。

第二天姥爷把军服脱下来，穿上自己的便衣，月白色背心、大褂，麻布长裤和一双布鞋。打眼望去，个子不高，很像村里外出跑生意的小老板，他把军装叠整齐，把自己的两把枪放到衣服上，交给他的副官。自己找到崔大风来告辞，说自己回家种地了。崔大风不死心，还是想要挽留，他怎么也想不明白的，在这战乱的年代，不就是图份安稳还有收入的工作，是再合适不过的了，大好的前程，又得上峰赏识，怎么就急流勇退了呢？

我姥爷最后冲崔大风敬了礼，说："想家了，回去看看老娘。"崔大风立正，抬手，也回敬了一个军礼。俩人握手，互相拍着肩膀，崔大风说："好兄弟，以后有难处，随时来找我。想回来带兵，也随时欢迎你！"姥爷表示感谢，毅然转身，回家。

孟奎在姥爷临行时送了一程，得一知己不容易，青山不改，绿水长流，希望还有再见那一日。姥爷没有跟自己的兵打招呼，一是怕伤感，一是怕影响军心。姥爷就是这样处处为人考虑，这是他做事情的出发点。

就这样我姥爷从部队退伍，回到涞县老家。

脱下军装的我姥爷，一身轻松，走在回家的路上，细听路边的蝉鸣鸟叫，水塘里青蛙的叫声，此起彼伏，像是在欢迎久未归家的姥爷。一路上姥爷脚步急切，太阳毒辣也未曾发觉。他就这么走着，穿过高碑店义安这边的火车轨道，一股熟悉的味道袭来。这里就是家乡了！

可是这家乡，跟他记忆中的家乡不同。当日离家是深秋的午夜，天气很冷，路边树木苍翠，茂密，田里庄稼也长势蓬勃，人心烦乱但还是很踏实的。如今归来正值盛夏，如刀的高粱叶和玉米叶子，连接起来，一望无际的青纱帐随风飘荡，摇曳生姿。

走在玉米地边的小路上，仿佛听到了玉米生长的声音，池塘边的阵阵蛙鸣，还有那忽高忽低时有时无的蝉鸣声……感觉心儿此刻才是真正的休憩！姥爷走在路边都能想象出丰收的场面。偶尔经过一片花生地，小而圆的绿绿的花生叶子铺在地面上，绿绿的叶子上点缀着黄色的小花，一片片连接起来，像是绿色的花地毯，让人想就此躺上去。姥爷可舍不得躺下，花生正在灌浆结果咧！

穿过一片青纱帐，爬过前边的高坡，就到了日思夜想的拒马河了！正是雨季，河水水位上升了吧！姥爷爬过坡顶，往下看，就看到闪着光的河水，荡漾着流淌。姥爷来了精神，飞奔着跑下去，就像回到儿时，撒野一样蹬掉鞋子，扔下外衣一个猛子扎下去，好久没有上来。

等他吐着泡泡浮出水面，就看到不远处的村庄了，他用手抹了一把脸上的水，高兴地在水里打着转。真凉快！姥爷舒服、自在地游了几圈才上岸，躲在旁边的青草后边撒了尿，就走出来提着鞋子，把上衣搭在肩膀上继续往家奔……

　　姥爷急着回家，脚步轻快，人就像要飞起来。走过一片玉米地时，姥爷放慢了脚步，这片玉米地前头种了几畦黄豆，用来阻挡路边发坏提前掰棒子的人，当然姥爷并不是被黄豆吸引，而是好像隐约听到了求救声。姥爷循声往玉米地里走去，看到一个男子靠在玉米秸上，腹部受了伤，面色苍白。看来应该是失血过多，马上要进入休克的状态。姥爷在战场上也学会了基本的医疗救治。他把这男人放平，检查伤口，伤口伤得很深，像是枪伤。怎么办？姥爷迅速把自己的外衣绑住他的腹部，然后开始周围找扎扎菜，这伤口需要很多扎扎菜，姥爷一边找，一边嚼找好的扎扎菜，嚼满一嘴就跑到这男人身边，敷在他的伤口上。姥爷第二次找扎扎菜回来，给他敷伤口的时候，就听这男人说，"枪伤，里头还有子弹。"姥爷愣了，怎么办。"富位，找王德新"，男人说。姥爷没听明白，只是隐约听到富位。于是就把自己的外衣绑在他腹部，然后背起这个男人，开始跑向富位。

青纱帐

背着人跑步跟在部队的负重前行相比差远了。这男人不重，只是失去知觉了，死沉死沉的，在背上不配合。这里距离富位差不多2个小时的路程。姥爷朝着富位方向在玉米地里穿行，一是时间不等人，一是走大路怕被人发现。此时的姥爷就像回到了战场，在跟时间比赛，争夺生命。穿过玉米地、花生地、黄豆地，趟过河沟，走过乡间的小路，就来到了富位标志性的几棵核桃树旁。树不高，但是树冠犹如一把大伞摊开，但是压满了核桃，上边压着一些装满土的袋子。姥爷没有心情看核桃的大小，来到村口就打听，哪里有诊所，谁家是郎中。很快就打听到了在王德华家里有大夫，姥爷打听着，把他背到大夫家。大夫看了看伤口，翻了翻眼皮，叹了口气，太晚了，需要输血。

　　"大夫，他说他是枪伤，子弹还在身体里！"我姥爷擦着汗对大夫说。王大夫说，"知道。你是什么血型呢？"我姥爷在部队因为体检知道了自己是O型血，大夫回答，"现在去找血太慢，来不及了。后生，你能辛苦受累，给这位青年输血吗？"姥爷在战斗中对输血这回事司空见惯，回去吃点好的，就补回来了。姥爷爽快地答应了。

　　姥爷伸出胳膊，等大夫扎针。这大夫瞅着姥爷，说"年轻人身体好，恢复快！你也心肠好，会有好报答的。"姥爷不说啥，只是笑。给那位男人扎针的时候，他睁了一下眼睛，就又闭上了。

　　姥爷可能因为回家太过兴奋，又背着伤员跑了一路，扎上针就睡去了。姥爷做了很美好的梦，梦到自己成家了。在老家院子里他在用杨树枝和柳条编筐，大杨树挡住了暴晒的阳光，他幸福地笑着抬头望着旁边灶台上做饭的媳妇，可惜他看不清她的脸，只是让人感觉很舒服，很自在。我姥爷居然哼起了歌，突然就又回到了北伐的行军中，匆匆忙忙，双脚、双腿均已麻木，脚上的水泡不知破了几次，脚底都生了厚厚的老茧，然后他不知什么时候掉了队，被落下好远好远……姥爷一着急醒了。像行军掉队这回事，对于姥爷来说简直是耻辱，他坚决不会让这样的事情发生。真是乱糟糟的梦啊！

姥爷拍拍脑门，让自己更精神一些。输血已经结束了，旁边放着一包红糖，还有一些花生。姥爷站起来想要走，王大夫刚好进门，拉住他，把花生和红糖递给他。说是那位伤员给他的，感谢他。现在他已经脱离了危险，请姥爷放心。

姥爷本想去看看那位伤员，但是被拒绝了。姥爷回家心切，这一睡又到了晚上。姥爷就不多说，带上红糖和花生就走上回家的路。在明亮的夜色里，姥爷想着这回家的路可真不容易。没想到会生出这许多事端来。

想着不由就加快脚程，天也凉快了。姥爷在晚上九点多钟的时候就到了西明义。他先去了拒马河边，跳到河里洗了一路的尘土和汗水，上岸提上红糖和花生就走向自己熟悉的家。

一进家门，父亲和母亲还没有睡，一切都没有变化。一盏煤油灯在案桌上，昏黄如豆的灯光下，母亲在纳鞋底，父亲在炕下边的椅檼上，坐着，抽着旱烟。两位老人头发白了，皱纹多了，身体没有以前挺拔了，我姥爷一进屋就看到被岁月折磨的双亲，眼泪就止不住地往下掉，他跪下说，"爹，娘，儿回来了！"。

我姥爷的母亲，愣住了，开始还不相信是自己的儿子回来了，确认了又确认，才又搂又抱又亲，"孩子啊！气性那么大，打你几下就走了！不回来了！"老母亲哽咽着，埋怨着，落着泪，但还是在笑着。父亲仍然不善言辞，一直嗫嚅着。"回来了好，回来了好！你娘想你啊！"

我姥爷他母亲忙忙叨叨开始给儿子准备饭菜。经过奔跑和输血，我姥爷确实饿了，当下我姥爷最该喝点红糖水，可他想留给父母喝，自己舍不得。他走出堂屋，看着母亲给他做饭，母亲和面要烙饼给他，父亲雀跃地等待着，东走走，西串串……姥爷的父亲就端来了一碗红糖水，姥爷就怔住了，他没有想到，寡言的父亲会端红糖水给自己，久违的家庭温暖包围了我的姥爷，姥爷怕自己哭出来，紧着喝了两口就让给自己的父亲喝。

他走出堂屋，到院里把火点着，准备妥当，母亲的面团也揉好了，

村庄旧貌

直接放到锅里烙就好。他把锅刷干净，等着火把锅烧干，麻利的刷了一层油，他母亲就端着面盆和案板出来了。看着面团在案板上在母亲手里服帖地转来转去，很快一张漂亮的饼就擀出来了，姥爷他母亲用勺子蘸了点油放在锅底，把饼用一只手打着旋儿放下去，让拇指和食指分开在饼的两侧，顺时针转一圈，让饼尽可能的接触到油，"丝丝丝"耳边出来轻微的油热的声音，姥爷的母亲，一边做一边说，"火不要太大……小点"……

在欢声笑语中姥爷吃了两张饼，跟他日思夜想的味道一样，应该说还要好吃！姥爷像个孩子似的，陪着父母聊天，说话。母亲说老三，就是我姥爷的三哥捎钱回来过，说他们在天津都很好，让我们看见你，也告诉你，彭老爹也很好！啊，天津，现在想起来，像是做了一场梦。那浑浊的海河水，叮当响的各色电车，还有租界的美景和不同肤色的外国人，还有罗冰……姥爷答应着，说"知道了，那就好！那就好！"于是又从头到尾讲一遍三哥他们去的情景。

夜风踏着轻盈的脚步，在田野山岗悠然地飘过。经过了一天地喧哗，拒马河畔的小村庄终于安静了下来。

夜晚，周遭是那么宁静，梦想氤氲着希望。小河边的草丛中，偶而会传来几声欢娱的蛙鸣，间或几声虫儿的窃窃私语，仿佛是大自然演奏的小夜曲儿，美妙动听，让人忘记疲劳。

夜色融融，黝黑的天幕上缀满了点点繁星，他们调皮地眨着眼睛，偷窥着人世间的秘密。偶尔有流星划过夜空，为那寂静的夜晚增添了几分活力。

拒马河水依然自顾自得忘我奔腾，似是欢快地跳舞，又像胸腔里的悲鸣，为这片土地即将面临的腥风血雨。

这一夜，无眠。外面夜凉如水，圆月挂在半空；屋内一家团圆，泪眼婆娑地说着分开后的事情……

第四章　加入组织　敌后显身手

"他最后收拾了残局，跟值班的伪军闲唠了几句，离开岗楼。月色如水，姥爷背着褡裢，加快脚步，绕到岗楼后侧就刷浆贴标语。过吊桥，走到大路上，连大杨树都不放过，那些花花绿绿的宣传纸就像是美好夏日的蝴蝶，带着姥爷的梦想和愿望，飞进老百姓的心里……"

归乡祭祖的家乡情怀；长工到护院，护院到伪大乡长，伴随着姥爷身份转换的是他忠于内心、恪尽职守的本分和坚定不移的信仰；红马驹事件让姥爷一展身手；从山匪手中救出高雪伦又展现他的胆识；救麻杆、养小申再次展现他的博爱和侠义。出于本能，又不计回报。

积蓄力量，才能冲破黎明前的黑暗。要相信，好日子总会来的。

第一节　德才兼备　长工做了护院

1929年春天，我的姥爷回到老家涞县。姥爷老家是西明义村，位于涞县县城的东北方向。姥爷离家这几年，家乡没有什么变化。父母亲身体还好，靠每个月自己寄回来的钱，帮六弟蔡子斌成了亲。娶了邻村胡各庄的女子，为人有些精明，兄弟相处，有自己的小九九。五嫂已经带着孩子改嫁。他六弟脑子活络，到定兴县城倒腾些农具、新鲜玩意，回村赚点差价，日子过得去，勉强可以糊口。我姥爷的爷爷在奶奶走后的第二年也走了。老黑也走了。

在父亲的引领下，姥爷到家里的祖坟上给爷爷奶奶焚香烧纸，告诉爷爷奶奶他回来了。家里的坟头在村子北边，一直沿着拒马河快到山脚的地方。那是早年间爷爷开垦出来的一块地，背山面水，说是好地方，旺子孙。姥爷跟他父亲扛着铁锹，拿着香纸和祭品，一路走过去。姥爷不止一次地感觉到，他父亲老了，走路速度放慢，不像年轻时那样虎虎生风，而且对于每句问话都要反应一下，过会才能回答，有时候还要再问第二遍。姥爷不知道是因为自己长大了，还是小时候没有注意，现在觉得父亲有些迟钝了。

一路上父子俩叨叨着，他爷爷奶奶在最后时间里的日子，唠着家常，很快就到了墓地。姥爷和他父亲用铁锹把有点掉下来的坟土敛高，把旁边滑落的泥土重新铲上去，然后把铁锹反过来用力拍实，让这些新培上的土不至于很快滑落。然后姥爷开始拔周边的草，很快就清理干净了。姥爷和他父亲跪下，他父亲用木棍在墓碑外划了一个半圆，圈住一个墓碑前的区域，摆放祭品，焚香、烧纸。

姥爷的父亲言辞恳切，说"俺爹和俺娘，不孝孩儿来看你们来了！感谢你们庇佑，老四子玉平安回来！"说着就磕头下去，我姥爷在他父亲后边偏右，也跟着磕头。随后我姥爷就说，"爷爷奶奶，当年孙儿不辞而别，请两位原谅孙儿年幼无知！孙子回来了，给您磕头，给您烧纸，放心吧，我们都挺好的！您二老要保佑家里事事顺利，保佑我父母都平安健康！"

磕完头就把香纸烧在画好的半圆里，供上的点心是可以分享的。姥爷拿起几棵花生剥开，放在嘴里。一股清香、甘甜在嘴巴里蔓延，真好吃，姥爷不禁感叹，心心念念想了好久的味道啊。

我姥爷难免一阵难过，可是毕竟多年来，他已经见多了生死，很快收拾情绪。姥爷回到老家，开始谋求新的生活。他的父母亲还是侍弄土地，不过多年的军阀混战，百姓的生活已经基本无着，地里生产的粮食已被征收，所剩无几。百姓再节衣缩食，也不能填饱肚子。幸亏我姥爷每月定期寄回生活费，家里的生活不至于那么拮据。

姥爷分家的地一直被父母种着，算是多少有点粮食收入。几年的离家，家乡变化并不大，只是更萧条了。

我的姥爷光杆司令一个，也不能总在家里吃闲饭，地里他的父母亲完全可以打理。姥爷就想着出外做工，挣点钱糊口。

姥爷去拜见自己的恩师蔡洪恩，老先生患了眼疾已经不教课了。除了眼睛，身体其他方面都很好。我姥爷走到他跟前，"先生，您好着哪！！"蔡先生拉着我姥爷的手，不松开，"子玉啊，这么些年去哪里啦！"姥爷简单讲了讲自己在外边闯荡的事情，先生听得激动不已。"这是变天啊！"蔡先生不断重复着一句话，"祖宗传下来的基业啊！全都毁了！"话语里透着遗憾和无奈。

姥爷说起自己回家后的打算，想要谋个差事，不知道做啥。先生也被问住了，我姥爷的二哥在这里教书。学堂也不差先生了。这当儿山炮

来看他姐，一眼就认出了我姥爷，

"蔡子玉！是你吗！"他哑着嗓子，提高嗓门，不相信眼前看到的人是蔡子玉。我姥爷扭头也认出他来，想着当年还拿了他的白糖和大米，心里不安，赶紧上来搭话，说"咋不是咧！山炮兄弟好呗？"

很快聊起来，在蔡先生家简单吃了午饭，我姥爷的活计有了着落。原来山炮跟安阳高家财主老大走得近，这刚听说他家的长工人手不够，要招工咧。我姥爷把这活计应承下来。回到家跟他母亲说了，他母亲现在脾气有所收敛，不知道是年龄的增长、岁月的改变，还是被儿媳妇给磨合的。她给姥爷收拾了衣物，说，"老四啊，这些年家里多亏了你！这刚回来没几天就又要出去扛活，在家歇几天再去吧？等娘把这双鞋做好带上？"

我姥爷知道他母亲的心思，感激这个为家里默默付出的儿子，表达对儿子的歉意和疼爱，"又不走远咧，就在安阳，说回就回了啊！"

就这样姥爷回家三个月后，去了安阳高财主家扛长工，挣钱糊口。我姥爷背着他娘给他准备的包裹就出发了，安阳不远，在西明义的东边偏北。姥爷出门时候天气还好，走到路上下起雨来，姥爷紧跑着，雨点就细细密密地落下来打在身上，生疼，瞬间电闪雷鸣，天空暗淡下来。

太行山雨景

姥爷看到前边的瓜棚，快步跑过去在窝棚里躲雨，雨水滴滴答答落在地上溅起水泡，然后一圈一圈散开。窝棚里也没有干燥的地方。到处都湿哒哒的。

远处也跑来一个躲雨的，三四十岁的中年男子，个子不高，但很壮实。俩人聊起来才知道，后来的这个躲雨的男子叫王义源，也是高家大院的长工。姥爷见到了高家的人，心里不免觉得亲切。王义源这次是回家看生病的老母亲，送了些钱和吃的，又着急忙慌地往回赶，回去晚了就赶不上吃晚饭了。俩人一起在窝棚里等着雨停，唠着闲嗑。

差不多快一小时的光景，雨停了，东方鱼肚白，天快亮了，北方的天空清楚地出现了彩虹。当时民间有这样的民谚，东虹云彩西虹雨，出了南虹卖儿女，出了北虹动刀枪。这民谚的意思是说东虹是晴天，西虹会继续下雨，南虹是年景不好，老百姓要卖儿女糊口，北虹就是要有战争，要动刀枪打仗了。我姥爷不相信这北虹有战争的说法。可是偏偏这雨后的北虹被老百姓言中了，当时日本人已经到了东北，很快就占领东三省，成立伪满洲国。姥爷不知道，再过几年小日本就拿着刀枪大炮开着飞机，来祸害他们了。

雨后的天气稍微有些凉爽，但是更多的是潮湿，闷热。姥爷跟王义源搭伴往安阳走，路上有了做伴的，就走得快多了。又走了不到半天就到了安阳。刚一入村，就看到高高的庄院了。那就是高家大院，非常气派。姥爷加快脚步，来到大门前，这门有自己家的两间正房那么大，中间是两扇大门，两侧是单扇的小门。下边高高的门槛。门面松木制，黑色，上边嵌着两个狮子门环。门楼上挂着三块牌匾，分别是"艺好功绩"、"共同良乡"和"德召之家"。门两侧是两个小圆狮子。

高家是清朝皇族后裔，传闻早期高家祖上跟随清军入关时，骑着高头大马在京郊圈地。涞县地方有山有水，被皇家的一个亲王相中，于是在这里建立了庄院，落户安家。

高家祖上有十班，姥爷做长工的这一支是高家六爷高明辰，就是现在高家的老太爷。高家在安阳远近闻名,高家大院坐北朝南,非常排场,前后有六个院,占地近万余平方米,有房百余间。四合院层层相叠,院院相套,东西向通道相连,由内向外延伸,建筑内高外地,雕梁画栋,明柱花窗、浮雕图案,栩栩如生。庄园建筑鳞次栉比,富有特色,色彩斑斓的"虎皮墙",用形状各异、色泽不同的河卵石垒砌而成,上面垒成"制钱莲花图"、"莲生贵子"等图案,做工精巧,精美绝伦,令人叹为观止。

地主家的田地百余亩,雇着8个长工,农忙时再雇几个短工。高老太爷高明辰有六个儿子。现在家里事情由高家长子当家,老太爷上了年纪,家事不管,在家安享晚年,平时逗鸟遛狗,日子很是滋润惬意。

长子高锡同,中等身材,肤色黝黑,平日喜欢骑射,经常带着家丁护院到山里打野味。高锡同当时已娶妻,夫人吴恩芳是当村一户殷实人家的女儿,知书达理,善于理财,嫁过来后生了两个儿子,把高家家事处理得井井有条。高锡同娶对了老婆,照顾家里,也支持他的事业。他这才能在外边随心所欲,想要打猎打猎,想要听戏就听戏,放心的把家交到吴恩芳手里。

次子高锡路曾外出求学,学习西学和医学,是一名医生。目前,尚未成家。再往下还有四个儿子,都养在家里,每日里读书习武之外,过着公子哥的生活,优渥闲散,不务正业。

姥爷初到高家,就是这位名唤"王义源"的长工带他进院。姥爷留下做长工后,发现大家都喊王义源叫"义头",原来他是这里长工的老大,"义头"领着姥爷熟悉高家大院的环境,哪些院子是主家的房,哪些是客房,他们住在哪里……春播、秋种,都做些啥,还有平日做田用的器具,家里庄院的打理,牲口棚卫生和牲口的饲喂。姥爷因为出身农村,做这些活计不是难事,每天清晨早起,打扫庭院,收拾马厩,然后赶着骡子跟其他长工一起往田里走,开始一天的工作。

义头是个仁义的人。做事公正,分工合理。我姥爷被分配的活就是下地,当时新到的长工都要从干农活开始做起,试试手艺,然后再慢慢分派其他的，收拾庭院啊，喂养牲口啊。不过农忙起来，也就不分哪个岗位了，义头一句话，就全体上阵了。

我姥爷由于常年在外边耍，让他练兵比武可以，要说弄地，那可就差点。但是我姥爷人机灵，他知道是来做工的，不会了就会问，虚心地学。姥爷每天早早起床，跟着义头下地，春天就扶着犁耙让牲口拉着往前走，在高家广阔的田地里走上几百个来回，直到地松软了，把田里的蚯蚓都犁出来才算合适。然后端着大簸箕，跟在义头身后，一把一把地把种子撒下去，最后再踩在用玉米秸、高粱秸编织成的大排上，让牲口拉着，往前走，把地擦平，一趟过去，种子埋下了，地也平了。

姥爷非常享受这样的田间劳作，天地广阔，人心舒畅，闻着泥土香、青草香，心里特别踏实。他说，这样靠自己的力气播种希望，等待收成的日子正是他想要的，这样靠自己的双手播种希望的日子也很有奔头。最后就是一人一个刮板在田间地头刮出畦畔。做活的过程，人们也不闲着，总是有那么几个爱唱爱说的人聊着天，讲着笑话。一天就在繁忙，劳累和笑声中过去了。

姥爷除了跟着义头到田里耕作外，还会在家里帮着给牲口铡草料。

高家因为是满族后裔，擅长骑射，家里养了二十几匹马，供家里少爷们骑射练习或者出去狩猎，还有10头骡子用来耕种土地。要喂养这些牲口，每日需要大量的草料。草料主要是两种，一种是田间地头的蒿草，平时长工们打割捆成捆背回来；另一种就是高粱秸、玉米秸、花生蔓这些农作物的秸秆，也是捆成捆在牲口棚旁边的空地上堆成垛。

姥爷他们每天就是把这高高的垛堆里的草料一捆捆地给铡成合适的尺寸，方便牲口食用。高家有三口铡刀，两口是经常用的。

高家的铡刀都非常好用。铡床是枣木的，长1.5米、宽20厘米、高度30厘米，质地坚硬细致，不易变形。铡床中间挖了细细的一条沟槽，这里要安放铡刀，铡床的两侧用铁皮包上，底部侧面还要开槽，让草屑流出来。铡刀长1.1米，刀柄为木质，其余为铁质金属，刀刃上沾钢，刀

背成鱼脊型。铡刀和铡床的顶部用一根铁棍做连接棒，这样拆卸方便，可以磨刀。

姥爷跟我讲起这些，老是怕我听不懂，其实我在村里的老兴家见过。铡刀铡草的工作需要两个人配合完成，这就需要默契。我姥爷跟义头是最有默契的。每次都是我姥爷负责把草捆填进铡刀里，用力把草往铡刀和刀床连接处靠拢，义头则成骑马蹲裆式，双手握住刀柄，高高抬起，待姥爷把草送到铡刀下，用力把铡刀按下，草被切断。有时候两个人也交换着来做，这样可以变相地休息一下，活计也没有耽误。

要把马匹、骡子这些牲口侍候好，这铡草也是有讲究的，草节过长牲口嚼不烂不易消化；草节过短过细，牲畜不爱吃。姥爷把铡草说成一门手艺，他非常享受劳动，不论哪一种劳动，他都能从中发掘乐趣。姥爷为人诚恳又踏实，很快就跟高家的长工们混熟，成了不错的朋友。大家做什么活计也喜欢带着他，不懂的就教他。

高家的伙食很不错，每顿饭都能吃饱，窝窝头偶尔还会掺点红薯面，有时候是白面，姥爷对这样的日子很知足，甚至有那么点幸福感。

一日去田里浇地回来，碰上了一个斯文的书生样子的人，义头他们都管他叫"二少爷"。这是姥爷第一次在高家见到高家二少爷高锡路，瘦瘦高高的身材，三七分的头发，带着一副白框眼镜，书生感十足。不知怎么的，姥爷觉得这个男人非常眼熟，可是怎么也想不起哪里见过。

姥爷一直听说，高家有一个留过洋的高材生，在村里开了自己的诊所，给百姓们看病。有钱就给，没钱就欠着，从来也不催人还账。这次见到高锡路颠覆了我姥爷心中他的形象。姥爷想，这么能耐，这么仁义的人，怎么也得是长袍大衫，最起码是身材健硕，皮肤黝黑的吧！这瘦弱的身体，能做出这许多大度的事情来？

后来发生了一件事，让姥爷获得了主家的关注，也改变了对高家二少爷的看法。

这一日是高家太爷的寿辰。邀请了远近闻名的乡绅和各乡的乡长、保长前来祝贺。高家大院也是张灯结彩，洋溢着祝寿的气息。

姥爷早早地起床，打扫庭院，就在打扫完毕，开始在地上洒水的时候就听到另一个长工，叫做天来的小子喊，"快来人啊！红马驹脱缰了，脱缰了，跑出去了！"

天来一边喊，一边追。这个天来是负责喂牲口的，他身体太过单薄，做不了重体力活，本来招长工时是不收他的，义头看他可怜，家里除了老母亲，还有老婆、孩子，没有一个能做活的主，于是就留下他了。义头派活就照顾他，如果干体力活就让他跟自己一组。现在他负责喂牲口，谁知道牲口也弄不好……这也是被这高老太爷的喜事给拖累，高大少的儿子今年8岁，看家里热闹，张灯结彩的，跟过年一样。大人们在大院和内堂屋里忙碌着，他跑去马厩放了几挂鞭炮，这下可好，其他的马都是老马，经过训练还好说，这个红马驹还没接受过训练，受了惊吓，登时就挣脱缰绳，冲出马号跑了。

当时正值家里上客送贺礼的时候，家门口站着管家。高家大少迎来送往地忙个不停。姥爷听闻，扔下扫帚，直奔过来，马惊了，可不是小事。眼瞅着红马驹就飞跑过去，姥爷在部队期间，学过骑马，知道马惊了的后果。趁现在还没有跑出院落，姥爷撒腿就追了上去，红马驹因为受惊过度，一直疯跑。

姥爷在部队多年，练就的身体底子和功夫底子，一直在后边穷追不舍。眼瞅着，红马驹奔过一层又一层的院落，就要奔到院外的大街上，我姥爷一直撵在后边，看到前边靠近主通道侧边的院落紧挨着外边街道，也接近庭院大门。姥爷一个飞身上墙，"刷"地双脚落地，不曾停歇，赶紧扭头奔大门，正赶上红马驹冲出来，姥爷直接迎上去，抓住缰绳，翻身上马，俯下身，一手不时把缰绳勒向怀里，另外一只手在马脖子上，来回抚摸，安抚小马驹。接着又奔出去几里地远，才安静下来。

等姥爷骑着红马驹款款走回来的时候，家里的长工和大少爷高锡同，还有其他的客人都已经候在家门口了。在初升的太阳光辉的照射下，姥

爷和红马驹就像熟识的兄弟一般，亲亲密密地来到众人面前。

"老四，你学过骑马？练过？"高大少穿着白色丝绸衣衫，黑色绑腿的裤子，手里拿着一串珊瑚珠子，朗声问道。"大少爷，我当兵的时候，骑过。"姥爷平静地回答，声音洪亮，不卑不亢。

红马驹事件，让姥爷获得东家赏识，也被坊间传为佳话，说他如何厉害，能飞檐走壁。自此，姥爷不再做地里的农活，也不用像下人一样做家里的粗活。而是每日跟着大少爷骑马练兵，时不时地到山里狩猎。

姥爷在1930年做了高家的护院。每日负责高家宅院的安全，跟着高家大少爷在村落、县城之间来回走动。当时高家大少爷和二少爷都是门面人物，大少爷因为在外纠结了一帮子兄弟，经常聚众外出，或者进城，或者进山，总之就是不闲着。

做护院期间，姥爷尽忠职守，不出差错。尽管小心翼翼，还是发生了一件要命的大事。在高老太爷做完寿辰后的这一年年底，高家的长孙，就是那个放炮仗的小孩，名字叫高雪伦的被山上的土匪绑了，黑间派人送来信，说是年底了，请高家帮衬帮衬。

绑票就是绑有钱人家的重要人物，如当家的，掌柜的或者是其家属儿女等，绑票的目的就是以票为人质，逼迫家里拿钱拿物来赎人，土匪

太行山远景

从中可以得到一大笔收入。土匪绑票的手段花样繁多，有的是砸窑直接抓，有的是半路抢劫，还有的是设计的圈套。至于高家这小少爷是怎么丢的，谁也说不清楚。

高家大少爷也是带兵之人，护院不少，这帮土匪敢绑票也是吃了熊心豹子胆，我姥爷因为自己是护院，看丢了东家的孙子，非常自责。因此自告奋勇，主动请缨要把小少爷给请回来。大少爷非常气愤，要动用武力，跟土匪拼了，实在咽不下这口气。后来经过多方劝说，他也冷静了下来。答应先让我姥爷前去说和。如果说和不成功就动用武力，铲平他的鹰嘴山。

我姥爷怎么会那么自信，胆敢自己上山去跟土匪谈判呢。原来姥爷跟土匪纪希斌有过一段交集。

纪希斌是谁呢？纪希斌是涞县纪家沟人氏，是附近太行山鹰嘴山山头的土匪头子，整个土匪队伍有大几百人。这个纪希斌会武功，最为人称道的是枪玩得很好，使双枪。据说他山寨房间里的墙上就挂着两把枪，不知道是从哪里抢来的，做工精细，技艺先进。纪希斌爱不释手，双枪同时出去，都弹不虚发。他的耳力、眼力、腕力无人能及。他跟姥爷之间的交情要从姥爷刚刚从内蒙战场交枪回来时说起。

当时姥爷因为厌恶战争，痛恨战争，放弃了在部队大施拳脚的机会，毅然脱下军装，交了武器，空手回到家乡。他初回家乡，很少有人知道他当过兵，打过仗，上过战场。

三哥当年跟蒋飞的仇恨让山上纪希斌的大老婆怀恨在心，伺机报复。当时有人误把我姥爷当成了他三哥，上报山寨夫人说，"蔡家老三回来了！"

于是在姥爷刚到家没几天的晚上，就来了一队人马，把姥爷绑走。姥爷也不是吃素的，不肯乖乖就擒，一阵拳打脚踢，土匪顿时倒下一片，但是毕竟双拳难敌四手，最终还是被捆上了山。

到了山上，姥爷才明白是怎么回事。这是要报仇啊！

姥爷也不点破他不是蔡家老三的事实。山寨夫人让人把我姥爷捆到折了双腿的弟弟蒋飞面前，蒋飞一看姥爷，就愣了。当年到现在虽有十年的时间，但人的变化不会这么大，尤其是当时蔡家老三已经成人，变化不会太大。我姥爷跟他三哥长相上可能有相似之处，但是他三哥是身怀怪力之人，身形高大，壮实彪悍。现在眼前的这个蔡家老三虽也透着干练，但不够高大，不够壮实，比十年前的那个人少了憨态，多了几分狡黠。"姐，抓错人了！"蒋飞把姐姐叫到跟前，轻声说。

姥爷被带了下去。

再见到蒋飞时，已经是在酒桌上，酒桌上还多了一个人，这个人就是纪希斌。他鹤顶龟背，凤目疏眉，面色红润，神态飘逸。坐在八仙桌前，他似鹤立鸡群，桌上坐的另外几个当家的在他面前就是凡夫俗子。这是姥爷第一眼见到纪希斌时，纪希斌留给他的印象。这个纪希斌是个很讲究养生的人，每天练习太极拳，枪法，不嗜烟酒，唯一的喜好就是女色。山寨夫人蒋大花脾气暴烈，为人狠毒，自私狭隘是出了名的。

传言说纪希斌在涞县城城里收过一个唱青衣的女子做妾，偷偷养在城里。不知是谁透漏了风声，这蒋大花二话不说，一句不问，就带着人抄了她的窝，把人羞辱一通就扔给了当时县里有名的"万花楼"。

纪希斌也并不是怕老婆，蒋大花在他困难时下嫁于他，跟他一起打下这个山头。有现在的家业不容易，因此凡事都会让着她。另外纪希斌讲究平稳，求和，为求家里安宁，他宁愿在外边偷偷摸摸，也不得罪家里的这只母老虎。他也乐得在外逍遥，把山上的琐碎事交给她。这蒋大花也是爱他，纪希斌在外边胡闹，还是会回山上，把他当大老婆敬着、供着。这女人就没有别的追求了，一门心思地为这男人操持家业。

这次蒋大花抓错了人，又觉得我姥爷是个人物，会武功也有头脑，有心留下他，所以搬出了纪希斌，摆了这一桌算是"讲和"。姥爷见对方也算是敢作敢当，也就坦诚相待，表明了自己的身份，说自己是他们要找的蔡家老三的弟弟、蔡家老四，叫蔡子玉。"既然是我哥打折了蒋兄弟的双腿，你们抓我也没错！"这话说出来，纪希斌对我姥爷也是青眼有加了。

姥爷虽看不惯土匪，但是应酬还是会的。他跟纪希斌推杯换盏，称兄唤弟的聊天，不觉酒就有点多。姥爷也把这些年的经历、见闻和想法都统统地说了出来。纪希斌初见姥爷就觉得姥爷是个人物，是个见过世面，内有乾坤的人。听姥爷这么一说，他抓住姥爷的胳膊就说，"兄弟，你从军入伍，上战场，是英雄，哥哥敬你！"

"你为你三哥承担祸事不辩白，哥哥敬你！"

"哥哥有事求你，留下来给哥哥在山上当教头吧！帮我练兵，教他们习武！"我姥爷也正在谋事糊口的当口，没有细思量就应承下来了。

我姥爷在山上一共呆了不到三个月，就辞工回家了。原因有二，一是他管练兵，但是不认同压寨夫人管兵的方法。这些土匪下山祸害百姓，又吃又拿还抢人家媳妇，这是他坚决反对的。我姥爷几次跟纪希斌提起此事说："一个队伍要站得稳脚跟，不是靠蛮力，靠武力，要靠作风，靠人品！现在这些兄弟下山不做人事，那可是丧良心啊！人谁没有父母儿女呢！"开始的时候纪希斌还应付着回他，"说得对，兄弟！我回头跟你嫂子说。"后来我姥爷发现，山上这些事情，纪希斌根本就不管，或者做不了主。姥爷也灰心了，他不愿意看到自己练出来的兵，出去不做人事，被人戳脊梁骨。第二个原因是，我姥爷的父母亲还有其他几个在家的兄弟，听说他上了山，跟了匪头，都反对。邻里乡亲们都躲他们远远的。姥爷逃不过良心的自责和家人的声讨，所以下山了。

纪希斌竭力挽留，见姥爷去意已决，也就不再费唇舌，多包了两个月的工钱给他，说"兄弟，哪天想回，随时回。还缺什么，尽管说。日后如果需要帮助，派人上山吱一声，我一定义无反顾！"

这段往事，姥爷不曾跟人提过，除了自己家里人。这一次高家小少爷被绑事件，他知道肯定不是纪希斌的主意，十有八九是他的手下或者小舅子做下的。

姥爷抓紧收拾一下，就空手上山了。高家没有一个人相信他能把小少爷救回来。结果上山后的第二天中午，姥爷就背着孩子回来了。这让高家人喜出望外也非常不解，感觉姥爷是世外高人。不管怎么说，孩子没事就好。只是我姥爷身上挂了彩，胳膊被蒋飞用鞭子抽伤了。

高家二少爷因为读书在外，见多识广，又学了西医，在自家宅院的外宅，最外一层靠西侧的院落，开了诊所，为乡民看病，方便村民就医。姥爷到高家二少爷高锡路这里看他胳膊上的伤。这伤是鞭伤，当时蒋飞气不过姐夫听一个外人的，也不听自己的，抽出鞭子打在姥爷身上出气的。虽及时制止，但姥爷胳膊上的伤不轻。本来姥爷以为过一段时间就会好，嚼了扎扎菜敷了几天，可是仍不见好转。于是来找高家二少爷。这高家二少爷穿着白大褂，带着眼镜，双手扶住姥爷的胳膊，仔细看了看，伤口都化脓了，摇了摇头，说"四哥，你得忍着点！"

说完摆正他的胳膊，拿来酒精和手术刀之类的东西，"你再耽误着不来，你这膀子就要瞎啦！"原来这蒋飞的鞭子上用毒喂过，伤口如果得不到合适的救治，会一直溃烂，直到丢掉性命。二少爷人好，脾气好，我姥爷憨憨地笑了，心想，我一个汉子，还能被这点伤唬住，还没回答二少爷的话，一阵钻心地疼痛席卷全身，从头到脚一阵寒意，低头看，二少正用小刀把他溃烂的肉挽出来，再用酒精消毒。

这动刀子又快又稳，跟他这文弱书生的样子可真不匹配。差不多一袋烟的功夫，这煎熬终于结束了，高家二少爷把伤口敷上药包扎好。我姥爷自始至终愣是没出声，但确实是疼啊！斗大的汗珠从额头掉落，脸上、脖子上，衣服都湿透了，等处理完毕，我姥爷已经全身无力，腿软得站不起来。

"谢谢高二少爷，不然我这膀子就真的废了！"我姥爷慢悠悠地说。

"四哥，真不记得我了！别客气了，你还救过我的命哪！"高家二少爷看着我姥爷认真地说。他盯着我姥爷看，好让我姥爷能看清他的脸，记忆就像打开开关，瞬间想到刚回家那日在玉米地里受伤的男人。

夏日玉米地

"啊，当时那个人是你啊！可是，你怎么会，怎么会……"话一出口，姥爷就后悔了，觉得自己多嘴了，然后讪讪地笑着。

"我遇了匪了……"高家二少爷淡淡地说。

真是山不转水转啊，缘分啊！自己竟然救下了高家二少爷。当时姥爷有那么一点自豪，说不出这自豪来自哪里。总之心里就是很高兴。因为这一层救命的关系，俩人也走得更近了些。

红马驹事件，勇闯匪窝救回高家小少爷事件让姥爷名噪一时，但他没有丝毫炫耀，或者觉得自己多了不起，只是每日里跟着高家大少爷，淡定低调地做好自己分内的事情。

当时高家大少爷高锡同因为身份、地位，被选为安阳伪乡长。高家大厅里时常有有头有脸的人物走动。我姥爷当时负责安全，就像现在的保镖，每日在大厅里站着，端茶倒水吧，迎来送往吧……总之是高家大少爷在哪里，他就会在哪里出现。

第二节　惺惺相惜　遇知音闹革命

　　姥爷在高老财家做护院的第二年，也就是 1931 年，日军开始侵华。

　　这一年"九一八"事变爆发，日军偷袭沈阳，拉开侵华序幕，民国时期的中国在经历了封建帝制的倒闭后，一直处于军阀混战时期，可谓是千疮百孔。蒋介石的"不抵抗"让日军对中国的侵略一路畅通，很快日本就制造了"满洲国"并逐步控制了东北。疯狂的日本侵略者还制定了"三个月灭亡中国"的策略。1932 年到 1937 年，日军侵略的魔爪伸向了华北地区。

　　1937 年年末日军在占据冀察两省的大部分中国领土之后，又向山西和山东的邻省挺进。北平和天津迅速地陷入日军的手中，日军又开始攻打北平以南八十里的河北省会——保定。1937 年 9 月 17 日，距芦沟桥事变两个月零十天，日寇的硝烟就烧到了涞县。疯狂的日寇动用飞机轰炸涞县县城，投下重型炸弹，9 月 18 日，日军在飞机坦克的掩护下侵占了涞县县城。接着向南推进，烧杀抢掠，无恶不作。

　　高家大少爷、乡长、保长和包括姥爷在内的涞县的老百姓都蒙了。好像瞬间就变天了，一夜之间就成了人家的奴隶，生活在枪炮和日本鬼子的刺刀下。

　　涞县县城的日本兵，叽里呱啦地蛮横无理。涞县农村对于日军侵略还没有很深刻的认识。安阳高家大院内，来往的各界人士多了起来。姥爷在来来往往的人流中，也能揣摩一二。他们都是为了依附高家，在战争中获得好处的，有所图谋的人。高家大少爷虽有贵公子哥的恶习，但是对于被外族侵略，还是满腔愤恨。他经常在家丁当中训话，"虽我中华泱泱大国，不应与日寇小国一般见识，但也不能容让他，在咱们的一亩三分地里撒野！"家丁们听得也是义愤填膺，一个个都握紧了拳头。

　　随着战事吃紧，日本军队已经深入到农村，带着汉奸到处挖大沟、

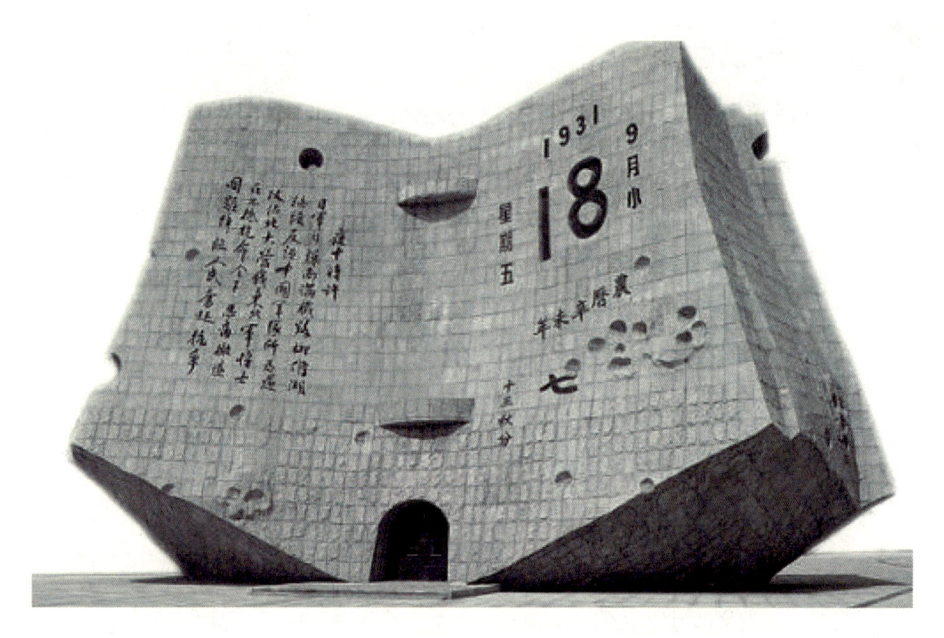

九一八事变

修炮楼，抓抗日分子，抢东西，到老百姓家里为非作歹，折腾没够。中国的百姓都已经满腔怒火了。

姥爷在跟随高大少爷的这段时间里，知道他现在是国民党，有编制，有军队，有武器。姥爷钦佩他抗敌爱国的勇气和信心。姥爷也知道在高家大院里来回走动的各路神仙都有，说话行事都非常谨慎，而且非常受高家大少爷的信任、委托，他会帮助高家大少爷东奔西跑地送个信，探听一下时局。

在高家来回走动地有各乡的保长、伪大乡长。他们聚集在这里，很少商量国家大事，偶尔抱怨时局不稳，政府的不作为，还有日军的猖狂，啰啰唆嗦地说一些自己的无奈。

高家大院厅堂上悬挂牌匾，黑底金字，上书"鸿光福居"，匾额下是一张四四方方的松木堂桌，上侧墙内龛位是高家祖上的排位，桌上摆着四色水果和各类干果。桌子两侧是两张厚重略高的松木制椅子。在匾额和堂桌的两侧，另悬挂一副楹联，分别是：

琼林花草闻前语，

瑞雾香风满后尘。

大厅里有四根直径近半米的柱子支撑，每根柱子上都书有楹联，前边两根柱子写的是"天地君亲，无亲愧对天和地；爱仁忠孝，尽孝高擎爱与仁"；外侧的两根柱子写的是："日夜长浮，不用千篙争上水；乾坤屹立，独能一柱砥中流"。

挨着柱子分别摆放四张桌子，两侧分别用椅子隔开。整个大厅就好像议事厅一样，地下铺的是大块青砖，中间已经被磨得圆润光滑。

每月逢二、九个村保长、伪大乡长都会聚集在这里，聊天议事，哪村什么事故，需要哪村帮忙，高家大少爷一般都会出面协调。这期间来往的有富位伪大乡长王德新；胡各庄伪大乡长陈立明；明义村的伪保长霍老兴等。每次议事完毕，高家会招待大家一顿午饭，就在庭院里，如果是阴雨天或者风天就挪到大厅旁侧的跨院厢房里，那里算是客房，也算是议事兄弟休息的地方。闲了、空了，没事不忙的时候，大家会在这院里打牌。因为这间屋子直接奔西有一条通道直通大街，不用绕路到院内的主通道，这里方便。

在这些常来的各村头脑里，有一个人每次来都是赖着要酒喝，从不说正事，还老是欺负姥爷，让姥爷做这做那，使唤个不停特别让人反感。这个人是富位伪大乡长王德新。他个子不高，头发略秃，不知道是不是嗜酒的原因，两只眼睛一直是红红的，跟个兔子似的。走起路来一摇一晃，还整得像戏台的"官步"。姥爷内心里特别烦他，瞧不起这种人，酗酒、自私、溜须拍马……一日，在众人用过午饭离开后，姥爷一个一个送出去，回来看到王德新醉倒在桌边的凉榻上。姥爷过去拍拍他，"王乡长，王乡长，醒一醒！"王德新睁开惺忪的双眼，一眼看到了姥爷，他一手搭上姥爷的肩膀，嘴巴里说，"老弟，辛苦啦！帮哥一个忙，送我回去吧！"说完，就哈哈大笑，这一副无赖的口气，姥爷无奈，只好架着他，拿起他的小帽，走出高家大院。

王德新这位伪大乡长住在富位，距离安阳有些距离。姥爷套好车，把王德新扶到车厢里，就奔富位而去。路上，快到胡各庄的时候，就遇到了一个从庄稼地跑出来的人，十几岁年纪，黑瘦黑瘦的，光着脚，上衣的胯带汗衫不知道被什么扯破了一块，在左腿胯骨上飘着，满头大汗，连呼哧带喘地拦住姥爷的马车，"哥，捎我一段呗！"我姥爷以为他有什么事情，往他身后望，也看不到什么，就见不远处的棒子秸好像在动，姥爷让他上了车。原来这小子叫罗林，因为长得瘦小，皮肤又黑，绰号"麻杆"。按麻杆自己的意思说，自己去义安村的外婆家串门，遇到了鬼子，鬼子要拉他去找村子的抗日民兵家，他不愿意。他就瞅个空溜了，现在后边还有鬼子在追。

一路上王德新呼呼大睡，快到富位的时候，麻杆下了车。王德新也醒了酒，慢悠悠地睁开眼，"兄弟，你这胆子不小啊，敢收留小八路，不怕鬼子追上来啊！"，我姥爷白了他一眼，心说"狗日的，还以为睡着了，没想到醒着呢！"

"王乡长，都是中国人，这么小弟兄，能见死不救啊！"姥爷说着，笑着回头看了一眼王德新。王德新继续慢条斯理地说，"你在高家做事，还很受赏识，就不怕被皇军知道，抓你，连累了你家高大少！"

我姥爷眉头皱起来，扭头望着王德新，他一脸挑衅模样，眯着眼等我姥爷回答，"王乡长，这么说就不对了。这孩子明明是咱俩救下的，咋就成了我一人了？"

王德新不笑了，"好兄弟，像你这么敢做敢当的人少啊！过几天鬼子要来抓丁，回去修岗楼，挖大沟，还有的会被抓去日本挖煤！"我姥爷听了非常震惊，这日本人来到我们这地界作威作福也就罢了，还带去日本，离乡背井地卖苦力！这太不把人当人了！王德新看着姥爷，脸上隐隐露出笑意。姥爷紧锁双眉，握紧拳头，神色凝重望向远方。

王德新下车时顺手交给姥爷一封信，拜托他转给高家二少爷，说是要紧，务必送到二少爷手中。姥爷被王德新这突然正经的语气和严肃的神情给震住了，双手不听使唤地接过白色的信封。刚要问一句，"你怎么不自己交给他？"，那位已经跳下车走远了。姥爷没办法只好调转车头，往回走，心想反正转交一封信也不是什么大不了的事情。

二少爷因为邻乡有个病人出诊了，有些距离，已经走了两天了，估摸着今天该回来了。想是这位乡长没见着二少爷的面？可是一封信，谁转交不一样啊，姥爷也不想那么多了，受人之托，终人之事，就赶车回去。

一路上，望着两边熟透的庄稼，黄灿灿的玉米，红彤彤的高粱，还有已经发黄孕育出新生命的花生秧，不由感慨，又是收割的好时节，如果没有战争，这样的丰年是老百姓最喜欢的。可惜啊，这该杀的日本人，闯入家门里烧杀抢掠啊！太没天理了！天刚擦黑的时候，姥爷赶着车回到了高家大院的东侧门，就是二少爷诊所那边。

"吁——"，姥爷停下马车，走去拍诊所的们，黑漆漆的，没有灯光，看样子二少爷还没有回来。姥爷回身，拉起缰绳，要往正门走，就看着不远处一个骑自行车的年轻人朝这个方向飞奔过来，带着礼帽，身穿水蓝色长袍，肩上挎着一个简易皮制的药箱。

姥爷一眼就认出二少爷来了，停下脚步，等着自行车靠近。在姥爷眼中，二少爷是个斯文人，满腹诗书，关心百姓，作为郎中，侠骨仁心，老百姓的诊费，有就给点，没有就拉倒。二少爷就像济世的活佛，有着悲悯的心肠，被百姓称为"活菩萨"，但是二少爷从不答应，只是憨憨地笑，偶尔回一句，"叫我锡路，叫我大侄儿，叫我高二"。

他是带着一阵风、一身土来到姥爷跟前，速度非常快，要不是急刹车，得冲过家门口好几米远。二少爷对着姥爷说，"四哥，咋地？找我啊？"姥爷点点头说，"二少爷，富位那位王德新乡长让我捎东西给你。"说着伸手进怀里，要把信拿出来。高二少已经停好自行车，拉着姥爷进了诊所。

二少爷接过姥爷手中的信，表情严肃，没有了平日的安定平和。姥爷在旁边看着，走也不是，不走也不是，正犹豫要不要出去呢，就见二少拍手跺脚喊了一声"太好了！"随后，他拉过姥爷的手，说了一句，"太谢谢你了，四哥。"

姥爷自然是听得云山雾罩，不知道到底发生了什么事情。但是姥爷的优点也在于此，不该自己知道的，不会多问一句。他回了二少爷一个笑脸，静静地站在一边，等了一会，见二少爷不再说话，就说了一句"二少爷，您没事，我就先回了。"二少爷摆摆手，姥爷赶上车就回去了。

这件事之后的第五天，收秋的当口，各村的伪保长，伪大乡长都集中到了高宅的大厅。王德新哼着小曲第一个到的，他一脚蹬在椅子上，身子斜躺着靠在椅背上，灰色的外衫敞着，嘴里叼着个火柴棍，那样子比无赖还要无赖。很快人都到齐了，原来鬼子在胡各庄后山的山路遭到了八路军袭击，损失30多个人，丢失机枪两挺、手榴弹等武器若干。鬼子队长盐田径二急了，要求各乡村负责人查清此事，否则个个严惩不贷。

姥爷听了这个消息也觉得过瘾，打心底里觉得痛快。来议事的这些人中，全都愁眉苦脸，就这王德新跟往常一样，穷嘚瑟。

姥爷端着茶壶，一桌一桌续茶水。续到王德新的杯子时，王德新突然大喊一声，"哎哟呀，兄弟，谢谢！谢谢！"大家都以为他在开玩笑，逗耍姥爷，姥爷本也觉得不在意。可是王德新嬉笑的同时正儿八经地看了他一眼。姥爷觉得他是有意的，不由得想起来前几日送信的事情。

议事结果就是：各村、乡加强检查，各路口设岗，有嫌疑人等一律扣押。因为事态紧张，大家陆续离席回村里布置了。王德新又是最后，醉醺醺的一步路摇三摇，我姥爷搀着他，送出门去，姥爷说"少喝点吧，你这酒腻子，就不怕半路把脑袋丢喽！"王德新攥住姥爷的手，嘴里叨叨着，"多亏你，这次获胜多亏你！"王德新没有醉，姥爷脑袋像是扎进冬日的拒马河，一阵寒流，一个激灵，就异常清醒。他顿时确认这小鬼子遇袭跟自己送的这封信有直接关系。那么高家二少爷跟王德新是姓"共"的。

自此，姥爷对王德新的看法有了改观，即使高家二少爷，他也由开始的神秘增添了些许的钦佩，心思意念不由得就靠近了他们几分。他愿意做这种打鬼子的事情。

  姥爷在安阳高家财主做护院，在家乡人眼里也算混得风生水起，家里他母亲日夜担心他的婚事。到处托人说媒。这个时期的我姥爷已经不是当初离家出走的时候。他参军入伍，经历了战争，看过了生死；在天津看过花花世界，知道电车、电灯，不同肤色的人种，还有更丰富多彩的吃食，尤其认识了罗冰，姥爷算是个"曾经沧海"的人了。尽管媒人介绍了不少年轻美貌的姑娘，但是姥爷都不同意。

  1935年年末，姥爷回乡探望他母亲，他带着给父母亲的礼物，还有给侄子侄女的玩意儿。回到家，就被他二哥拉过来，"老四啊，二哥知道你现在在外面混得不错，但是成家立业是人这一辈的大事，有了家，你才有立业的根本啊！"他二哥是村里的教书先生，讲起话来有理有据，让人不可辩驳。

  我姥爷低头不语，他二哥接着说，"现在中国动荡不安，你志在四方没有关系，但是要考虑父母，要尽孝。再说，你成家跟你在外闯荡也构不成矛盾啊！"姥爷抬起头，接了二哥的话："二哥，我不是不想成家，我是觉得找老婆不比在簸箕里挑选种子，那是个活人，得有自己的想法。"他二哥愣住了，没想到姥爷会说出这种话。他是一个斯文的教书匠，读了多年的史书，满脑子的"四书五经"、"廉耻礼仪"，相较之下二嫂是地道的农妇，满脑子养鸡、喂猪和做饭，再就是生娃，每日里跟邻居东家长、西家短的八卦和家常。尤其是在日军肆虐家乡的当下，二哥内心里也很是煎熬，二嫂就是抱怨和咒骂。他二哥根本不能跟她聊天，只能说"菜咸了"、"落雨了"、"张家大婶来借簸箕了"这类的话。姥爷的话触动二哥。

  二哥感慨地望着我姥爷，说："本院当家的二伯说有一女子，从天津来的，因为是大脚，婚事耽搁了。你愿不愿意？"我姥爷当时没有什么想法，就是觉得不缠脚也实在是一件幸运的事情。在姥爷看来，缠脚是很残忍的，是女人的悲哀。多年在外谋生的生活，在高家大院的迎来送

学堂

往，受雷昭、王德新的影响，姥爷已经理解，这是封建制度对妇女的迫害。带着对这姑娘的同情，尤其是听到天津，有莫名的亲切感，姥爷去见了那位姑娘。就是我的姥姥。

姥姥自小被过继给天津的姨妈家。天津的姨妈一家经营着船舶运输的生意，本来光景不错。日本进入中国以后，这些商埠都被控制，日子越来越困难，姥姥被她的继母送到乡下避难。姥姥不算漂亮，应该说清秀。中等身材，一头短发，在天津读的女校，对日本人也是恨之入骨。虽贫苦孩子出身，但城里长大，小姐身份被养育很多年啊，识字又懂乐谱，大城市而来。姥爷在她身上看到了罗冰的影子。

我姥爷虽是财主家的护院，身量也不高，但是精干聪明，多年的行伍生涯，练就的棒棒的身子骨，黝黑的皮肤，给人一种踏实的安全感。

1935年农历腊月里，春节前，姥爷跟姥姥成家了。新家安置在他爷爷奶奶的院里。我姥爷他母亲的意思是把老五家的院子给他，我姥爷拒绝了。他说万一哪天五弟家的孩子回来，就还给他，不占他的庄院。

我姥姥很能干，就是有些娇气，身子不结实，心脏有毛病。

第三节　忠于职守　情报暗度陈仓

姥爷本质上是一个安分守己的人，有中国农民具备的朴实、勤恳的品质，也有中国农民的隐忍、满足和安于现状。在高家宅院做护院期间，他每日都认认真真做好高家主人安排好的各项工作，不逾矩，也不多嘴，因此深受高家老太爷、高家几位少爷的喜爱，尤其是高家的大少爷和二少爷。这期间我的大姨出生了，蔡宝芝。我姥姥带着我大姨在老家过活，姥爷会隔三差五带些钱和粮食回来。

日本人越来越猖獗。当时涞县县城南，东西30华里，南北18华里，有富位、高洛、白堡等共45个自然村，在抗日战争和解放战争时期，隶属定易涞县第六区。因为这里靠近平汉铁路，战略地位非常重要，所以日寇对这个地区控制极为严密。敌人在胡家庄设中心据点，据点周围的富位、高洛、姜各庄、西明义，修建外围炮楼，挖封锁沟，形成禁区。

各村建立了以地主豪绅为首的联保联坐的保甲制度，组建伪大乡。敌人对群众进行奴化教育，到处抓壮丁、送劳工强行推进维护治安。敌

岗楼遗址

伪土豪横征暴敛，无恶不作，群众陷入了水深火热之中。

1938年8月，中共邓华支队在平西峨峪村建立了抗日根据地，这里是中共敌后武装的第六区，第六区属于开辟较早的地区之一。土地贫瘠，经济落后，战争不断，连年灾荒，加上山上土匪的折腾抢掠，老百姓挣扎在生死边缘。王德新与高家二少爷高锡路都属于这一支队。当时支部委员有白杰、解峰和一个叫做水云的姑娘。他们在上级支部的组织配合下，发动民兵和抗日志士，把大家联合起来，伏击了鬼子很多次。

关于鬼子的来源、动向等消息，都是姥爷在高家大院配合王德新和高家二少爷获得的。高家二少爷从当年我姥爷救下他又救下他侄子时就相中了姥爷，觉得他古道热肠，仁义勇敢。姥爷在家做好本分工作，对家里的其他长工也照顾，谁家有事都能帮忙。与此同时，王德新也开始注意姥爷。姥爷在高家大厅招呼南来北往的客人，态度礼仪都非常周全，不卑不亢，也不多嘴，让人感觉非常可靠。于是出现了喝醉酒，让姥爷送他回家，又拜托姥爷送信的事情。恰恰是这封信，拉近了他们的距离，明确了他们的立场和目标。

由于环境越来越艰难，根据地内很难筹集款项钱粮。根据地汤家庄一带筹粮筹款的任务持续增加。1939年秋收前，富裕人家一年就被征粮十多次，老百姓苦不堪言，难以负荷。

在当时每个村每家农户都迫于生计，表面上是听命于伪军、日本人，要粮给粮，要钱给钱，尽管鬼子不做人事，恨得人牙根痒痒，不过他们有枪有炮，没有办法。到了晚上，还是有八路来家里"劫富济贫"，八路军手里虽没有枪，但有杀敌、杀汉奸的勇气和决心。因此富裕人家尤其是地主豪绅，也会交钱交粮。当时的各乡伪乡长，如果是亲日做伪军的，伪大乡长都做不过两天，晚上就会被悄悄地抹了脖子。这也就养成了当地村民为求自保的"双面"性。

抗战时期斗争环境十分艰难，抗日队伍人员复杂，审查不严格，地方党组织不够警惕，因大意不小心吸收了一些奸细。由于工作缺乏经验，

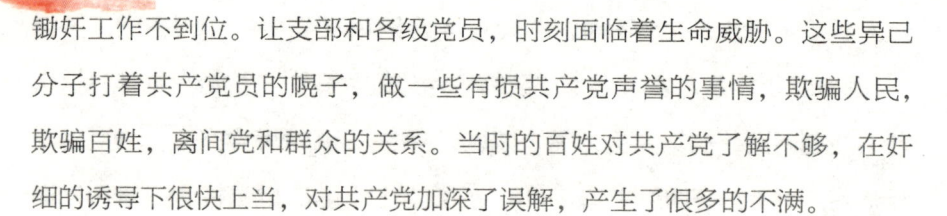

锄奸工作不到位。让支部和各级党员，时刻面临着生命威胁。这些异己分子打着共产党员的幌子，做一些有损共产党声誉的事情，欺骗人民，欺骗百姓，离间党和群众的关系。当时的百姓对共产党了解不够，在奸细的诱导下很快上当，对共产党加深了误解，产生了很多的不满。

王德新奉上级党组织命令，要除掉六区支部内的奸细，就是高洛伪保长路长辛。这位伪保长立场不坚定，在日军的利诱威胁下，叛变了组织。他熟悉共产党的作战计划，知道一些重要区域的支部名单，他是共产党开展支部活动很大的隐患。

高洛村的联络员是崔欣。伪保长路长辛跟鬼子宪兵大队队长渡边联系紧密，这引起了崔欣的注意。汇报组织，经调查确认他叛变的事实，王德新为除掉这一奸细设了一计。

这一天王德新到高家大厅集合，跟其他伪村长喝酒打牌，高洛村伪保长路长辛也在。路长辛不知道王德新的身份，还在跟他嘻嘻哈哈地开着玩笑。

"老王八，你赢了好几把，要那么多钱干啥？开当铺还是修祖坟啊！"王德新也不跟他一般见识，自顾自打着自己的牌，故作神秘地说："哎呀，多赢两把，过两天去城里潇洒两天，躲躲清静！"

路长辛随口接话："咋来，躲什么清静？大老婆闹你咧？"说着路长辛幸灾乐祸地笑了起来。王德新吐掉嘴里的牙签，扔出自己手里的底牌，"嘿嘿！赢啦！"。

几圈下来，王德新满意地站起来，说家里今天有事情，要早点回去。姥爷照例帮他拿起外衣递给他，拿着帽子等他穿好外衣后，递给他。俩人边走边说着家常，"听崔欣说，过几天那边要在李家坟开会啊，你听说没有？"姥爷轻声回答，"听说了，说是十月初八他们上头派来了领导，指导工作的。""还是躲远点，省得招事。"

……

俩人一路走一路聊，姥爷把他送到门口后，还在挥手示意。俩人送行中的谈话被借故去厕所的路长辛听个正着。

很快就到了农历十月初八。李家坟跟其他村庄一样，收过秋后一派肃穆，山上的树叶子黄了，稀稀落落地吊在上边，收完庄稼后的田野，就像被糟蹋过一样，花生地里干干净净，偶尔有几个背着筐捡花生的人，玉米地里还残留着棒子秸，光秃秃地在田里站着，像是打了败仗的萎靡的士兵。李家坟的百姓在这深秋的傍晚，早早地就回屋准备晚饭了。秋收后，天短了，夜长了。人们也顺应天时，开始冬眠。

在李家坟村后的小破庙里，住着两个乞丐，每天他们串村要饭吃，到晚上就回到这里过夜。这座小破庙修建于何时不知道。我姥爷说，他很小的时候这小庙就在那了。背靠着太行山，风不会太大，旁边就是拒马河，用水也方便。

在庙后的山上，一个十多岁的孩子，捡着山上树上熟透掉落的核桃。叽叽喳喳的麻雀叫声，增添了山里的活力。庙门前是一块不知谁家开辟的红薯地，下霜以后，红薯的叶子湿哒哒的，依然翠绿，还没有蔫下来。深红色的秧子和翠绿的叶子，搭配在一起，有点邪性的妖媚，像成熟的少妇，正是人生好时节，泥土里培育的是饱满、大块的红薯。靠近庙门距离河边空了几块，不知是被谁抠掉了几块，可能是庙里的乞丐吧。听姥爷说，这两个乞丐是涞县纪希斌他们鹰嘴山头的拉杆子弟兄。

太阳逐渐西移，庙里的乞丐兄弟挂着打狗棒都回来了。这时候一小队鬼子，小步紧跑着向破庙赶来。带头的就是汉奸路长辛，原来他在确认了共产党要来新的领导后，偷听了王德新和姥爷的谈话，知道了地点和时间，向渡边告密。因为贪生怕死，不堪渡边的威胁，他把渡边带到接头的地方。

想着前几日他们在胡各庄后山突袭的第二分队，自己的弟弟就死在那次枪战中。渡边一腔的怒火，准备这次把这血仇大恨报了。他气势汹汹地带队赶到庙门前，列好队伍，冲进去，搜查庙里的每个角落。

结果扑了一场空。路长辛的腿都哆嗦了，他不明白这是怎么回事。

渡边怒火中烧，又觉得被手下看了笑话。"八嘎！"回身就抽了路长辛两个嘴巴，路长辛捂着嘴，原地转圈，不敢直起身子，唯唯诺诺地低头哈腰。鬼子打砸了庙里仅存的几张桌案、摆设之后，收队回到自己在涞县的岗楼。

一路上见鸡抓鸡，见谁家的姑娘漂亮就上去骚扰，一路走一路鸡飞狗跳，甚至在高洛一家百姓门口放了把火。村民都躲起来，路长辛走在前边，心里也惴惴的，边走边擦汗。可是还没走进西明义村，就看到村口岗楼里冒出了青烟，不远处跑来一个鬼子，衣冠不整，没有配枪，叽里呱啦地跟渡边汇报着什么。翻译官听了，大惊失色，瞪了一眼路长辛，小声说，"你要死啊！"原来渡边带队出发去剿共，岗楼只留下看门瞭望的日本兵，岗楼顶层、门口各一个，岗楼里一个替换下来值了夜班的。王德新他们早就安排好，要趁鬼子防守虚弱之际，攻打岗楼，抢夺武器。

崔欣跟水云扮作兄妹路过岗楼，一路走一路吵，互相埋怨着刚才在义安村路口，谁不够机灵，被鬼子抢走了两根金条。他们成功吸引了岗楼鬼子的注意，岗楼鬼子先是被年轻的水云吸引，又听他们比划着说金条，就放下吊桥，招呼他俩过来，"喂！干什么的！"他高声大喊。崔欣跟水云过来跟这鬼子低头哈腰，比划刚才的事情。这当口，邻村的其他几个游击队员冲上吊桥，进了岗楼。

一个民兵在骚扰水云的日本兵身后，给他的后脑勺来了一砖头。就

日军侵华

这样毫不费力就解决掉了岗楼的四个鬼子，缴获 3 挺机枪，百余发子弹，还有 8 把步枪，2 支手枪。

渡边还未听完已经被气疯，扭过头瞪着路长辛，伸手从胯间拔出手枪，对准他的脑门就开枪了。路长辛没来得及害怕，就已经脑浆迸裂，瘫倒在地。

这次锄奸算是获得了大成功。在庙前围捕失败，渡边带队回去之后，山上玩耍的孩子就背着一筐捡拾的核桃，往山下跑来。告知提前躲起来的上级干部白杰，重新在庙后山上的山洞里汇合，碰头，商讨下一步的工作计划。

这次行动不仅锄奸成功，而且缴获了武器，这对于一穷二白的抗日组织来说，是很大的收获。

这件事后姥爷还是照常在高家大院里走动，照常巡逻。但是姥爷心底里有了目标，有了担当，日常会更留心身边的人和事，顿时觉得这护院做的有意义。

第四节　任重道远　任命伪大乡长

这次锄奸事件，鼓舞了群众抗日的士气，也让老百姓对共产党有了新的认识。姥爷在高家做护院的工作如鱼得水。高家大少爷每日周旋于日本兵和各大乡长之间，带着手下和伪军到各村征粮筹款。姥爷跟着高大少爷，认识了不少人，在各村、乡之间奔波，这让姥爷也有了一定的知名度。因为在家排行老四，被人们尊称为"四哥"。不过姥爷天性素朴，不争名利，更不会倚仗高家的权势做一些损人利己的事情。

这一天，王德新把他找来，说有要事商量。

"现在路长辛死了，高洛乡伪乡长空缺，你来当吧？我来联合其他的伪乡长，推举你！"王德新仍然慢悠悠地跟他说。

姥爷一听就急了："我可不做这卖国求荣的勾当！，要打鬼子，就真刀真枪跟鬼子拼！"王德新听了，哈哈一笑："你觉得正面决斗厮杀才是杀鬼子，咱们胡家庄偷袭、山庙锄奸烧岗楼就不算了？"

姥爷听了，心里顿时敞亮了，不得不承认，这样的斗争更加地大快人心，而且比一己之力杀伤力大，杀伤面广。但是，姥爷也实在不愿意做伪大乡长，虽然他理解王德新的身份掩护，也理解村人为求自保，两面都妥协求生的做法，但是到他自己，他是非常抵触这个身份的。

王德新没有强求姥爷来做这个伪大乡长，只是提了建议出来。后来高家二少爷在一次酒席上，因西明义伪保长霍老兴的一句奉承姥爷的话，郑重提出了建议，促成了这件事。

"子玉人品好，武功好，胆子大，跟着高家大少爷，有勇有谋，可以谋个伪大乡长当当。"

霍老兴顺嘴恭维的提议让高家二少爷听到耳朵里，接过话来，"四哥，咋样？现在路长辛死了，正好有个空缺！"鉴于姥爷救过高家小少爷，高家上下和各乡乡、保长也是看主家眼色行事，结果纷纷举荐，姥爷推脱不过，奉命做了高洛的伪大乡长。

王德新就是当时的中共地下党派出的武装工作队队员，由白杰领导，后来是解峰接任。

敌后武工队是根据地派出的秘密深入敌占区开展斗争的工作组织。他们深入敌后，发动和组织群众，恢复、建立共产党的组织，运用各种方式打击、动摇与瓦解日伪军，削弱、摧毁伪政权与伪组织，以此来达到配合根据地的对敌斗争的目的。他们是抗日斗争的"袖中利剑，怀中匕首"。有了他们，减少了牺牲，内外呼应，打了很多漂亮的胜仗，鼓舞了士气。

各武工队组建后，就开赴对敌交通线和据点附近地区，发动群众，组织民兵，摧毁或改造伪组织，然后对敌据点实行围困，并进行军政攻势。通过内外夹攻，把据点的敌人挤走。王德新就是这一片的敌后武工队的负责人。

在高家二少爷和王德新的帮助下姥爷把姥姥和大姨接过来，在涞县县城租住了当时涞县伪县长纪贤举家的四合院。自此姥爷离开了高家，但会按时到高家议事。

姥爷带着姥姥和我大姨在纪贤举家做了租客，住在他家城南四合院的南房里，东厢房里住着寇玉山，是当时涞县县城炮楼宪兵大队伪大队长。我姥爷、王德新、寇玉山，纪贤举这些当时的头面人物，因为同时效力于日本人，平时来往密切。对于王德新、我姥爷来说，这是工作需要，身份掩护的需要。

姥爷此时已经是高洛的伪大乡长，但是他并没有改变他的生活习惯，也没有因为伺候日本人而趾高气扬，对日本人的态度也没有卑躬屈膝，还是原来高家大院的护院一样，不卑不亢地在这些所谓的高官权贵之间周旋。日本人让征粮，他就带人到村里富裕人家要上几斗，平时就是带着手下人练习拳脚。

时间久了，我姥爷、王德新、纪贤举、寇玉山、高家大少爷、二少爷几个人就拜了把兄弟，在这乱世，都是中国人，都在日本鬼子的刀下混日子，不容易。当天在高家的宅院里，哥儿几个就焚香祝祷，同进退，共生死。纪贤举年龄最长，排名老大；然后是寇玉山、高家大少爷、王德新、我姥爷、高家二少爷。当时他们还不知道彼此真正的身份。我姥爷跟王德新、高家二少爷是武工队的，专门做敌后工作。

自姥爷搬到县城以后，他们几个玩牌的根据地就挪到了涞县大炮楼，伪大队长寇玉山驻扎在这里。白天邻乡的伪保长、伪乡长会过来值班。他们轮流带上酒或者下酒菜，中午饭就在岗楼里解决，吃饭时间之外就是打牌。岗楼里摆着一张八仙桌，东边靠墙摆上了两条长凳，最里边的北墙根摆着两张对头的行军床，供值班的伪军或鬼子休息。西边靠墙则是武器柜，叫做柜子，其实就是一个简易的架子，带刺刀的步枪，前后两排斜靠在木制的架子上，长枪上边扣着头上要带的白色钢盔。这个武器架子旁边摞着几个木制的箱子，里边装着子弹、手榴弹、地雷等武器。

这些军火每次交接班都会清点，但基本都是走形式，并不真正清点枪械数量。机枪在二层的窗户和三层的瞭望台。

姥爷几乎每天都到这里来打牌，因为头脑聪明，会算牌也会记牌，但是他的目的并不是赢钱，而是会根据牌友，算好牌，有的就故意输给他，有的就一定要跟对家联合赢下来。这些玩法和战略是跟王德新学的，姥爷悟性高，有过从军打仗的经历，这些在王德新的点拨下，很快就明白，也会触类旁通，如何利用其他乡长的关系，完成任务，打听情报，是手到擒来的事情。用小联络员麻杆的话说，"不怕拿不到情报，就怕没情报！"

姥爷在岗楼跟这些鬼子、伪军笑闹，到了晚上就利用自己的身份，在墙上张贴抗日的标语。这些标语是三区支部汤家庄秀才李手写的抗日标语，

"打倒日本帝国主义！"

山河景色

"军民合作，驱逐日寇！"

"要种族不灭，惟抗战到底！"

"当了汉奸，不得好死！"

……

姥爷在离开岗楼的时候，会一路贴过去。内心里激荡着无畏的热情和无穷的力量。把这力量积攒，才能冲破黑暗，好日子一定会到来！这样连续半月有余，鬼子非常懊恼，因为他们查不出是谁贴的标语。这些五颜六色的贴在墙上的抗日口号，成了鬼子的心头病。

姥爷晚上有时候到富位去开支部会，跟王德新汇报工作，领取任务。经常一宿打个来回，根本没有休息的时间。有时候要出去执行任务，听说哪个村，哪个洼的谁谁谁巴结日本人，坑害老百姓，还四处说假话，污蔑八路军的形象。姥爷就会披上斗篷，蒙上面部，跟他的伙伴去行侠仗义，姥爷个子不高，身手敏捷，他的伙伴五道爷，个子高大，身体健壮，是从东三省逃难过来的。这二人被百姓称为"夜游神"，锄强扶弱，为百姓抱打不平。

五道爷是陈家庄的一霸，人霸道蛮横，村里的人都不敢惹他。他这外号就是这么来的，说五条道上的人都不敢惹他，喊他爷。这位爷侠骨仁心，虽看起来不讲道理，可碰到脾气相投之人，也是言听计从。他非常佩服我的姥爷，可能早年我姥爷打过军阀，他觉得我姥爷见过世面，总之凡事喜欢听我姥爷拿主意。

姥爷于1939年生了儿子，起名大壮。我姥姥一个人带着我们姐弟俩，因为姥爷的工作，姥姥不能抛头露面，怕被热血的百姓暗害，或者作为人质对姥爷进行要挟。姥姥的身体并不是很好，患有先天性心脏病，不能做干重活，也不能进行激烈的体力活动。姥姥每天在家里就是缝缝补补，照看两个孩子。

姥姥的性格还是带点小姐脾气的，在学校读书时受到当时爱情小说的影响，对时局虽了解，但并不是全部投入，她觉得那是男人的事情，女人做好自己的本分就好了，只要家里的男人爱她，过自己的小日子就知足了。

姥姥刚生下儿子，还没有出满月，我姥爷到城里街上去买红糖，还有其他的营养品。经过中心街的时候，远远就看到几个土匪在对着一个小孩拳打脚踢。姥爷连忙跑过去，把这个孩子救下来。其中一个土匪，大声吼道，"也不看看老子是谁，我们的钱也敢偷！"，地上的孩子也就十岁出头，干瘦干瘦的，像个猴子一样，跟跄着爬起来，躲在姥爷身后。姥爷扭身问他是不是真的偷了他们的钱包，这孩子点点头，说"不过，他们又拿回去了！我只是想有钱给卢老头拿点药看病"。姥爷扭头对土匪说，"是山上纪希斌的队伍吧，这孩子小，也是事出有因，你们放过他吧！都是好汉，不要跟孩子过不去，让人知道了笑话！"其中一个看着精明点的年轻人，说"行！看在四哥的面子上，饶了这小子！"说完带着其他弟兄扬长而去。

这个孩子叫小申，是个孤儿，父母在鬼子的一次扫荡中被刺杀。卢老头住在他家隔壁。卢老头鳏夫一个，自己做点吃的，会给这孩子分点，一老一小做伴。前不久卢老头得了风寒，咳嗽一天比一天重，但是又没有钱看病。才有了今天这一出小申偷钱的事情。

我姥爷见小申可怜，又恰巧刚有了儿子，满腔的慈父仁爱之心，姥爷认小申为义子，走到哪儿带到哪儿。又请高家二少爷到卢老头那里瞧了病，拿了药。卢老头的病慢慢好起来。

姥爷经常往返涞县县城、富位、安阳之间，偶尔还要去其他乡镇，一些送信、传口信的活就交给小申了。小申年纪虽小，但是很机灵，孩子也不容易被怀疑，机智地完成了好多任务。

姥爷时常说，经历了那段艰难的岁月，才知道活着的意义，才知道现在的生活多么不容易，所以啊，一定要珍惜现在的日子，要好好活。

日本人的侵略给当时中国造成了巨大的伤害，有不计其数的中国生命被害，日本人也有不少人在这次战争中死去。战争源于利益，始终是暴力的，买单的始终是老百姓。民不聊生的政权又有什么好的呢。

1938年的一天，军分区支队长周运才，带着几十个人打游击，有一天晚上，他们住进了陈家庄村。当时可恶的汉奸给盘踞在岗楼的鬼子报了信。天还没亮，鬼子就包围了村子。起大早，周运才率部突围冲了出去，老百姓也顺着大街往村外跑。鬼子早在陈家庄的堤坡上支好了机枪，冲着往外跑的老百姓疯狂扫射，当场打死三百多人，血流成河，震惊冀中。

日本鬼子的岗楼就是罪恶的象征，杀人的魔窟。

在平原上的炮楼据点，一般采取砖木结构，步机枪根本打不透砖墙，楼高墙厚，抗日部队的装备又非常落后，普通部队的火力支柱掷弹筒和机枪对它毫无办法。八路军主力装备最多最厉害的就是迫击炮，炮弹发射出去都是抛物状落地，不是打得太远，飞过了炮楼，就是打得太近，落到附近的河里或者岗楼前的空地上。即使炮弹准确落到岗楼顶上，那还得看这个炮楼是什么结构的，假如碰上岗楼顶是钢筋水泥结构的话，那就倒霉了，迫击炮弹在上面炸裂开来，只等于鬼子头上响个炸雷，岗楼内的敌人毫发无损，根本没有用。运气好点呢就只炸坏一层，因此这样的轰击必须得连续命中才有效果。

对付日本人的炮楼，最有效的武器还是要属平射炮和山炮，但是当时的抗日武装并没有。八路军和新四军装备最多的是迫击炮。迫击炮的分量轻，携带也方便，另外抛物线高，很适合打山地游击战，可是用来拔据点、打炮楼的话就用不上。后来有经验的民兵把迫击炮改装成平射炮，射程和射击效果才有所改善，但是受限于当时的弹药匮乏，转移行动也不方便，抗日武装就只好快打快撤。

新修的岗楼都是四方曲尺形，曲尺形的砖墙，六层楼高，岗楼起底层有两尺多厚。平日里派伕都是老人和小孩，他们要在鬼子眼皮子底下干活，青壮年不敢去。岗楼修了一年多才完工。岗楼四周挖着又宽又深的大沟，大沟外面拉着铁丝网，这些网还带着刺儿。朝北一个吊桥悬在沟上，沟通里外。

从岗楼高处往外瞭望，可以看到方圆百米的距离有没有动静。再加上鬼子的步枪、机枪、手榴弹，老百姓哪里敢随便动弹。

老百姓中流传着这样的顺口溜：

远看一片黑，

近看是砖堆，

浑身是枪眼，

里头盛着一群贼，

……

岗楼里平时就有几十个鬼子，每次鬼子出动执行任务，都是一水的马队，汉奸打前锋，骑着马在前边，鬼子在后，烧杀淫掠，无恶不作。闹得村村鸡犬不宁，民不聊生。

日寇和伪军天天进村抓人、拷问百姓谁是共产党、谁是八路军、谁是村干部，整日搞得人心惶惶，还时常逼百姓拆房拆屋去为鬼子修岗楼，老百姓每天都有亲人死在敌人的枪炮和刺刀之下。

1941年日本鬼子接连几次扫荡，百姓的生活已经在生死边缘，因为吃不饱，好多人饿死，街边出现死狗、死猫什么的，空气中充斥着血腥气，还有尸体腐烂的恶臭气。落后的医疗条件，恶劣的生存环境，越来越多的人开始感染一种疾病。这病来得急，死得也快。

整个拒马河畔游荡着瘟疫的幽灵，他们就像蛮横的日本鬼子一样，不容分说就取人性命。人们生活在莫名的恐慌中，每一天除了躲避日本兵和伪军，还要小心翼翼，躲避不知道怎么躲避的瘟疫。

死的人越来越多了，整个世界陷入沉寂，像是没有人生存。大路边饿死的人，鬼子杀死的人，还有被瘟疫拿走性命的人比比皆是。数年前战场上见过的画面再次出现在现实生活里，我的姥爷感到一阵阵的绝望。他不停地奔走，到处找医生，问高家二少爷，这是什么病，吃什么药能好。高家二少爷也在困扰，他已经焦头烂额，甚至都写信给在上海的老师求救，然而希望渺茫。

这期间姥爷的父亲、母亲相继离世，姥爷内心的悲痛无法言说，他天天泡在拒马河里，不停地游泳，直到累到极点，他才上岸。

村里的老人们，传言说灾难来了，世界要消亡了。这山下河畔除了流水声和鸟叫声，再没有别的声音。高家二少爷倒是愈挫愈勇，他到各个村里去走访，看病症，对比病例，到家就翻看医书，连着7天7宿都没有合眼，可是仍然没有结果。就在他快要放弃的时候，我姥爷跑来喊他到柳屯去，柳屯村长柳发也染上了瘟疫，突然发作，媳妇已经急晕过去。

柳发不停地喊，"痒痒，烫烫……"他自己伸手抓着自己的身上。

等高家二少爷和姥爷赶到的时候他已经把自己抓成了血窟窿，因为实在太难受了。意外地，他人却很是清醒。高家二少爷看着柳发的病症，摸索出了治病的线索。

可是就在姥爷领着高家二少爷往柳屯奔的时候，我大姨也在到处找他。大壮开始高烧不退，染上瘟疫了。姥爷从柳发家出来，碰到小申才得到消息，等他跑回家，孩子已经走了。姥爷的心里像是空了，再一次经历生死，姥爷的心麻木了，疼得没有知觉。他体会到了彭老爹当年的

平静的拒马河

痛楚，那是说不出的，不可描述的绝望和疼痛。曾经那么美好的生命，承载了那么多的爱与希望，生活都还没有开始，就这么结束了！到哪儿讲理啊！老天爷在哪儿啊？！

这瘟疫热症，身子虚，血里有毒，需要找准经络和穴位进行放血，热毒才不至于跟随血液运行到达身体各处。柳发的病症缓和痊愈后，人们纷纷去找高家二少爷求医。

高家二少爷在安阳诊所外搭设施药的棚子，每日熬煮败火清热的汤药，供百姓免费服用，在诊所门口悬挂起人体经络图，在图上把需要推拿和放血的位置用红色标注。

一时间诊所前聚集了很多人，排队领药的，学习放血按摩的。这一场瘟疫算是控制住了，高家二少爷拯救了很多人。

经历了瘟疫的劫难，百姓的生活更加艰苦了。在这样的环境下，日本鬼子还在持续疯狂扫荡。

第五节　深夜逃命　义兄仗义出头

我姥爷在担任伪大乡长时期就加入了中国共产党。在王德新和其他地下党员的配合支持下，做了大量的地下宣传工作和锄奸工作，给日本鬼子有力的打击。

姥爷利用工作之便，张贴的抗日宣传单如同田间的野草春风吹又生，头一天刚刚清除，第二天就又出现在另一边的街道上，神出鬼没，搞得鬼子跟无头苍蝇似的，四处乱撞，也没有个结果。

1940年的冬至这一天，姥爷从岗楼回家，趁着夜色贴了标语。路上空荡荡的，偶尔传来几声狗叫。我姥爷快步穿过中心大街，经过县小学，来到家门口。他们租住的房子共有三间，他们一家三口住在东屋，西屋里是一些杂物，堂屋中间摆着饭桌，靠近东墙有一个灶台。天冷起来，在堂屋灶台做了饭，东屋的炕上就会热乎乎的，晚上睡觉都不会冷了。

姥爷跨进堂屋，我大姨跟姥姥已经在炕上躺下了，姥姥给大姨讲着故事，5岁的大姨问东问西，问着各种"为什么"。我姥爷进来，从怀里掏出几颗糖，逗大姨玩："我的宝贝大丫头，来看看这是什么？"我姥姥会叨叨，"世道这么乱，你天天在外边瞎跑，万一有个意外，让我们孤儿寡母怎么办？"我姥爷随口安慰着，"没事的，放心。我也是为了糊口啊！"

大姨因为晚上吃了我姥爷带来的糖，一直闹肚子。深夜要爬起来大号，我姥姥喊我姥爷起床，发现姥爷不在炕上。姥姥非常担心，没有办法，用被子围着，拉起大姨去茅厕。姥姥数落大姨一晚上，说她贪嘴，不听话，大姨开始还哭哭啼啼，后来就睡着了。姥姥揪着的心七上八下，拍着大姨不时叹着气。

差不多下半夜，天快亮的时候，姥爷回到家里。这一夜姥爷出去到富位见了王德新，拿回了一些宣传标语。听王德新分析了当前的形势，知道现在抗战形势的严峻，也知道了毛主席的"论持久战"的作战方针。多年的浸染，姥爷多少也懂点军事，他能看清目前的局势，知道坚持的重要性，发动群众的重要性，对把小日本赶出去充满了信心。

刚进屋，就听到姥姥呜呜的哭声，姥爷走上前来，"咋啦，哭啥？"姥姥还是担心姥爷的安全：这混乱的世道，不仅有日本鬼子的残害，卖国求荣的汉奸也会遭到百姓的排斥，姥爷虽是伪大乡长，看着在外边威风凛凛的，说不准哪天就被人抹了脖子，把我们孤儿寡母地带走报仇去了。姥爷理解姥姥的担心，但是他觉得完全没必要，他擦着姥姥的泪，轻声说，"呀，瞎担心，我是这个，没谁敢把我咋样"，姥爷说着，就用手比划了一个"八"字。姥姥哭声止住了，她虽然一直怀疑姥爷在外头做什么，但是没有想到是地下党。这下确认了，姥爷就是日本鬼子捕捉的对象，而且在日本鬼子眼皮底下活动，这不是找死吗？

姥姥新的担心又升腾起来，本来不好的心脏，就咚咚咚地跳个不停。

姥爷躺下，安慰着姥姥，没说两句，就陷入梦乡。抓紧时间补个觉，白天好有精神跟鬼子周旋。

第二天姥爷起晚了。吃过午饭，在家跟大丫头玩闹一会儿，就照例过岗楼去打卯。下午后半晌，天空万里无云，没有风。这是一天当中最暖和的时候。街上来来往往的人，多数人行色匆匆，还有一些走路慢的，要么是伤病在身，要么是饥肠辘辘，面有菜色，双眼无神。

姥爷快步走着，还没走到岗楼吊桥，卖香烟的小申从远处跑来，说是卢老头不行了，让姥爷去瞧瞧。姥爷跟着小申小跑着到卢老头家里。卢老头气定神闲地坐在堂屋里。姥爷很是疑惑，问小申怎么回事。

原来姥爷夜间贴标语的事情暴露了。渡边因为标语事件，一直烦躁不安，觉得这八路就在他眼皮底下搞宣传，搞策反，他还束手无策，这让他非常丢脸。因此下令必须要对"标语"事件彻查。昨天打牌结束得早，伪军和鬼子跟着其他乡保长互相唠着离开了去了第二摊，要到西明义霍老兴家里接着耍，姥爷因为连日回家很晚，不放心姥姥一个人带孩子，就没去。

他最后收拾了残局，跟值班的伪军闲唠了几句，离开岗楼。月色如水，姥爷背着褡裢，加快脚步，绕到岗楼后侧就刷浆贴标语。过吊桥，走到大路上，连大杨树都不放过，那些花花绿绿的宣传纸就像是美好夏日的蝴蝶，带着姥爷的梦想和愿望，飞进老百姓的心里。那是关于新中国的梦想！

渡边就让值班人员进行调查，值勤不到位，让八路军得逞。渡边因为怀疑在各村的伪保长、伪乡长里有地下党，就只把宪兵队大队长，涞县伪县长召集在一起，缩小知情者的范围，对当晚值班的人员进行讯问，结果口径统一：只有蔡子玉是昨晚最后一个走的，从吊桥出去，只有他最接近岗楼，贴标语也不容易发现。事情明了，所有的线索都指向我姥爷。渡边震怒。

"来人，第一大队集合，搜查蔡子玉家！把他给我抓回来！"渡边已经声嘶力竭了。

此时，时任涞县伪县长的纪贤举站出来，"渡边君，我看不宜草率，现在组队搜查拿人，动静太大，容易伤到别人，另外，如果得到风声，那岂不是会竹篮打水一场空？夜里睡下了，安安静静的，一逮一个准！"渡边也冷静下来，沉默了几秒，对纪贤举点点头。

"好的！纪县长提醒的对，天黑出发，在座诸位委屈一下，在岗楼喝酒玩牌，晚上一起行动！"

这纪贤举就是姥爷的把兄弟，他提出把抓捕时间改到晚上，就是想要找个机会给姥爷送信，让姥爷快跑。可是现在又被困住，这怎么办呢？真是无巧不成书，小申每日里都会在岗楼附近卖香烟或者坚果瓜子之类的，以方便姥爷有情报信息时的传递。

纪贤举坐在牌桌后边瞅着桌上的牌局，谋划着怎么把消息传出去。就在这时，听到了小申的叫卖声，"香烟瓜子！香烟瓜子"，纪贤举计上心来。他虽是伪县长，但是对于姥爷的言行，也不是没有怀疑过，只是他也是中国人，现在抗日虽打得艰难，谁又知道结果如何呢！当时伪军队伍里，很多人都是有这种心思的。保得住命要紧，也不忘自己是中国人的身份。平日里就觉得姥爷跟小申有来往，感觉他俩之间有点什么，但又没有证据。这次为了义兄弟，也为了自己的前途，赌一把。

"各位兄弟，烟没了。"纪县长意外地说，掏出口袋里干瘪的烟盒，一脸遗憾。大队长寇玉山也是姥爷的义兄弟，排行老三，姥爷是老六。他看了一眼纪县长，心领神会，"出去买几盒吧！平时也不见县长来，正好买几盒香烟犒劳犒劳兄弟啊！"

另外的几个弟兄，一听有便宜烟抽，本想掏自己烟的也停住了。当时的人们吃饱肚子都难，个个都穷得要命，虽说做伪军，给日本人做事，到手的钱和粮食也是有限的。有便宜，谁会推掉啊！

"咳，好吧好吧！兄弟们辛苦了，给你们顺带捎上二斤瓜子，嗑嗑！看你们打牌，我这干耗也没意思啊。"纪县长边说，边站起来走出岗楼。

走到吊桥边，示意士兵："兄弟，放下吊桥，买盒烟给大家抽抽！"这士兵认识伪县长，想着有烟抽，就放下了吊桥。

纪县长款款走上吊桥，嘴里大声哼着小曲，快下吊桥时，喊住小申，"小兄弟，过来，买两盒烟，要最好的！再来二斤瓜子！军爷们累了，要歇歇！"小申机灵地赶紧跑过去，有生意了好挣钱。可是没想到，俩人一碰面，纪县长背对吊桥，手里挑着烟，嘴巴里轻声快速说着，"让蔡子玉快跑，露馅了！天黑去抓他"，随后又唱起来。纪县长面色严肃，小申愣住几秒，惊慌地要逃。纪县长把钱递给他，说"镇定！一定要通知他。"

小申拿到消息就向城里姥爷家送信，无奈又出来一个鬼子，跟他说，"发财了，给爷两块！"没办法，小申掏出仅有的钱，扔给鬼子跑了。鬼子以为他害怕，还对他骂骂咧咧的。小申跑出去没多远，就看到迎面走来的姥爷，就谎称卢老头病危，拉着姥爷一起跑。

姥爷听得一颗心突突地跳，好家伙，自己差点钻进鬼子的狼窝。他内心里感激纪贤举大哥。可是怎么办？只有自己逃跑，保住命，才能有以后报仇的机会啊。于是他安排小申去家里送信。姥爷骑着自行车连夜逃往富位。

小申再跑到城里，天已经黑了。隐约能听到鬼子的跑步声，"咚咚咚咚"，听着队长地呼喝，"快点快点！"此时，我姥姥正在堂屋坐着，我大姨在姥姥的指导下，刚熬下一锅稀得透亮的棒茬粥。晚饭还没吃，小申推门进来，反身把门栓住，跑到南屋，"干娘，我干爹跑了，鬼子要来，你们赶紧躲躲！"

可是这小院就这么大，往哪儿躲啊！寇玉山的老婆巧玲从东厢房出来，拉起大姨，对姥姥说"弟妹，这边来！"。他们几个刚在东厢房的炕上躺定，蒙上被子。就听到"乒乒乒乒"的敲门声，巧玲慢悠悠地走到大门口，拉开门栓，打开门问，"怎么了？军爷？"伪军认识这是嫂子，是大队长寇玉山的家人，没说话。鬼子哪管这些，奔房间就是一阵翻腾，粥锅也踢翻了，锅碗瓢盆都砸烂了，炕上的被褥都被刺破，没有人！鬼子扑了个空。

鬼子走了，寇玉山回到家已经是半夜。他叫我姥姥赶紧收拾，要连夜送她们出城。不然第二天被鬼子搜到就糟糕了。

我姥姥带着我大姨，回到屋里，都没有行李可以收拾。我大姨拣了一个坐垫和小被子抱着，就跟着寇玉山出城。刚走出没多远，我大姨就被城里的小火车道轨绊倒，小孩子的脚步是赶不上大人的，她只能跑着，勉强能跟上，姥姥有心脏病，不能走快。一路不停歇，不敢走大路，从田里走，为了躲避鬼子，老百姓收了棒子后，棒子秸都没有砍，平时可以藏身，躲避鬼子，现在我大姨他们也是把这当作掩护的屏障，寇玉山把姥姥和大姨送出城去，又走了几里路就往回返了。天快亮了，被鬼子撞见也是说不清楚的事情。姥爷说起这些，对寇玉山也是充满感激。"要不是玉山爷，你姥姥、你大姨早就没有了！"

我姥姥先是带着我大姨往西明义村里赶，打算投奔到老家。一路上，累了就坐在我大姨准备的坐垫上，用小被子捂住心脏，歇会喘口气。一直走到第二天傍晚才回到村里，可是我大姨的奶奶，我姥姥的婆婆根本就不收留他们，"你们还晓得回来！鬼子到处搜你们咧！子玉当了共产党了，给家里添多少麻烦！"我姥姥无奈，又带着大姨走到学堂，找我姥爷的二哥。

世道不太平，家家都闭门锁户的黑着灯。我姥爷的二哥打开门，一见是我姥姥娘儿俩，"说，你们怎么回来了，鬼子都来村里搜你们了！不能留啊！"从头一天晚上离家到现在娘儿俩是一口饭没有吃啊，饥肠辘辘，又要赶路。我姥爷他二哥回去拿上外套，悄悄出来，引着我姥姥他们往村外走，说，"快走，我送你们一段，不远处就有鬼子的岗楼，你们在这儿太危险了！"

就这样又开始逃亡，走到姜各庄村的河沿，看到有个人赶着车过来，走近看，发现是小申。原来是姥爷担心姥姥他们，就让小申第二天去家里看，结果已经送出城，打听到回村里了，就又让小申赶着车来接。

如此我姥爷共产党身份暴露，在义兄弟的帮衬下，躲过一劫。我姥爷自此开始带着姥姥他们回到故乡西明义，开始抗击日本鬼子的工作。

这一次义兄弟危难时出手相救，姥爷记在心里。他经常会想起崔大风在内蒙古寒冷的夜里讲"七侠五义"和"三国演义"。都是拒马河畔的汉子，关键时刻能伸出手，就没污了那河。

日本人对中国的搜刮侵略不只是在物质，还在精神。

涞水县从1939年到1945年被日本鬼子占领，其间日本人断断续续地对中国青少年进行奴化教育，让青少年在不自觉中树立日本帝国"神圣"、日本皇军"神圣"的思想。尽管侵略者大肆宣传什么，日本侵占中国是为了"大东亚共同繁荣"，但是每天都可以看到日本侵略军的烧杀抢

日军推行奴化教育

掠,见到他们残酷迫害中国的百姓,就算是十岁的孩子也不相信它的谎言,中国人民的内心深处无不充满对敌人的极端仇恨。

村里的维持会长、日伪大乡长,经常给老百姓训话,说什么"中国是有名的'东亚病夫',中国在工业上比不上日本。日本人来中国,是为了帮助中国人建设新生活"等等。要求老百姓"拥护皇军",见了"皇军"要敬礼鞠躬。当时大家都把日本兵的旗子叫"膏药旗",校长和维持会长就会纠正说,那是日本国的国旗!应当说是"太阳旗",不能说是"膏药旗",那块红色图案是太阳,"它要照亮全世界"等等。

当时在涞县小学设置日语课,学唱日本歌曲。三四年级以上都设了日语课。当时学校规定,在校老师和学生必须学会唱日本国歌、"新民会会歌"等美化日本侵略者的歌曲。

日本图谋同化中国百姓的思想,进而占领中国的国土。可是每日那么多的同胞、亲人死在鬼子的刺刀下,有谁会甘心听从他们的话啊。当时百姓们都敢怒不敢言,心里恨日本人都恨得牙根痒痒。

第五章　神勇抗敌　肝胆两相照

"这一天雪放晴,北风呼呼地刮了一天,近黄昏风渐渐小了。我姥爷和上半夜的值班民兵来到红树湾,大约在夜里十一点多钟的时候,远处就隐隐传来了马蹄声。姥爷以为是听错了,抓起一把雪抹了一把脸,扭头朝声源望去,'来了!',心里很激动,他望向对面的两个弟兄,他们也已经抬起了头,端起步枪。"

姥爷嫉恶如仇,容不下背叛。在艰苦卓绝的对敌斗争的岁月里,陷害背叛自己人的奸细更是令人发指。姥爷不顾深冬连续多日的落雪,在寒风凛冽中趴了29个夜晚也要捉拿肖小鱼。利用霍老兴家水井退日军、带领乡亲挖地道、与鬼子正面交锋、攻打涞县县城两个日夜始终冲在第一线……抗日功成,姥爷急流身退,休养一双寒腿。

1941年，日本侵华历时已经有第5个年头。日本毕竟人少，国家又远，侵华战争的不顺利，让他们更加疯狂。对华北地区开始实行"清剿"、"扫荡"的蚕食政策，在华北各村到处抓捕壮丁，抗日队伍和根据地抗日队员处境尤其危险。

鬼子开始实行"拉网扫荡"，冀中部队受损失不大。因为冀中部队与日本人打了几年的仗了，他们熟悉地理环境，多是认识的老乡，对于敌人队伍的设置、人员和配备也都了解。日本人再"拉网"，拉多大的网，都能钻出去。因此这一时期，共产党冀中主力重要干部和主力队伍已经转移到外线。真正陷入重围就正面交锋，杀个鱼死网破。

在"拉网扫荡"时，日军汇报战势如下"共军已经便装分散，未能取得多大战果。"也就是在这一阶段，狡猾的敌人开始佯装撤兵，暗地里铺设了一张很大的网，等着共产党抗日武装钻。中共并未能及时判明敌人意图，一些抗日游击队又转回内线，遭受了严重损失。

什么叫"拉网扫荡"呢？姥爷说，"拉网扫荡"，就是铺一张大网，实施"鱼鳞式的铁壁大合围"，"'扫荡'时，前头是特务先行，第二层是警备队，第三层是治安军，最后日军出动，没有空隙，群众称作'拉大网'"。

日本华北派遣军司令长官冈村宁次，亲自策划并指挥了这场"扫荡"。在其回忆录中曾提到："1942年5月我曾去石门的方面军战斗指挥所，亲自指挥冀中作战为时八天。"冈村宁次大概也像一个正在收网的渔夫一样焦虑地等待着：这一网能打上多少呢？

"要先从上面轰赶，藏起的鱼入网后再拉网才行"。他说：在急流里捕捉鲇鱼，不能在投网后立即拉网，以免隐藏于石缝的鱼逃脱；要先从上面轰赶，藏起的鱼入网后再拉网才行。

日军扫荡

日军不间断的扫荡让百姓生活不得安生，今天"坚壁清野"，明天站岗放哨，这紧张的气氛老百姓们慢慢熟悉了，适应了，日本人来了大家就跑，日本人走了就回家。姥爷说当时最多的感触就是：颠沛流离，一直处于逃亡状态，离家－回家，离家－回家。

人们搭草铺、住山涧、食野菜，不是病死，就是饿死。当时有这样一首歌曲，唱出了对日本鬼子的恨：

房子烧啦，

东西没啦，

只剩下一片焦土几块瓦，

还有那满地的骨头架。

牛马宰啦，

田地荒啦，

我们的父母兄弟谁杀啦，

我们的姐妹谁拉去啦。

可恨的日本鬼，

说打咱就打，
说干咱就干。
拼吧！拼吧！
拼，咱就拼个你死我活，
干吧！干吧！
干咱就干个流水落花。
枪不怕，炮不怕，
大刀阔斧向前杀！
杀！杀！杀！

这一时期抗日战争进入相持阶段，侵华日军将主要兵力用以对付坚持敌后抗战的八路军和新四军。敌伪集中兵力对各抗日根据地进行了连续不断的"扫荡"、"蚕食"、"清乡"。在"扫荡"过程中，日军大肆推行惨绝人寰的"杀光"、"烧光"、"抢光"的"三光"政策，企图彻底毁灭根据地抗日军民的生存条件。

第一节　地下转地上　斗争白热化

由于鬼子彻查标语事件，姥爷的身份暴露，抗日工作从地下转到地上。

为彻底摧毁抗日根据地，日军天上飞机轰炸，地上步兵洗劫。在四十多天的"扫荡"期间，几乎每天有十几架飞机在三十多个村庄上空进行侦察、扫射、轰炸。炸死、炸伤数不清的百姓，毁了我们的家园。

1941年农历十一月底，天冷起来，瘟疫过去了。天上开始落雪，姥爷从王德新那里得到消息。鬼子的作战计划要进行拉网式的清剿扫荡，要求各村村长，乡长配合。要求各村派出代表，跟日军大队队长渡边对接，把各村的人员数目、在外边工作、上学的人数，村里从事农活工作之外的都要登记。三天内，把以上情况清点上报至渡边处。

姥爷跟王德新聚到了柳发家里。

柳发家位于柳屯的东边，挨着拒马河。柳家房子坐南朝北，三间正房。西跨屋，南北深一丈一，东西宽有五六尺，西墙中间上方有一个一尺多宽不足二尺见方的小窗户窟窿，可以透光。这间小暗室在外边是看不出来的，有紧急情况时，他们几个会挤进这个暗室，躲避灾难。

每次开会，都会有人放哨。自从小申跟着姥爷后，放哨的工作就是他了。因为姥姥在家不出门，偶尔小申也会带着我大姨出来。小申慢慢长大，也开始独立完成任务了。有一次有上级指示需要派人潜入敌军内部，借机刺探情报。借敌人抓壮丁的机会，小申混了进去。经过简单训练后，敌人将他们编入伪警察。后来，根据地下工作的需要，他又辗转来到伪警察岗楼招兵处。

一天，负责招兵的马有子（土匪出身）拿着一封信问，哪个人愿骑车把信送到城东鬼子炮楼。

由于日寇凶残成性又狡猾多疑，马有子连喊数声无人敢应。这时，小申挺身站了出来。接下任务，他骑车先来到汤家庄（一秘密地下联络点）找到王德新（负责接头的同志），又赶到区游击队把信交给了指导员。

为让小申长期潜伏，取得敌人信任，指导员又让小申把这封信按时送到了日军炮楼，打消了敌人的怀疑，并最终赢得了日军和伪军的信任。

之后，小申通过联络员源源不断地把一些重要情报传递出去。

这一次碰头，有姥爷、王德新、柳发、崔欣、水云、解峰和白杰。会议的主要内容就是针对这一时期的工作进行指导和制订下一步开展工作的计划，学习清苑地区，发挥地区优势，利用太行山、拒马河与鬼子进行斗争。当时解峰任敌后武工部部长，在涞县第六区开辟工作。1942年的涞县，抗敌工作十分艰难。日本鬼子猖獗，到处都是碉堡岗楼，在鬼子的眼皮底下穿过这些林立的炮楼来开展工作，要小心谨慎，更要灵活机智，因此每个决定都得慎之又慎。

解峰动员大家："敌人不叫咱们地上活动，那咱们就尽量避免正面冲突，不跟他们对着干。咱们拐个弯，挪到地下，让他们看不到咱们，以地下制服地上，而后控制地上。我们接下来要开展六区工作的蓝图，打击敌人的清剿计划"。

在敌人眼皮底下开挖地道，困难程度可以想见。为了地道工程的安全性，保守机密，支部采取了层层发动的办法，先党员，后民兵，再发动群众中的积极分子。群众发动起来后，大家按计划通宵达旦地紧张施工。

截至到1943年，在党员和抗日民兵的共同努力下，连通14个村的地道主干线完成。东起南拒马河西岸的史各庄，向南通北白堡、南白堡、北高洛、南高洛，延伸到定兴县的北大位村，然后转向西至富位、永乐，转向北沿易水河岸的南汝河、南辛庄，直抵胡家庄敌人中心据点脚下。路线复杂又便利，犹如一条蛛网，对于熟悉地形的百姓、民兵来说，出来进去易如反掌。在当时，这四通八达的地下长城对于打击日本鬼子起到了非常重要的作用。

这些地道中最重要的一条就是从富位修到定兴县的通道，一直通到定兴敌人盘踞的大任村中心据点，全长有35里地。这条通道如同一把匕首，随时可以直击敌人的心脏，控制命脉，封锁住新（城）（高碑店）、定（兴）、易（县）、涞（水）相互往返的通道。除此之外，凡是六区所属的其他各村，也都修了本村的地道，虽不完全连接，但在发生一般敌情时，既可藏身，又可战斗。

地道设计日渐完善，凡路口都修有可作战的扇形或四面的战斗保垒，干、支线到处都有隐蔽射孔，隔不远距离就会挖出一个休息室、储藏室，还有厕所、水井、透气孔，以及防毒、防火、防水的装置。

富位村全村417户家家相通，每十户设一地道口，因此被称为"地下富位"。出入口和射击孔设计也是根据地形设计得多种多样，可见劳动

地道战

人民的智慧是无穷的。出入口的选择十分巧妙,是百姓日常生活不可或缺的地点,又十分隐蔽,如炉灶、锅台、灶坑、猪窝、牲口棚、庙宇的神像座下等。这些地方非常普通,看不出来,也容易隐蔽。村边的水井、坑塘、坡坎、大树下、坟地里,能隐蔽的地方,都可能是出入口。更有意想不到的,用新土堆成坟墓似的土丘,上面插着白纸幡,像是新坟,根本看不出这是伪装的战斗室。

在地道口,有作战室的地方,周围都会埋上炸弹,敌人快接近出入口的地方,曾经不止一次地挨过炸吃过亏。

高洛村的地道构造也很巧妙,为防止敌人破坏,主干线修成往返两条,一旦一条遭到破坏,另一条仍可正常战斗。休息室设在干线上层,装有闸门,可防烟熏和毒气。他们还在地道里设立了"地下兵工厂",制造地雷、手榴弹、撅枪、单打一步枪。

这项地下工程被后人称为"地下长城",具有很大的实用价值。一旦有敌情发生,既可一村独立作战,又可联村行动。能守能退,十分灵活。这块地下阵地,在抗日战争和解放战争中,都发挥了巨大作用。六区的民兵经历了大小 500 多次战斗，其中 80% 都是利用地道取胜的。

当时支部组织百姓学习流传很久的保家卫国的歌曲，可以想见当时百姓的抗日热情，下边录一首《离家》：

泣别了白山黑水，

走遍了黄河长江。

流浪、逃亡，

逃亡、流浪。

流浪到哪年？

逃亡到何方？

我们的祖国已整个在动荡，

我们已无处流浪，

也无处逃亡。

哪里是我们的家乡？

哪里有我们的爹娘？

百万荣华，

一霎化为灰烬；

无限欢笑，

转眼变成凄凉。

说什么你的、我的，

分什么穷的、富的。

敌人杀来，炮毁枪伤，

到头来都是一样！

看！火光又起了，

不知多少财产毁灭！

听！炮声又响了，

不知多少生命死亡！

哪还有个人幸福？

哪还有个人安康？

谁使我们流浪？

谁使我们逃亡？

谁使我们国土沦丧？

谁要我们民族灭亡？

来，来，来！来，来，来！

我们休为自己打算，

我们休顾个人逃亡。

我们应当团结一致，

走上战场誓死抵抗！

打倒日本帝国主义，

争取中华民族的解放！

    自1938年开始，村子之间就已经完成了交通沟。什么是交通沟呢，交通沟有一米多深，可以过套着牲口的大车。这样的交通沟不仅沟通了各个村落，而且便于逃脱，躲避小日本的空袭。村民看这么大的交通沟只用来交通实在可惜，劳动人民的智慧又开始闪光，于是灵活改造交通沟，在交通沟的土墙壁上掏挖能容人的洞洞，隔一段距离就挖一个洞，这样在敌机袭击时，可以躲在这些洞里。这些坑被村民们形象地叫做"蛤蟆蹲"。这样交通沟就被改造成了掩体，不仅有交通运输的功用，还可以做掩体用，功能性增强。

    姥爷每次回忆起挖地道的过程都很感慨，说"那是一项壮举，是中国老百姓的智慧，是把人逼入绝境求生的本能，劳动人民的智慧是无穷的，跟老百姓站在一条战线，就已经获胜了！"

    这次挖地道的工作，由解峰秘密分配到各个村。我姥爷负责高洛乡几个村子的地道交通。挖地道需要利用村里一切有利因素，比如农户家的地窖，地窨子等。要选好隐蔽的入口和出口，知道的人不能多，得注

意隐蔽性。

挖地道除了要选好隐蔽的位置外，还要选靠得住的村民。在高洛挖了两条地道。村子中部是由解峰带着青年抗日队员完成的。村子外围的地道是姥爷带着小申跟村民完成的。

村子外围的地道，基本上围了半个村子，在村东边满仓家跟村子中间的地道相通。满仓家三间北房东头，盖房时就盖出了五尺多宽的夹壁墙。从外边一看，一门两窗三间屋，但里边多了一个间屋，外边看不出来，房顶上也看不出来，能隐藏不少人，在夹壁墙的东墙角下，掏了个出口，用橱子、烂柴禾伪装起来。出了洞口就是大虎家的院子，大虎当时在抗日民兵，家里都是老实巴交的人儿。这地方四通八达，万一有情况，可以往东、往南、往北跑，都很方便。

村子中部地道的另一端是村西的老杜康家，家里很穷，老杜康两口带着孙女、一条狗一起生活，儿子、儿媳在瘟疫那年的时候都走了。他们痛恨日本人，尤其是自己的孙女，十五岁的兰英，正是好年纪，吃不上，穿不上，没了父母，还要提心吊胆地躲着丧心病狂的小鬼子。兰英已经可以当大人了，是解峰部长的小跟班。她跟小申一样，是小小的交通员。

中间那条地道有几个出口，有的出口是地窖口，有的出口在锅灶底下。兰英家的地道，兰英在平时没事的时候，用铁勺子和筐一筐筐地挖土，继续往西挖出去好远，把出口挖在了自家的红薯地里。

姥爷负责的地道，南端在村子田有财家的碾子下，他家在南端偏西，三面都有街道，他家前后都有院门，南门的直通村南的大路，过了东西道就是庄稼地，再往南不远就是一片坟圈子，有不少浓密的小树和隆起的坟头，是个非常隐蔽的地方。北端在破庙里，这一条地道方便往山上、往拒马河逃生。

姥爷说他们的地道一般都是在晚上挖的。等村里人关上门睡下了，他就从家里出来，领着小申，带上干粮"下地"。地道里很黑，在地道的土墙上，挖个洞（龛），里边放上粗瓷碗，在里边倒上棉花籽油，用棉花搓成条做灯芯，然后用火镰把这个点着，就能照亮了。

我记得小时候，村里经常停电，我姥爷还经常这样制作简单的煤油灯呢。那真是就地取材，方便快捷。

姥爷在前边用小镐子、短锹这一类的工具打洞、刨土，小申在后边用土篮子把土装出去。一直干到天快亮，老百姓快起床的时候停工。从地道里爬出来的时候，整个人就像泥猴一样。

挖地道，既要隐蔽又要不影响交通，地道要挖到离地面一人多深的地方才不会影响地面上的活动。姥爷白天需要到岗楼上班打牌，好多地道的工作都是小申做的。为了使地道不掏偏了，小申白天就得看好走向，用铁棍子砸到底下去，这样晚上可以在挖地道的时候，看到标志，不至于挖偏。为了加快速度，也为了方便把土运出去，地道就开始分段挖，挖一段就留一个出口。这些出口一定要隐蔽，而且方便倒土。为使地道里的空气好一些，找隐蔽的地方掏些气眼儿（通气孔）。

地道，在当时就是百姓的生命线。人们依靠地道躲避鬼子扫荡，利

地道内景

用地道跟鬼子周旋，让老百姓度过了最难熬的岁月。

姥爷讲了很多在地道里打鬼子的故事。

一旦鬼子打来，就可以从挖好的地道逃走。这样小鬼子在地面搜索，老百姓就到地下通道逃命。家里的粮食、财物可以藏到山上，有的还搬到地道里。这样可以保持粮食过冬，截断鬼子的粮食储备，而且对于老百姓来说也是斗智斗勇、提升士气的好方法。

1942年鬼子多次扫荡。嗡嗡……嗡嗡……飞机来了，百姓一片惊慌，飞机沿河而上，在村子上空转了几圈，便向村子东侧飞来。翅膀侧棱低得马上就要擦着树梢。打下几梭子弹，扔下几颗炸弹，黄土烟雾冲天，飞机一仰头向后沟飞去。地上村里已经断壁残垣，狼狈不堪。

鸡叫三遍的时候，鬼子包围村子，空空的村子，鬼子什么也没有得到。于是就开始搜山。结果还是一无所获。

1943年初春的一天，天刚蒙蒙亮，涞县的特务队和伪军共100多人进犯富位。当时在巡逻放哨的民兵，还没有来得及问清口令，敌人就自称是"八路军"，巡逻民兵稍一迟疑，敌人就拥进了村，见人就抓。

首先抓住了村抗日民兵王大管，紧接着又抓了村民秀才李（写标语的共产党员）。特务们把王大管和秀才李两个捆绑起来，逼问"共产党在哪里？"秀才李只是一口咬定："不知道！"敌人用棍棒毒打，打一阵之后再继续追问。特别是王大管，被敌人棍棒交加地残忍暴打，遍体是伤，倒在地上不能动，仍然只是回答一句话："不知道！"

这次突然的袭击，姥爷趁乱逃跑了，出后边还追着一队鬼子。姥爷不顾冬日河水冰冷，穿着大棉袄一纵身跃入拒马河中，随着奔腾的拒马河水沉入水底，又随着呼啸的河水向前游去。春寒料峭的天气，水冰凉刺骨，姥爷的棉衣就像灌了铅一样。日本鬼子朝着河里胡乱开了两枪，就走了。这次敌人共抓捕了富位村五个人，带回涞县，其中一人是地主，被释放，王大管年岁小，也被释放了。其余三人被送去日本做了劳工。

姥爷在学堂后边的河沿上了岸，整个人已经精疲力竭。他拍打学堂的后门，是蔡洪恩老先生接应了他。第二天我姥爷的二哥看到我姥爷还很吃惊，跟他打招呼，问，"你啥时候回来的，有事啊？"

富位民兵吸取了这次血的教训，就同区、县武装制定了暗语，在以后的历次战斗中，因为有暗语确认，可以准确无误地打击敌人，保存自己。

利用地道作战还抓过一个伪司务长。

1943年腊月，定兴县城内的十余名伪军，大摇大摆地从东南进了富位村。带头的是伪司务长，就是负责伪军和日本鬼子伙食的。他们进村先是抢了一户人家的车，然后就吵吵着"谁家有猪？要买回去过年！"百姓哪里会相信他是买猪啊！他们走家串户，到处横冲直撞，很快就弄到了十几头猪绑在抢来的车上。百姓都敢怒不敢言，恨得牙根痒痒。

突然伪司务长正骂骂咧咧地在指挥伪军捉百姓家的一口猪，突然他就消失了。这是因为他站在了这家百姓的地道出口，被躲在里边的民兵，用两只大手死死抓住了他的脚腕子，把他拉到地道里去了。

当天村里的抗日队伍有任务执行，只留下两个民兵。当他们得知伪军抢猪的情况时，立即钻入地道，跟地上的百姓配合，监视这几个伪军，伺机行事。伪司务长站到用柴草覆盖的地道口时，地道里的民兵抓住机会，伸手就把他拽了下来。旁边的伪军见司务长突然消失了，以为见了鬼，吓得拔腿就跑，被埋伏的另一名民兵紧紧追赶。其他伪军见势不妙，一溜烟地逃跑啦！

1944年农历腊月，富位正在村北巡逻的民兵，发现盘踞涞水的日本鬼子和伪军200多人蜂拥而至。他来不及回村报告，立刻伏在道旁临近战斗室的一块大石头后面奋力截击，几分钟就击毙日、伪军五人，击伤三四人。敌人的机枪不断向他扫射，他临危不惧，沉着应战。村里的民兵听到枪声，迅速进入地道，从战斗室里瞄准敌人狠狠射击。日伪军连续两次冲锋，都被富位的20多名民兵打退了。傍晚，敌人只好拖着十来具死尸、扶架着十几个伤号逃回涞水。

百余名日本鬼子和由伪警备团长赖大福率领的张景禄一个伪军中队，

来到胡家庄据点，策划在第二天对富位进行报复。这个情报经据点里小申及时送到富位。当时已调任县武装部长的解峰同志正在富位村，他一面通知县支队，一面组织富位、永乐的民兵，做好战斗准备。

按照解峰同志的部署，县支队和民兵分三路埋伏起来：一支队长王树平和富位、永乐的民兵，在富位村北；二支队长陈丕率队在大位村西；总支队长齐兴五率队扼守南辛庄村东的十字路口，形成了一个扇形阵地。

当日伪军离开胡家庄据点进入包围圈时，解峰下令开火，日寇不敢冒进，躲在富位村东北角的一条岔沟里。伪警备团长赖大福吓得瘫倒在地上，在警卫搀扶下败回胡家庄据点。只有伪军中队长张景禄带一个中队的伪军负隅顽抗。

这个伪军中队，是伪警备团的主力，也是骨干，据敌人声称，这个部队很少打败仗，为此伪军中队长张景禄就十分傲气。把这个中队消灭，不仅可以瓦解敌伪，还可以鼓舞士气。

姥爷参与了这次伏击战。当时他身先士卒，率队向敌军阵地发起迅雷不及掩耳的冲锋。姥爷趁机抓住空隙，只身摸上敌人阵地，伸手悄悄把敌人正在扫射的轻机枪抢了下来，并乘敌人慌乱之机，又把敌人另一挺机枪夺了过来。敌人失去机枪火力，更胆战心惊，乱作一团。乘此机会，隐藏在富位村西北的支队向敌人猛冲。经过一阵冲杀，活捉了伪军中队长张景禄，他身边的40多名伪军，也乖乖地放下了武器。

支队、民兵乘势袭击躲在岔沟里的鬼子，同鬼子展开了肉搏战，仅半小时就打死一打伤鬼子十余人，余者狼狈逃窜。

这次伏击战打得痛快，气势汹汹的日伪军，还未进村就大败而归。更重要的是令人胆寒的张景禄及其部下几十人全都被俘。经过这次伏击，伪军官兵一谈富位就害怕。

当时整体环境非常恶劣，斗争的艰难难以想象。整个华北平原已经是遍地狼烟。村民当时流传着这样的说法：抬头见岗楼，迈步是公路，无村不戴孝，到处是狼烟！

拆除岗楼

姥爷常会念叨这几句话，跟我描述他们生活的环境是怎样的。1942年至1944年，是冀中平原战斗最艰苦的3年，敌人在公路上、岗楼上的据点像蜘蛛网一样，遍布各个角落，5万多鬼子进村入户进行大扫荡，搞拉网式搜查。

当时抗日队伍、民兵不方便露面，吃喝拉撒睡全在地道里。白天在地道里躲着，晚上就出来打游击，打鬼子。鬼子据点防范功能非常齐全，不仅有壕沟、公路、驻点，而且要求距炮楼200米内不能种庄稼。要拔掉据点，拆掉岗楼难如登天。

冀中平原的秋天，青纱帐起来了，抗日队伍就躲在青纱帐里，专门打炮楼里站岗的鬼子。打小日本，如何拿下鬼子的岗楼是关键。涞县距离平汉铁路[1]很近，因此日本人对这一区域的控制极为严格。胡家庄是日本鬼子的据点，以此为中心向四个方向延伸，富位、高洛、姜各庄、西明义都修建了岗楼，在岗楼西周挖下深沟，设置出大片的禁区。

---

1. 京汉铁路原称卢汉铁路，由于民国政府时期，北京称北平，所以又叫平汉铁路。芦汉铁路的芦沟桥至保定段，原已于1897由清政府按合同规定，将以上两段于1897年10月统交比利时公司接办。比利时公司接办后，南端重点改为汉口玉带门；北端起点改为经北京西便门至正阳门（前门）西车站。1898年底，从南北两端同时开工，1905年11月15日黄河大桥建成。1906年4月1日全线竣工通车，全长1,214公里，改称京汉铁路。

我的姥爷蔡子玉在当时的抗日斗争中，拔掉鬼子的岗楼是为人称道的事情，现在村里上了岁数的老人还能说出当时的情形。我姥爷根据解峰同志指导的抓住地域优势，发动抗敌战争。目前涞县自然地域优势有拒马河、太行山，主观优势就是人们心意一致，抗击鬼子，挖了村村串通的地道。如何拔掉据点和岗楼，是需要三区、六区敌工部以及支部要思考解决的问题。

伪军毕竟还是中国人，谁也不愿意做亡国奴。姥爷做伪大乡长时期，就做了很多劝服和宣讲工作，共产党的革命意志、与百姓一条阵线的革命立场和对伪军官兵的政策，当时多数伪军从兵到官都了解得很透彻。再加上，人们也是看着局势来选择立场的，当时抗日战势虽处于僵持阶段，但是共产党的决心和打日本人游击战的坚持与勇气，对他们也是有感染力和影响力的。像姥爷一样有着身份掩护冒着生命危险四处奔波的还有很多人，像富位的一位李姓民兵中队长，只身潜入涞县县城，把"打倒日本帝国主义"、"掉转枪口一致对外"的标语和传单，悄悄地贴在站岗的日本鬼子身旁。据说在一天夜里，李队长在涞县县城从临街窗口看到几个伪军官和特务正在打麻将牌，就把标语和传单从窗口塞进屋内。

由于这些英勇的无名英雄的冒死行动，共产党的政治攻势和分化瓦解工作，取得了很大的成绩，伪军官兵都不同程度地解除了对共产党政策的疑惧。

所以宣传工作不能丢，能够劝服还是劝服。一些外围的小型炮楼经过共产党支队、民兵和青抗联队的宣讲喊话，迫于形势，就象征性地放一阵空枪，然后就缴械投降，或者弃岗楼逃跑。

姥爷的把兄弟寇玉山的一个伪军分队原来把守富位的岗楼，后被调回县城，由另一支伪军分队把守。这一支分队的队长效忠日本人，有些愚孝和顽固。很多次的劝降无果后，他又无心恋战，带着抢来的马车装满岗楼的东西，向县城逃遁。结果被民兵和抗日分队截在途中。根本没有还击，就缴械投降。

最难搞的还是敌人在胡家庄的据点。这个据点在胡家庄的中心位置，四面临街，院墙高大，这个大院的的四个街角均建有炮楼。炮楼都是三层，此外在据点内还有四座地平堡垒，防御工事极为坚固，易守难攻。

胡家庄据点兵力充足，伪警备二大队的第六中队，伪警察的一个分队，一个宪兵中队总计有200余人。其中宪兵中队里多是日伪特务，成员复杂，多数是变节的叛徒。安阳区长高金榜就是代表。这支宪兵中队专门与共产党作对，到处搜集共产党情报，捕杀抗日分子，是十恶不赦的刽子手。

胡家庄据点是百姓眼里的魔窟，是八路军的眼中钉。姥爷下定决心，一定要拔除这个毒瘤。

1945年的5月份，抗日形势大好，军民抗战热情高涨。解峰带着县支队和六区民兵围剿胡家庄据点，迫于对方的兵力实力和坚固的防御体系，强攻完全不行。通过喊话宣讲政策和当前的形势，敌人并不为所动，当时据点炮楼的伪军头目非常顽固，不相信共产党喊话内容的真实性，而且还寄希望于日本鬼子来接应。无奈之下，在继续向敌人展开政治攻势进行劝服的同时，就加紧了攻击。如此攻击经过两天，敌人仍然负隅顽抗，不肯缴枪。民兵就从距炮楼30米处开始，朝着炮楼挖地道，并公开警告敌人："如再不投降，就炮弹伺候，让人和炮楼一起上天！"

解峰（县委武装部部长）同志把姥爷和其他队长集合在一起，商量作战方案。目前情况是，强攻肯定不行，必须智取，实战辅助。

我姥爷坚持深入到炮楼内部进行谈判，"目前咱们形势很好，这炮楼位于中心地点，强攻容易造成不必要的伤亡。最关键的是，目前弹药有限，火力缺乏，能劝降还是不要动武！"，解峰不认可姥爷的方法，他觉得姥爷这是蛮干，"据点里那么多反共亲日分子，叛徒汉奸，都是杀人不眨眼的魔头，进去劝降胜算太低，你进去，小命都难保！"

姥爷提出这样的方案是有自己的想法的，首先他对胡家庄据点熟悉，伪大乡长时期，经常进入耍牌，对于据点的结构、军火设置配备的安排，心里都有数。另外据点里都是中国人，好些个还是熟人，甚至是朋友，拜把子兄弟寇玉山就在里边，而且是伪军的大队长，他对这位兄弟有把握，当年要不是他还有大哥纪贤举，自己和老婆孩子早就成了鬼子刺刀下的冤魂了。因此姥爷还是想帮助这两位兄弟弃暗投明。

当时八路军队伍条件非常艰苦，小米加步枪起家，兵器火力非常短缺，储备不足。真打起来，很容易因为弹药不足而处于僵持状态。一旦如此，就会成为拉锯战。综合多方面因素考虑，我姥爷决定进去劝降，这样更有胜机。

经过再三地思索和考虑，解峰同意了姥爷的想法，并商量妥了详细的作战方案。因为伪军不相信共产党的一面之词，于是就请来了当时的民主人士叫做曹泽众的跟姥爷一起进去谈判。曹泽众也是爱国志士，反对战争，呼吁和平。他非常乐意为拔除岗楼作出贡献。曹泽众在涞水县城的几次集会上跟寇玉山碰过面，彼此熟识。

姥爷跟曹泽众举起双手，缓缓走到吊桥边，大声地喊道，"我是蔡子玉！这位是民主代表曹泽众，你们认识的！我们过来谈判，叫你们大队长出来说话！"很快寇玉山就出来了，拿着喇叭，"蔡子玉，看在兄弟不错的往日情分上，你给个痛快话！让他们赶紧把兵撤了！"我姥爷撸下头上的白头巾，抹了一把汗，大声说"我蔡子玉是什么为人，你清楚。撤兵是不可能的，相信我，你就让我上去，咱们商量一下出路！"

当时的伪军个个都是墙头草，中国人的身份，迫于生计、不得已做了日本人的走狗，对于他们来说，太平日子最重要。现在的状况是被困在据点内，平日里作恶，想转方向又没有机会和出路，完全被架起来的状态。双方僵持不下，再加上平日里为非作歹没少做坏事，还是非常心虚的。寇玉山的心思何尝不是如此，他心里也想着这个姓"共"的八路军兄弟，能拉他一把，破解这尴尬的局面。

我姥爷在岗楼下的突然出现，就像救命的稻草一般。没说几句，就答应谈判，"你放下武器，举起双手！"，然后命令放下吊桥。姥爷把白头巾搭在肩头上，举起双手走上吊桥。到了东北角岗楼底下，寇玉山让人从窗口扔下一条大拇指粗的绳索，让我姥爷他俩把自己绑了，然后拉上去。姥爷他俩都一一照做，把自己绑好后，示意上边的伪军把自己拉上去。

进入岗楼内部，姥爷和曹泽众就被伪军拿着刺刀围了起来。我姥爷面不改色，没有一丝畏惧，他内心对这次劝降充满信心。姥爷说，"赶紧缴械投降吧！还等什么！日本人大势已去，你这么玩儿命抵抗图个啥！"寇玉山听着姥爷的话，他对目前的形势不是没有预估和自己的判断，他担心的是缴械投降后自己和这帮兄弟们的出路。

曹泽众看出了他的担忧，"寇大队长！刚刚外边的喊话，都是真的。优待俘虏！你们缴械投降，一点损失都没有。不要坚持了！"

寇玉山有点动摇了，问我姥爷，"这帮兄弟都不容易，他们不缴械不是真的想要为日本人卖命，他们也是要养活一家老小的啊！投降后出路在哪里？"我姥爷笑笑，语气坚定、神色平和地对寇玉山说，"咱们弟兄一个头磕到地上，就是一辈子的弟兄了。这么多年，你了解我的为人，不是贪生怕死之辈，也不是苟且偷生之徒，就求安稳，求公平，说话算话，吐口唾沫是个坑的主！外边一直在说，我也在这里当着曹泽众给你保证，这里的每位弟兄都是我的弟兄，缴械投降，出去受训七天，进行教育。只要不投敌，做什么都行！做八路，欢迎；回去做买卖、种地，也支持！没有秋后算账的道理！"

姥爷声音洪亮，讲得铿锵有力，周边的伪军都面色缓和好多。寇玉山还在犹豫，我姥爷说，"兄弟啊，还在想啥啊！八路不是打不下来，迟则明日，早就在今晚，八路大部队就会过来，没有退路！快决定吧！"

寇玉山说，"缴械可以，我们把这里好的装备都留下，带些简单的破枪离开，好跟日本人交差。"我姥爷登时眼睛就立起来，冲着寇玉山喊道，"日本人走了，打败了！怎么还想着给日本人交差，他们在县城还顾不过自己来呢，哪有心思管你们！"姥爷的话让寇玉山彻底绝望。就在此时，炮楼外边骤马奔腾，人声鼎沸，那声势如千军万马一般。

这是姥爷让小申上鹰嘴山找纪希斌借了兵，骑着马来回奔跑，声势浩大，就如同援军到了一般。

这样没有费一枪一弹，成功劝降伪军，拔掉了胡家庄的据点炮楼。

我姥爷讲起这些，没有一点得意，他觉得伪军失败是一定的，是必然的。当时日本人已经大势已去，很快就要完蛋，伪军已经没有依靠，更不要说等到援军。

在我姥爷的心里，人命贵过任何弹药，更何况里边有有过生死之约的兄弟，这些兄弟都曾在危难中对自己伸出援手。姥爷说"我必须上去，不能开战！"

第二节　水井退日军　王德新入狱

1942年日本人像强盗一样在华北平原横行。经常骚扰平西根据地六区的百姓，到处捕杀抗日青年和革命干部。那些顽劣伪军仗着日本人撑腰，到处叫嚣"日本人要查户口，要是发现谁家里有抗日的，参加八路的，全家都要人头落地！"拒马河一片死寂，人们小心翼翼地走路，看着彼此脸色打招呼。整个涞水笼罩在一片白色恐怖的氛围中。

我姥爷回到西明义后，带着我姥姥和大姨到他爷爷奶奶的老宅院住下来。这是五间北房，院里种下了核桃树、柿子树，开春我姥姥种下了豆角、茄子等蔬菜。我姥爷每天带着村里的人挖地道，跟解峰、王德新商讨如何发展根据地的队伍，怎么跟日本鬼子斗争。

姥爷说，尽管条件这么艰苦，但是面对敌人不怕牺牲、不怕迫害的英勇斗士有很多。姥爷给我讲了几个邻村英雄的故事。

1940年3月，晋察冀军区九团和七团的一个营，在宛平县八区的齐家庄一带，伏击由小龙门向清水、斋堂进发的日伪军。此役共毙伤日伪军300多人。

　　战斗在齐家庄、张家庄、杜家庄同时展开。张家庄的九团战士在傍晚时与日本鬼子短兵相接，拼上了刺刀。山南村的九团战士王甫田，一人对拼五个鬼子，一个伪军。在大街上，双方都没得手，最后，这五个鬼子和一个伪军把王甫田围在一个碾盘上，而鬼子和伪军在碾道中，双方一直坚持到天黑。鬼子兵东刺西刺，都被王甫田躲过了。由于天黑互相看不清人影。隐约能看到刺刀的亮光。王甫田在高处，看鬼子刺刀容易些，他巧妙地利用这个条件，见到刺刀亮光就突刺，就这样，他先后把五个鬼子都捅死在碾道中。由于那个伪军怕死，没敢靠得很近，所以没被刺着。后来伪军被鬼子的尸体绊倒了，伸手一摸，摸到好几个鬼子尸体，还有很重的血腥味，吓得大叫一声"妈呀！"扔下枪就跑了。在这场拼杀中，王甫田果敢冷静，面对几个敌人与自己拼杀，没露出一点惧色，该出手时就出手，匹马单枪刺死五个日本鬼子、吓跑了一个伪军；而他却没伤到一根毫毛。结束这场拼杀后，他跳下碾盘，又加入了新的战斗。王甫田因此有了"碾盘斗士"的称号。

　　1940年8月，著名的"百团大战"打响后，晋察冀军区挺进军第九团，受命开赴到平西整个战线的最北端。九团在9月份分别攻打了涿鹿县的桃花堡、吉家庄和洪桥的几个据点。9月底九团撤出战斗，集结附近村的民兵，准备阻击来自涿鹿、宣化、张家口等地的增援涞源、灵丘的敌人。

　　这一天早晨，九团二营詹大南营长做了布置。当日本鬼子兵接近二营阵地时，七连的老兵冲杀出来，把日本兵打了一个措手不及。日本兵遭受迎头痛击后，伪军迟疑片刻，开始组织兵力还击。日伪联合抢占了作战的有利地形，架起两挺轻机枪、一挺重机枪集中向我军射击。由于求胜心切，营长詹大南命令五连进行正面突击。因敌人的火力攻势太强，造成了重大伤亡。五连长迎难而上，增派三个爆破手，专门攻击日军重机枪的工事，以失败告终。可惜三个爆破手都被密集的枪弹射中，牺牲了。

　　敌人疯狂地射击，给我军继续制造伤亡。大批的战友牺牲，五连连长急了，可又无计可施。五连战士山南村的王兴士，怒从心中来，火从胆边生，他自告奋勇，"报告连长，我去！"没等连长批准，他一跃出了战壕。一会儿匍匐，一会儿跳跃，避开了敌人的子弹，很快就到达了鬼子重机枪的掩体跟前。他捡起一块石头，扔到了鬼子重机枪的掩体内。鬼子兵吓得惊慌失措仓皇离开机枪。他们以为王兴士扔的是手榴弹。王兴士趁机大喊一声"兔崽子们，你给我拿过来吧！"也不怕枪管烫手，一用力，就把敌人的重机枪扯出了掩体。日本兵被他的吼声吓呆了。五连战士见此情况，迅速冲了上来，日军被迫后退。这场战斗，一直持续到当天晚上。最后，全团战士与日本鬼子展开了白刃战，双方在一块荞麦地中拼杀，这块荞麦地最后被踏成了平地，地上也被鲜血染红了。

　　这次战斗，全部歼灭了敌人，消灭日本鬼子的一个加强中队。缴获重机枪三挺，轻机枪五挺，还有小炮和一些步枪。同时，我军也伤亡了二百多名战士。

　　战后，王兴士被人们敬称为"夺枪猛士"。

　　王甫田、王兴士还有一位叫做王春荣的勇士被人们一起称为"山南三士"。

　　1943年5月，蒋介石又发动新的反共高潮。山西军阀阎西山联合中央军的胡宗南于洛川召开了反共军事会议，准备"闪击延安"、"消灭边区"。陕甘宁边区的党政军民团结一心，决心誓死保卫延安。解放区纷纷抽调主力部队支援，晋察冀军区抽调了主力保卫延安和毛主席。缺少了又能打仗，又能征粮的九团，平西根据地战斗力明显下降。

　　九团接到去延安的命令后，从野三坡出发，经易县、满城、阜平到山西五台山，从五台山继续向西北方向前进。在这段路程上，打了几场小仗，当部队到达宁武时，遇到了日本兵设置的很强的封锁线。九团冲了几次，没冲破鬼子的封锁线。看到这种情况，团首长命令用重炮轰击鬼子的封锁线。鬼子见到八路军有这么强大的火力，以为是更大建制的部队，急调附近的鬼子兵来增援。在鬼子增援部队未到之际，九团发扬敢打敢冲，勇猛剽悍的战斗作风，不与鬼子兵纠缠，迅速打开了一个缺口，全团快速通过了封锁线。

部队冲过宁武封锁线后，发现西边和南边都有鬼子重兵把守的封锁线。部队只有向雁北地区开进，当部队到达阳高县域内，又遇到了鬼子封锁线。团首长派出了小股部队，掩护主力迅速通过阳高，到内蒙古的丰镇去。当主力部队打开一个口子后，由两个班的战士，各自把守这个口子边上的两个高地。这两个班的战士，对围堵九团主力的鬼子进行阻击。

当九团主力全部通过封锁线后，负责打阻击的两班战士，大部分已牺牲，打到最后，阻击阵地只剩下九团战士山南村的王春荣。他当时腿部已经受伤，仍坚持战斗。他用迫击炮轰击鬼子，用机枪扫射鬼子，拖慢了鬼子兵前进的步伐。就在他赌上性命，独战鬼子兵的时候，完成任务骑马赶来的团部通信员王春林迅速加入战斗，爬上阻击阵地的土丘，试图把王春荣背下来。但王春荣已经抱了必死之心，边向敌人射击边向王春林喊到："我的腿已经残了，你要背我，咱俩都会死在这儿。"王春林不忍把他丢在这里，要强行去背他，王春荣急了眼，大喊一声："不要管我，你快走。"顺势把王春林推下了土丘。

当王春林滚落到土丘下，再抬头看向土丘时，五六个鬼子端着枪，已经把王春荣围在了中间。还没反应过来，王春荣已经把迫击炮弹举过头顶，用自己的身体，撞击迫击炮，紧跟着一声巨响，一团火焰冲天而起。山南村的好儿子，九团的好战士王春荣与五六个鬼子同归于尽了。粉身碎骨的王春荣被称为"阻击壮士"。

每天都有无数个感人的英勇故事发生，有数百中国百姓死在鬼子的屠刀枪眼下。老百姓们一边沉浸在失去亲人的悲痛中，加深了对日本人的仇恨。这些勇士不会白白牺牲，他们勇于牺牲，大无畏的精神鼓舞着老百姓。"天下兴亡，匹夫有责"，这是我们的祖国，美丽的家，怎么就能容忍鬼子们如此践踏呢！姥爷虽说上了年纪，说到激动处还是会立眉瞪眼拍桌子。

这一天傍晚，姥爷正在学天津搭天棚的方法，在院子里搭个棚子，刚把两根胳膊粗细的木头立定，小申就进了院，灰头土脸，汗水从头顶流下，脸上留下一绺绺白白的道道。小申气喘吁吁，跟姥爷说，"解部长抽风了！"

话还没说完，后边有人推着小车进来。一个人躺在车里，上边盖着席子。我姥爷就一惊，"怎么回事？"抽风在农村里，就是指那种突然之间浑身抽搐，意识不清醒，魔怔了。谢部长怎么闹这个毛病，我姥爷不相信。他赶上前去，伸手扶住小车，换下王德新，背上解峰就奔里屋走去。

原来今天解峰到高碑店跟那边的支部开碰头会，组织内出了叛徒，身份还未确认，要求各支部小心并进行严查，找出叛徒，排除风险。出了叛徒是大事，晚一点就可能分分钟把整个根据地给毁了。解峰部长可能是一路上太赶，太急，迫切地想要回来跟姥爷、王德新他们商量对策而中暑昏厥。姥爷分析可能是中暑了，又加上火气上升闹的。解峰口吐白沫，翻着白眼，双腿和双手已经绷得很直。只有一下一下地抽搐还能说明一点生命迹象。

王德新已经累坏了，他走到水缸旁边，舀起一瓢水，"咕咕咕"地一通猛灌，又往头上浇了一瓢水，在旁边呼呼喘气。姥爷进屋，在小申的帮助下放平解峰。"怎么办？"一时间姥爷也束手无策。现在去请高家二少爷，怕来不及。姥爷头脑中就出现当年瘟疫柳发的病症，虽然不一定是同一种病，还是试试吧！他让小申去请高家二少爷，自己就先用土办法试着救解峰。姥爷让我姥姥找来她纳鞋底子的大针，右手拿大针就对着解峰的胳膊肘窝用力挑了两下，然后用力挤，挤出来的都是黑血。姥爷让姥姥去熬点去火的苦裙菜汁，王德新也进来了，他帮着姥爷挤，姥爷又在另一支胳膊，颈部、胸部，都毫不犹豫地下针放血。

别说，这招还真灵。不一会儿解峰就慢慢平静下来，抽搐也越来越少。接着又用温水给他擦身体，不停地来回搓他的胸口。在我姥爷和王德新手忙脚乱的时候，霍老兴推门进来了。他一看当时的情景就愣住了。他认识解峰，也认识王德新，一个抗日，一个亲日，怎么都出现在蔡子玉家里。

霍老兴是个聪明人，他不吭声就又出来了，在院里喊了一声我姥爷的名字，"子玉，子玉，村上要征粮咧，找你开会商量咧！"，我姥爷应了一声，走出门来，霍老兴叼着烟袋，吐了口烟圈，又把旱烟在鞋底上磕了磕，不等姥爷说话，他就说，"你忙着，我去通知别人家！"

霍老兴作为村里的伪保长，负责清点人数征缴农粮，跟日本鬼子做沟通。他这个人活络也聪明，一方面他对村里的事情也算尽心尽力，老实本分，一方面因为大儿子是伪军宪兵队的中队长，被举荐做了保长，跟日本人来往密切。

这件事让王德新心生余悸，他是富位伪大乡长，跟抗日分子在一起，被鬼子知道了，这还了得！

"这老伯靠得住不？"王德新问我姥爷，我姥爷心里也盘算了一下，就说，"靠得住，放心吧！"他把水盆端出去，解峰悠悠地醒过来。霍老兴走后，高家二少爷高锡路赶到了，他给解峰把了脉，翻了眼皮看了看，就从药箱里拿药出来，让小申帮忙喂下。

晚上解峰就把内奸的事情做了说明。原来在高碑店出现了一支假的共产党队伍，打着共产党的旗号，穿着八路军的衣服，在村里为非作歹，破坏共产党的名声，老百姓开始动摇，开始怀疑共产党。这影响特别恶劣，这次开会高碑店支部认为叛变的是前六区抗日中队的队长肖小鱼，最近他纪家沟老家的父母和媳妇已经搬到城里。因此要求各小组支部严格审查自己内部，找到证据，确认叛徒身份，尽快锄奸。

肖小鱼他熟悉共产党作战方针，白天隐蔽，晚上出来活动，诚心破坏革命。他也知道不少中共的联络点，至于他了解的中共党员名单就不能确认。如果这个奸细是他，就必须尽快铲除，现在已经造成了非常严重的影响。

王德新和我姥爷立刻意识到事情的严重性，王德新就又追问了一句，"子玉，霍老兴真的能靠得住，他会不会告密，举报咱们？"我姥爷沉默了一下，解峰问清楚了原因，安全起见，他坚持要除掉霍老兴。

我姥爷坚决反对，"霍老兴，我来打包票，他没问题的。日后咱们开展工作，说不定还能用上他。"看姥爷态度坚定，解峰和王德新就没有再坚持。

这时我姥爷的心里就有了一个让明义岗楼鬼子退兵的计划。

岗楼是日本鬼子的窝点，是魔窟。鬼子站在高高的刚楼上，黑洞洞的窗口就像是魔鬼的眼睛，一挺挺机枪从窗口附近的枪眼探出头，百姓就像生活在监狱里，被鬼子监视着，没有一点自由。因此把鬼子从岗楼赶出去是当时大家心中最痛快的一件事。姥爷回到西明义后，做的最大快人心的一件事情，就是没费一颗子弹就让鬼子从岗楼里撤退了。

西明义村的岗楼修在村西入村的交通要道旁。岗楼对面是一块高岗，有二百平米见方，上边长满了密密的树，高岗下边就是拒马河分流过来的河水。附近的百姓会到这里洗衣服，洗菜什么的。

西明义的伪保长霍老兴家就住在高岗旁边。他家院子比一般百姓家大，多出一进院落，后身是五间北房，前身被中间的廊道分开，两侧各两间房。霍老兴跟老伴住在后身的房子里。前身是大儿子霍殿雷和儿媳的住处，小儿子在外边读书，很少回来。听姥爷说，他家的老二霍殿保在广州读书，也是一名共产党员。这高岗在霍老兴家的西墙外，为了吃水方便，霍家在西墙打开了一个角门，角门位于北房西侧与厢房之间，霍家还修了廊道。出了西边角门往南就是一口吃水的水井，附近的乡亲都到这里来打水吃。

鬼子岗楼的生活用水也必须要到这口井来打水。我姥爷心里想着要利用霍老兴家的地理位置占据水井，让小日本吃不上水。他把自己的想

水井青苔

法跟王德新和解峰两位做了沟通，两位都非常认可，就把这个工作交给了我的姥爷。

  第二天中午，我姥爷到霍老兴家做工作。还没走到村西口，浓浓的凉意就扑面而来。打眼往远处看，就看到高岗上密密的树，边沿上是高高的杨树，繁盛的树冠遮挡了如火的骄阳，入村口的那一段路，凉意袭人，非常舒服。再稍微抬高眼皮，不用费劲，就看到了比高岗还要高的鬼子的岗楼。因为丝丝凉意带来的短暂的舒适瞬间消失，岗楼上飘扬的太阳旗，比真的太阳还要辣人的眼睛。姥爷内心里火焰高涨，加快脚步，走到高岗边上的小道就向北拐了弯，往前走三十米不到就是乡亲们打水的水井。姥爷围着井边走了走，用竖起来的砖砌的井沿，上边覆盖了一层墨绿的青苔。由于人们常年打水，磨损的砖面很是光滑，没有棱角，上边支着的辘轳，因为日子久了，有些破损，旁边放着一个木桶，被拇指粗的粗麻绳拴着。可能刚有人打过水，水桶底部间或滴着水滴。往井里看，能隐约看到荡漾的水波，泛着青光。那么柔软，那么光亮。

姥爷心里想，想喝水，就不让你狗日的喝上！再往前走三五步就到了霍老兴家的西便门。

"叔，在呢呗。"姥爷从西厢角门进到院里，霍老兴在院里月台上的太师椅上坐着，在抽旱烟。霍家老太太在旁边坐着，摇着蒲扇。听到姥爷的招呼声，霍家老太太起身迎过来，我姥爷已经走到了跟前。

"婶，吃过饭咧呗？"

"吃了吃了！"霍老太太起身去倒水，被姥爷拦住了。"婶，我坐坐就走！不用麻烦，不用麻烦。"

"老大家的孩子好点没，去看看，退烧了不！"霍老兴把老伴支到了前院。他心里知道，因为昨天自己撞到解峰的事情，这事没完。

其实在霍老兴的心里，他并没有要告密的意思。他知道我姥爷蔡子玉是做什么的，前年鬼子来搜家抓"蔡俊臣"，他当时就想到了姥爷蔡子玉。他打从内心里是讨厌鬼子的，可是世道混乱，鬼子蛮横，脑袋捆在刺刀上，小命朝不保夕。大儿子又跟着山炮他们跟鬼子混在一起，他一个老人家，也是没有办法。既没有胆量抵抗，又不甘心为人奴役。整天郁郁寡欢，有时候还要骂上大儿子几句。可是又能怎么样呢？昨天从蔡子玉家出来以后，内心里一直敲着鼓，一直到晚上。老头子沉得住气，没跟儿子说，也没跟老伴说。一晚上辗转反侧，被老伴骂了半宿。

我姥爷坐到月台边上，跟霍老兴唠着家常，"叔，那天你在我家看到的人是富位的伪大乡长王德新，他的一个朋友病了，咱不能不管，是吧！那是一条命啊，都是中国人！你说是不是，叔？"

霍老兴打心眼里喜欢我姥爷的直率，他也直接坦诚回答，"嗯嗯，对着咧！就是陌生人都得搭把手，生死攸关啊！"

姥爷认真看着霍老兴的脸，看着他的眼睛，判断着这话的真假，姥爷看到了诚恳，带着一丝丝的害怕。姥爷接着说，"咱二兄弟殿保有多久没回家了？"

"哎呀，快别说了，18岁出了门从咱村学堂出去到了天津，就再没回来。前年底捎信回来说人在广州咧，大了，管不了了，想干嘛就干嘛吧！"

"是啊，孩子们大了，不能在身边陪着你……"

"陪什么陪啊，不求别的，平安就好啊！二小子说，广州也打着仗呢，兵荒马乱的，可不敢奢望别的什么，能平安就好啊！"老爷子抽了口烟，思绪随着烟圈荡漾开来，像是看到了二小子小时候。

姥爷接着说，"是啊，叔是个明理的人！侄子有个想法，想跟您商量商量。"

接着姥爷把自己利用水井退岗楼的计划直接说给了霍老兴。

霍老兴吓得直接就哆嗦了，旱烟马上在月台磕了磕，急切地说，"这可使不得，撕开脸跟鬼子直接面对面地干啊！小命不要啦！"

姥爷瞪起眼来，说，"怕啥！霍叔，您心里清楚，日本人为非作歹，十恶不赦，咱们乡亲都痛恨着咧。我知道您心里也恨他们！成天价活在他们的眼皮底下，自在啊！"

霍老兴不说话了。"昨天我可是在那两个朋友面前给你打了保票的，说您抗日爱国，维护共产党呢！"我姥爷有点失望又委屈地说。

霍老兴抬头看了姥爷几眼，又把旱烟点上了。

姥爷根据侦查的情况了解到，这个岗楼基本就是日常的监督和应援，万一哪里出现八路，或者出现战斗，随时出现给予支持。这里一共有7个鬼子。

第二天姥爷就带着两个民兵来到霍老兴家，带着步枪和一把手枪，上了霍老兴家的北房和西厢房。房上有晾晒堆好的玉米棒子，垒成一道玉米墙，旁边是堆好的黄豆秧。北房的民兵蔡宏志是学堂蔡老先生的当家弟弟，躲在豆秧后边；西厢房民兵是富位王德新的当家弟弟王德华。姥爷在霍老兴院里蹲着。伪军出来打水，房上的二位神枪手就开枪射击，直接打死。

小鬼子纳闷，哪儿来的枪声，朝着打枪的房顶胡乱扫射一通。过会又出来一个日本兵打水，就又被我们的神枪手打倒在地。半天不见鬼子出来，数了数，不够7个。等了很久不见动静，姥爷坐不住了。最后一个鬼子来打水时放下的吊桥还没有收起，姥爷拿着盒子枪，四处找着隐蔽物就飞身上了吊桥，没有动静，可能里边已经没有人了。姥爷蹑手蹑脚溜进岗楼里边，有两个鬼子在睡觉，估计是晚上值了班。姥爷把鬼子捆起来，用枪指着他们，带出炮楼。

姥爷跟房顶的民兵示意，已经安全。民兵就飞速跳下房子，奔到岗楼里，抄了鬼子的武器。这两个日本兵被扒了衣服，姥爷说，"你们在我们地盘上，不干好事，真想毙了你们！"说着就做出开枪的手势，两个鬼子赶紧跪地求饶。"走吧！赶紧滚回日本去！"两个日本兵就这样放走了。

当时日本兵在中国大部分地区都投降了，这里残存的势力也都在准备撤离中。这个岗楼就因为吃水的井，没费什么气力就拿下了。

可是汉奸的事情一直没有解决呢，我姥爷始终悬着一颗心，老担心会出什么事情。这一天姥爷担心的事情发生了，富位伪大乡长王德新被伪军抓走了。

王德新是晚上被抓走的，当时人们都在睡梦中，知道的人不多。姥爷是在去富位找他的时候，找不见，听他的邻居说的。姥爷不知道怎么回事，内心里想着可能跟这次汉奸事件有关系，但又不肯定。姥爷骑上自行车到安阳找高家二少爷。

高家二少爷不在诊所，姥爷在诊所等了好久。夜色落下来，才隐约看到远处骑来一辆自行车。姥爷焦急地张望，往前走了几步。果然是高家二少爷，俩人一照面就知道怎么回事。互相不说话，姥爷跟着高家二少爷进入诊所。

"坏事了，肖小鱼必须除掉！这狗日的叛变了！"高家二少爷声音低沉，浑身都透着恨意。肖小鱼把王德新揭发了，王德新是富位伪大乡长，这次被宪兵队抓走，凶多吉少啊！我姥爷接着问，"接下来，怎么安排？怎么营救王德新？"

心愿是迫切而美好的，可是日本鬼子好不容易抓到一个共产党，不可能放掉这次机会。严刑拷打是不必说的，牢狱受苦的日子更不会轻易结束。高家二少说，组织上已经开始筹划营救王德新同志了。

"咱们先筹款吧，找伪军队长，找寇玉山去赎人，我们几个拜了把子的！"我姥爷是急晕了头。王德新之于我的姥爷，非常重要，是我姥爷共产主义思想的启蒙人，是他带自己走了一条光明大道。在这条路上，我姥爷找到了活着的意义所在。王德新是姥爷的恩师、领路人，就像家长，他们一起经历了很多的战斗，闯过了很多难关。一有事，第一时间想到的就是王德新，他就是主心骨。王德新的入狱对姥爷的打击是很大的，姥爷提出的营救王德新的想法被高家二少爷否定后，他开始慢慢冷静下来，回去等候消息。

奸细告密事件不仅出卖了王德新，姥爷也被牵涉其中。

秋后的天气还是凉爽了很多，天空变得高远了，白云在蓝蓝的视野里格外柔软，飘飘荡荡，像嬉戏玩耍的孩子。姥爷喜欢拒马河，有事没事就爱来看看这奔腾的河水，要么下水，要么就在河沿躺着，看天。

姥爷想着这些年发生的事情，想起了彭老爹，不知道他现在过得怎么样；想起了崔大风、孟奎，也不知道他们的队伍到了哪里；想着王德新在狱里怎么样，一定遭了不少罪；想起了离开的大壮，眼角湿了，不想了，憋得慌……再一次经历生离死别，人生什么难关都不怕了！姥爷心里坦荡荡的，琢磨着眼下的工作怎么继续，怎么开展。

就在这时，就听见有人喊："大伯！大伯！你在这里呗"，我姥爷站起来，向声音传来的方向望去，这个声音不熟悉，会是谁呢？一会儿一个虎头虎脑的小男孩跑过来，说，"您是蔡子玉大伯呗！"

"是啊！找我有啥事，娃娃！"

"有人让我给你送信，说是今天下午5点钟在高碑店学堂的操场碰头开会！"小男孩说的还挺利索，时间、地点都能通知清楚。

"是谁让你来的啊？"我姥爷随口问道，"我也不知道，我不认识他。我想帮忙，就来找你了！"小男孩抬头笑着，像是因为做了好事应该得到表扬一般，笑容灿烂。看着他，我姥爷心里的大壮又回来了，为了这些孩子将来的日子更好过，我得过好我现在的日子！

"知道了，小家伙！"姥爷在河水里扎了个猛子，把头和脸都洗了洗，就出发了。

此时已是上午十点，姥爷稍微收拾了一下就奔高碑店出发了。这件事情很蹊跷，不知道是谁要接头，不过自王德新被捕后还没有谁跟他联系过，他只能找到高家二少爷，再没有其他人。组织联系方式保密，白杰和解峰还得等他们来找自己才能联系上。这次究竟是谁联系他呢，姥爷内心虽然充满疑虑，还是决定去看一下，万一有什么重大的事情，或者有什么办法解救王德新呢。

我姥爷一路上加快脚步，担心不能及时赶到。高碑店（新城县），姥爷并不陌生。他从做地下工作开始就不止一次地到高碑店执行过任务。高碑店学堂位于市中心街道十字路口，路口经常会有小旅店和卖驴肉火烧的门脸，姥爷最喜欢的还是高碑店的豆腐丝。

高碑店豆腐丝被称为"豆腐筋"，香味浓郁，色泽乳黄，条股匀称，

山景

成为地方特色。豆腐丝是素膳中不可缺少的菜肴。清西陵建成后，帝王公侯赴陵祭祀，尝到豆腐丝，美味如珍馐，将豆腐丝封为了宫廷御膳。姥爷想着回家的时候给大丫头买上点，尝尝鲜。

　　姥爷一路上紧赶慢赶，终于在日落时分赶到学校门口。这是放学的时间，三三两两的学生往校门外走。应该是已经走了一批学生了，校园里人不多，一些学生在操场上打篮球，还有几个应该是教职工，走到教学楼这边打水。姥爷走进校门，正对着校门口的通道两旁栽种着杨树，道路一侧是花池，花池前边摆着差不多有十几张的乒乓球案子，另一侧就是篮球场，几个高年级的学生跳跃着，正在投篮。姥爷看着他们，也好想打球啊。当年跟着崔大风北伐的时候，有空了就打。好久都没有摸篮球了！

　　仔细观察了一下，篮球场并没有认识的人啊，连可疑的人都没有。但是应该也不会有人搞恶作剧把自己骗过来的。想到这，姥爷就更加警惕，留意观察四周。姥爷绕着学校转了一圈，没有发现异常，走回篮球场时看到从教学楼出来几个教师模样的人。姥爷一眼就看到了高家二少爷，二少爷也看到了他。高锡路的眼神冷峻，不时给姥爷使眼色让他快跑。姥爷快速扫了一眼这几个人，有两个以前在高家大院碰过面，还有一个就是肖小鱼。姥爷不再细看，转身投入打篮球的学生中，截断篮球。一边往学校墙角带球，一边变着花式。这对于他来说轻车熟路，虽有好久都不打了。学生们见来了高手，都不服气，纷纷围上来要抢球。就在这时，肖小鱼发现了他，"抓住他，蔡子玉，不要跑！"肖小鱼身边那两个陌生面孔奋力奔跑，抬手就要开枪，可是姥爷被抢球的学生挡住，没办法，他们快步追上来。

　　很快姥爷到了墙角，转身一个投篮，他就翻身上了学校的围墙。一手扒在墙上，身体就借势斜跨出去。其中一个追赶的人眼疾手快抓住时机对准姥爷开了一枪，射中了姥爷扒墙的右手小臂。姥爷右臂突然失去支撑，从墙上摔下，一个趔趄差点摔倒，不管别的，拔腿就跑。

这是一次有预谋的枪杀活动。高家二少爷知道是怎么回事,但没有时间给我姥爷报信。姥爷发力狂奔,一边跑,一边咬掉自己的袖子,把伤口绑起来,减缓流血。一口气跑过了火车轨道,才往回看,发现没有人跟着,放下心来。姥爷放慢脚步,钻进田里,开始找扎扎菜,扯下几片叶子放到嘴里,嚼烂,和着唾沫抹到伤口上,是贯透伤,子弹穿过去了,没有留在身体里。可是姥爷的右小臂疼痛难忍。姥爷拿袖子缠上绑紧,才歪在玉米地里休息。

这一天,老爷回家已经是凌晨天快亮的时候,我大姨起床倒尿盆,看到了我姥爷。当时我大姨看到我姥爷时,发现他胳膊上全是血,吓坏了,喊着我姥姥,"娘!娘!我爸回来了!"说着就跑过去扶住我姥爷,进到里屋。我姥姥吓了一跳,还说不可能回来,你爸出去办事了。

姥姥把姥爷的伤重新检查,又包好。扶姥爷躺下,就去弄饭。饭做好后,要喂姥爷吃,姥爷不愿意,说,"我左手也行。"姥姥心疼地掉眼泪,埋怨姥爷不注意安全。我大姨看着姥爷的伤,心里害怕极了,怕鬼子找上门来。

姥爷跟姥姥念叨着心里话,说打鬼子啊,哪有不受伤,不牺牲的。这点小伤不算什么,人好好的呢!过两天就好!答应姥姥以后注意安全。

听姥爷说这些,我就非常感慨,那个时代谈感情,闹别扭,都是奢侈,因为聚少离多,好不容易相聚的日子,应该好好珍惜的啊!

姥爷在家养了几天伤,用姥爷的话说就是,没几天就跟好人一样了。这几天里他让小申去了趟高家大院的诊所,高家二少爷把事情的原委告诉了小申。原来队伍里叛变的确实是肖小鱼,那天开会,他拿到消息就已经晚了,根本来不及通知我姥爷,幸亏我姥爷反应快,捡回来一条命。

肖小鱼,这个名字刻在了姥爷的脑子里。狗日的,不管付出任何代价,我都得把你除掉,不能让你再这么祸害人了。

第三节 设计遭陷害 雪夜锄奸细

王德新被捕后,姥爷的工作更加谨慎,遇事也更加沉着和冷静。

1943年敌我矛盾更加突出,各村乡的伪乡长、伪保长都下设了自卫团。各村的路口都设立关卡,盘查行人。我姥爷他们每次出门执行任务或者是开会,都要进行乔装打扮。随着共产党革命思想的宣传和抗日斗争的宣传,越来越多的人加入到抗日队伍中来。同时也争取到了伪军的部分人员。姥爷说,他当时跟富位自卫团长李凤林很熟,经常一起聊天。言谈之间,姥爷发现李凤林是一个热血汉子,就像当初的自己一样,需要有人引领。通过几次谈话,做李凤林的工作,终于把富位自卫团争取过来,成为未被公开的民兵组织。当时李凤林是富位村自卫团长。

1943年夏天的一个晚上,李凤林领着几个富位自卫团的团员,背着大火枪,正在村北巡逻,发现村北来了几十个全副武装的人要进村。

"干什么的?"李凤林问。

"我们是八路军。"

"八路军?站住!"

李凤林已经认定他们不是,首先八路军不会自报家门暴露自己,其次让李凤林确定的是,他跟我姥爷已经联合确认,他们跟六区、县武装部设定了确认身份的暗语,因此不等对方说话,李凤林就大喊一声,"打!"

"别打!别打!我们真是八路军!"

"我们打得就是你,打得就是八路!"

土造手榴弹、大火枪,一齐射向敌群,敌人见势不妙,扭头逃跑了。

因此富位自卫团因"打八路军"有功获得了嘉奖。嘉奖给8支汉阳造步枪、50发子弹、20枚手榴弹。当时的伪军大队队长还夸奖说:"富位自卫团真行!真是敢打八路军!"

姥爷在富位主持工作，并不是每次都能获胜。敌人很狡猾，再加上汉奸走狗的破坏，抗日民兵吃过很多次亏。高碑店肖小鱼的叛变就是很大教训。

这是一场在叛徒、汉奸肖小鱼指挥下，有预谋、有组织的反革命事变。

当时当地的百姓、民兵都在喊"民变啦！民变了！"

"县大队散了！"

"八路军灭了！"

"哪家不去，就烧房、杀头、封门变产……。"

肖小鱼领着暴徒们呼喊着，胁迫驱赶着不明真相的群众。

隐藏在各村的二十多名党、政、军干部及工作人员全部遇险，有的甚至被杀害。这些暴徒造谣说："九团已经叛变了，后边有日本的清乡队，冀热察挺进军司令部以及专署已被我们解决，我们负责包围富位，子弟兵团应作先锋。谁要退后就先枪决谁。就把他父母妻子杀掉，家产没收。"然后兵分两路，按照策划，到各家各户进行排查，搜人。

这次损失惨重，姥爷对肖小鱼是恨之入骨。

营救王德新的工作还没进展，这些需要钱、关系，让组织来考虑。姥爷开始谋划锄奸的事情。肖小鱼此时在高碑店一代带着一班匪兵冒充

雪后玉米地

共产党为非作歹，姥爷让小申去侦查，摸清这孙子的行动路线。

此时已至深冬，天上飘飘洒洒地下过几场雪。田野里都是白茫茫的一片，姥爷的心里可不像这冬日的天气，姥爷的心里燃着一团火。肖小鱼是一条老狐狸，他知道自己的身份和所作所为已经引起公愤，因此十分小心谨慎。他从不固定在哪里过夜，走到哪都带着几个士兵，保卫安全。他神出鬼没，到处作恶，非常难缠。姥爷死盯住了这条狡猾的老狐狸。

姥爷站在哗哗流淌的拒马河边，望着被雪覆盖了的太行山，经常陷入一种忘我的遐想中。这么美丽的山水，如果没有战争，百姓安居乐业，该是多美好，多带劲的事情。

半个月后，小申回来。带来了好消息，姥爷听完了小申的汇报。锄奸计划就在脑海里慢慢成形。

雪停了几日，现在又开始洋洋洒洒地下了，今年的雪特别大，地上的积雪还没有化净，新的就又上来，就好像要洗净这血腥污垢的世界一样。据小申汇报，肖小鱼每隔10天半月就会从高碑店回涞县县城看望一下爹娘，具体十天还是半月说不准，只是确定他回家的路线，从高碑店过铁路，穿过红树湾大片的田野进城。

姥爷眼睛里冒火，不知道时间也没事。咱们去雪地里逮他。姥爷清点人数，装备完整，背上土枪、步枪，带上手榴弹，入夜就赶到红树湾那块旷地。说是一块旷地，那是平时。自从鬼子打来之后，人们就再没收过玉米秸、高粱秸，这片足有几十亩地的红树湾，几乎都被庄稼覆盖，是很好的隐蔽场所。姥爷他们在距离路边很远的地方打倒棒子秸，铺成地炕，累了在上边休息一下，轮流在路边守候。可是天太冷了，雪又不停，不敢距离大路太近，怕"狐狸"发现。但又不能太远，万一交战来不及支援。虽说铺了棒子秸，但是这是数九寒天啊！这些英勇的士兵，就只能这样死扛。其他民兵还可以换个班，姥爷被愤怒和仇恨控制，一直趴在路边，一动不动，实在困了、累了，就地趴下打个盹……

也是奇怪了，这孙子汉奸，这次间隔时间还很长。姥爷他们在冰天雪地里足足候了29个晚上，才逮住这只狡猾的狐狸。

这一天雪放晴，北风呼呼地刮了一天，近黄昏风渐渐小了。我姥爷和上半夜的值班民兵来到红树湾，大约在夜里十一点多钟的时候，远处就隐隐传来了马蹄声。姥爷以为是听错了，抓起一把雪抹了一把脸，扭头朝声源望去，"来了！"，心里很激动，他望向对面的两个弟兄，他们也已经抬起了头，端起步枪。

姥爷示意他们不要急，要镇静。

夜，静得出奇。姥爷说，他当时只听到"嗨嗨嗨"的马蹄声，很快肖小鱼带着4个贴身护卫进入了姥爷他们的埋伏圈。

"啪"，一声枪响，第一匹马上的人掉下来，马匹受惊了，疯狂往前奔。紧接着，"啪啪"枪声响起，后边四个人无一幸免，都翻滚下马。

这次姥爷活捉了肖小鱼这个叛徒，可谓是大快人心。姥爷立了功，可是他一点也高兴不起来，这种人千刀万剐都不足以弥补他的罪恶。

这期间在支部组织的积极营救下，王德新成功获救。

花了180个大洋给伪军，才从号子里把他捞出来。其实日本人、伪军的计划也本是如此，经过老虎凳、辣椒水，各式刑具地一圈伺候拷问，王德新没有吐露一个字，鬼子就意识到，碰到硬骨头了。把他关进死牢，耗着他。

短短一个月，王德新已经不成人形。据老爷回忆说，他当时骨瘦如柴，双眼无神，头发打着结，双腿已经被打断，不能走路，那情形惨不忍睹。

高家二少爷看过王德新的情况后，嘱咐什么都不要喂他吃，就熬小米粥，给他喝米汤。先喝上几日。看看王德新的情况如何再说。

这王德新在监狱里边每天一个窝头，其他什么都没有。鬼子特意下令，不给他水喝。人没有水，根本就活不下去。好心的狱警给了他一个碗茬，王德新求生的意志是非常强烈的。后期的半个月，他就是喝着自己的尿就着窝头活下来。他的胃已经萎缩，得慢慢调理，不宜进补太快。

经过两个月的恢复，王德新面色好了，只是双腿残废，姥爷给他做了一副拐，方便他走路。

听姥爷说，王德新后来就离开了涞县，去了北京做生意。我知道，他是到北京继续工作，为新中国的解放隐姓埋名，去找第二个、第三个……像我姥爷一样的人。

王德新的经历深深震撼了姥爷，他被王德新的坚强感动。他或许能忍受鬼子的酷刑，但是靠喝自己的尿来求得生存，这是不可思议的事情。那得对"生"抱有多大的希望，对未来有多大的期望，才会忍受这一切，活下来。另一方面他不能想象人怎么能残忍至此。这更加加深了对日本人的仇恨，姥爷咬紧牙关，挣到最后一口气都要跟日本鬼子斗到底。

每当讲到伪军怎么跟鬼子狼狈为奸，我就会问姥爷，"为什么他们是中国人，还残害中国人！"，姥爷笑笑，说，"他们得活着啊！"讲到我大姨和我姥姥被伪军寇玉山救下的时候，我又问姥爷，"为什么他要救我大姨和姥姥"。我姥爷还是笑笑，说"因为他们得活着啊！"

人性是善良美好的，但同时又是脆弱的。人与人之间的感情信得过就信，不要怀疑。姥爷就认准了自己的路，毫不犹豫地勇往直前。

第四节　挖地道抗战　老战友来访

1944年，刚过芒种，涞县一片静寂。原来葱茏的山坡、田畴，现在是一片焦土，没有一点生机，到处都是焦黑的枯木，杂乱地散处在山间。偶尔有几丝顽强的绿意，几朵小白花，在阳光底下摇曳。

王德新走后，确切地说是王德新入狱后，富位的工作就由我姥爷全权负责了。这一年我母亲出生。我大姨8岁，每天跟着姥爷奔波。8岁的小孩已经是大人了，放哨、送信、做饭、看孩子，我大姨啥都能干。

姥爷跟解峰、白杰、水云他们开会时，大姨都能放哨了。有时候开完会，解峰还会逗她玩，吓唬她"疯丫头，又在那儿干啥呢，不去放哨！"我大姨由于从小跟着我姥爷在外边，性格泼辣，嘴皮子也厉害，就回嘴，"我才不怕你！"

在解峰同志住在富位的那段时期，都是我大姨送饭。大姨从当村一个革命老妈妈家里装好干粮和咸菜，就奔解峰和同志们聚合的联络点来。当时需要敲短短的三次门做暗号，才能把饭送进去。可是我大姨在经过村中心的大街时，远远就看到了飞扬的尘土。她赶紧跑步过去送信，解峰他们躲在地道里，才保住了性命。当时鬼子看到大姨，还问她，"干嘛的！"，我大姨一点也不害怕，"去给俺爹送饭！"鬼子在村里搜了几家，什么都没搜到就走了。

姥爷常常说，"你大姨，人小志气高。从来不怕事。跟着我吃了不少苦！"

在艰苦的环境里，最能磨练人的意志，也最能锻炼人。姥爷还组织了一次从鬼子手里抢人的遭遇战。

这一天太阳刚刚露出地平线，敌人就兵分两路，耀武扬威地从东北方向朝富位压来。我姥爷用望远镜，只见明晃晃的刺刀和钢盔一闪一亮，队伍像一条巨大的毒蛇在麦浪里滚动着，只见头不见尾。看来这会是一场恶战啊！姥爷安排小申和大姨到村里送信，赶紧钻地道。然后就下令："各中队和民兵准备打！"空气顿时紧张起来。

敌人越来越近，大约一华里左右时，敌人把兵力铺开成扇面，包围过来。他们端着三八大盖，枪上上着刺刀，鬼子兵"嗷嗷"乱叫，同时发射小钢炮、掷弹筒、迫击炮弹朝着我姥爷他们呼啸而来，齐刷刷地落到阵地周围，顿时硝烟滚滚，不少战士的衣服都着了火。

因为火药不足，子弹稀缺，姥爷跟民兵、战士都不敢远距离射击，担心放空枪，耗费子弹。这对于当时环境下的游击队来说是一件很让人心疼的事情。要一粒子弹消灭一个敌人，战士们怒视着越来越近的凶恶敌人，一百米、八十米、五十米……直至鬼子到了眼皮底下，战士才一起吼叫着开动排子枪、手榴弹，敌人像煮饺子般围困倒在血泊中。

如此击退了敌人的三次进攻。日军急了，日军大队长把他的部下召集到村东北两里的一片坟地中，大骂了一顿，根据战势重新部署，发动新一轮进攻，他挥动着指挥刀，吼叫着："土司麦，司麦（前进）！"日本兵脱去上衣，穿着白褂子，戴着鳖子帽，端着明晃晃的上了刺刀的三八枪，哇哇叫着又凶猛地冲了上来。炮火也更猛烈，枪炮声震耳欲聋。

因为火力太猛，没能截住鬼子。庆幸的是村里的百姓已经转移到地道了。姥爷指挥大家撤离，钻地道。鬼子一进村就上房，架起机枪就扫射。可是村里已经空了。在地道里，村民们猫着腰，有的人家把家里的家具、被褥都拿下来了。

人多，味道就难闻。幸亏是冬天，人们挤着不觉得冷。姥爷带着民兵蹲在村公所戏台底下透过瞭望孔瞅着外边的动静。

鬼子发现村子空了，更是气急败坏，集合在村公所，听见喊叫声，"什么的干活！"

"良民！我们是良民！"有中国人的声音，姥爷一惊，望出去，原来是村里两个后生李甲和张坤。地道里的霍利群说，"哎呀，他们被抓住了。我们得到信鬼子要来时，就一起跑的。他俩在路上看到两头小猪，就想逮住，一起钻进来，看样子是猪跑了，他们被逮住了！"

怎么办？形势很紧急，他们是知道地道口在哪儿的。可恶的鬼子肯定不会放过，一定会逼供。果然，他们被日本人吊在戏台前的柱子上，下边点起火。

鬼子威胁他们，"说出地道口在哪，八路军在哪里？不然就点了你们！"

姥爷首先安排百姓们转移，让两个民兵前边探路，看哪里可以出去躲过鬼子。姥爷带着一队民兵留守，打算伺机阻击鬼子，给百姓们争取时间。

听着外边的嚎叫声，姥爷的眼睛里都冒了火，怎么办呢？李甲经不住酷刑，招了，不过他说的地道口距离戏台有些距离，在村西边的水井旁。姥爷担心百姓出口跟他们相撞，就派一个民兵去给转移的百姓送信。

大部分鬼子列队，李甲带路奔村西边的水井去了。张坤嘴巴硬，留下的鬼子奉命加柴要火烧了他。姥爷见外边的鬼子不多，咬咬牙就带着民兵出去抢人。

这真是一场恶战，由于姥爷他们缺少武器，多是近身肉搏。幸亏留守的鬼子不多，打了没几枪就都被姥爷他们拿下，救下张坤钻地道逃命。鬼子听到枪声，又返回村公所院内，已经一片狼藉。鬼子气急败坏，到处开枪扫射，扔手榴弹。姥爷带着民兵，沿着前边民兵留下的记号，在村东边坟圈子里跑出来，上了山。找到了百姓躲藏的山洞。

跟敌人这样的战斗有很多次，战争伤亡不计其数。村里的村民也死伤一大半了，家家户户都跟日本结下了深仇大恨。

当时传唱的《复仇曲》，道出了百姓的心声：

走，朋友！

我们要为爹娘复仇！

走，朋友！

我们要为民族战斗！

你是黄帝的子孙，

我也是中华的裔胄。

锦绣的河山，

怎能让敌人践踏？

祖先的遗产，

怎能在我们手里葬送？

走，朋友！

我们走向战场，

展开民族解放的战斗！

走，朋友！

我们要为爹娘复仇！

走，朋友！

我们要为民族战斗！

全世界被压迫的人民，

都是我们的兄弟；

爱好和平的国家，

都是我们的朋友。

我们有没有力量？

有！

我们有没有决心？

有！

拿起我们的枪杆笔杆，

举起我们的锄头斧头，

打倒这群强盗，

争取我们的自由。

看，光明已在向我们招手！

我姥爷蔡子玉的名字已经上了日本鬼子的黑名单，要"格杀勿论"！这天后晌儿，虽出了三伏天，"秋老虎"依然很厉害，知了不知疲倦的叫声不绝于耳，人们都躲在阴凉地里歇着，女人们在院里，男人们和老人们三三俩俩聚集在村里凉快的地方，水井旁、高岗下，还有宅院街道的风口处。有那么几处还在耍着牌……

日本鬼子的寿命已经接近尾声，人们有些松懈，以为胜利要来到，长久以来紧张的气氛终于解冻。我姥爷在院里重新垒一个大灶，夏天在屋里做饭太热，院里支炉子太慢。之前在东院墙前有一个灶，长时间不用，经过风吹雨淋，已经坍塌。姥爷从西边高岗那弄来些黄土，在院里旧灶旁边和泥，我大姨从前院街前捡来很多麦秸，抱回来，然后一手拿着舀子在姥爷围起来的黄土里添水,再撒上一把麦秸,我姥爷用大铁锨抄底提起,反过来再拍在底下黄土上,大姨继续添水,如此这般的几个回合,具有粘性的麦秸黄泥就和好了。

姥爷伸手用铲子把泥糊在灶膛内部,一层层涂抹,爷儿俩正干得起劲,就听有人在外边喊道:"这是蔡俊臣家吗?"

姥爷愣住了,在家里没人知道我的名字是蔡俊臣啊。听声音有点儿耳熟,那么遥远。啊,脑海里浮现出一个人的影子,崔大风!不可能!可是真的是崔大风来到了他的院里,带着副官和孟奎。后边齐刷刷跟着一队卫兵。

姥爷和着泥的手停在半空,半天不说话。

"咋啦?兄弟?傻啦?"崔大风不改当年本色,跟姥爷开着玩笑。孟奎走上前来,拍了拍姥爷的脸,说,"不认识我们了?"姥爷这才缓过神来,像是做梦一样,让着座。我大姨赶紧从里屋搬出来几个凳子给他们坐下。我姥爷洗净双手,给他们点上我大姨拿出来的香烟。坐定,这才问道,"这是怎么回事?二位怎么到这儿了?"

"行军至此,顺路来看看你!怎么样,日子过得还好?"崔大风试探地问。我姥爷点点头,说,"凑合瞎过呗,别人怎么过,咱就怎么过!"孟奎把带来的点心、烟酒拿出来,放到姥爷面前,说,"没什么好东西,就是普通吃食,别见外!"我姥爷愣住了,嘴里说着感谢的话,"这些礼物不能收,家里也没人抽烟喝酒!"崔大风站起来在院里转了一圈,土坯房,年头不少了,院子不大,土墙上偶尔长着几棵野草,开着白花。

一眼看到底,能看出来日子很艰苦。但是姥爷不是接受施舍和同情的人,坚决不收他们的礼物。最后孟奎说,"兄弟一场,战场上生死里熬过来的,烟酒我拿走。这点心就当是给侄女买的礼物吧!"我姥爷不好再推脱,只好收下了。

崔大风临走前,撂下一句话,"想回来,随时欢迎。部队过两天开拔,到涞县县城中心街小学寻我即可!"姥爷招呼着要给他们做午饭,他们没吃就带队走了。

原来崔大风现在在国民党第二集团军任第三师的团长，队伍被派到这里，执行任务。当年在内蒙，姥爷跟着崔大风也学到了不少东西，给崔大风留下了深刻的印象。当年姥爷交枪回家，令大家非常费解。崔大风也曾经挽留过他，还说随时都欢迎他回来。这不，仗打到这里，他就想起了昔日的兄弟，想要看看这位聪明勇猛的虎将如今过得怎么样。

当时的时局，国共两党联手抗日，国民党消极抵抗，不断撤兵，全靠共产党跟劳动人民相依为命拼死抵抗坚持下来。现在日本人走了，国共合作走向何方。这在乐观派眼里，肯定是前景一片大好。但是政治家、军事家就不那么认为，权利让人耳聋心盲，丧失自我，政党之间的争斗也是如此。其实崔大风探望兄弟是表面，实则有举荐他继续入伍一起奋斗的想法。我姥爷起初并没有想透崔大风的来意，只是觉得老战友探望，内心涌起暖流。可是单纯只是探访老战友，又觉得没有那么简单，多年的战斗经验，让姥爷立刻进入了警觉状态。

他寻到解峰，把心里的疑惑说出来。解峰没有直接解释，而是分析了当前的形势，说国共两家前途如何，是继续携手，还是分道扬镳，这都说不准。我姥爷听得认真，他这才意识到：战争还远远没有结束。

姥爷没有再去找崔大风，就让"蔡俊臣"这个人就此在历史舞台消失吧！从兄弟情义来说，姥爷非常珍惜。但是上战场的话，这对姥爷来说，实在是个很大的难题。

晚上姥爷做梦，梦见老黑了。

老黑摇着尾巴跟着姥爷，又来到拒马河边。这一年的雨量少，河水浅。姥爷跳到河里来回游了两圈，老黑也跟着游。许是上了年纪，老黑的动作就没有那么灵敏，有时候姥爷游几圈以后，还特意放慢速度等等它。

第五节　解放涞县城　义兄弟保命

1944年，为便于指挥作战并为大反攻作好组织准备，根据中共中央军委1944年7月的指示，9月至11月，晋察冀军区先后成立了冀察、冀晋、冀中、冀热辽四个二级军区，并以各区部队为基础，组织了野战军。以易县为中心的一分区、以涞水县山区为中心的十一分区、囊括平北的十二分区，以及新成立的第十三军分区，共同被划到冀察军区的范围之内。新的冀察军区司令部的所在地就放在这四个军分区的中心地区——涞水县的李各庄村。

部队行军到房山区长沟镇附近时，突然接到冀察军区的电报，说北平、天津已经被国民党部队接收，不许八路军进城；军区命令部队回转头去解放涞水县城，歼灭涞水城里的敌人。

1945年8月8日苏联对日宣战。就在当天，毛泽东主席和朱德总司令发出了对日寇全面大反攻的命令。平西军主力部队从野三坡出发开始向北平挺进，从日伪军手中相继夺下清水涧、门头沟、香山、妙峰山、清河等十多处据点。当年的8月15日日寇宣布无条件投降。平西军一分区的主力在蔚县歼灭日伪主力后，因北平、天津被国民党部队接收，八路军不能进城，于是调头开始解放涞水县城。

涞县长期被日伪军占领。涞县县城的城墙很厚，建得非常牢固。此时的涞县已经没有了日本兵，小鬼子退到了高碑店。留守的只有一个保安部队的一个团，一千人左右。他们的作战战略是：八路军没有重武器，而涞水县城易守难攻，所以他们要据城死守，坐等援军。

8月27日平西军区一分区集合所有队伍，部署兵力。三团、四十五团、新一团兵分三路分别攻打南关、城北关和城西关。二十五团负责阻击来自高碑店和涿县的伪军援军。守城的伪军久等援军不到，开始心虚，但仍然负隅顽抗。他们向空中放空枪，给自己壮胆。

水中可食的水裙菜

我姥爷主动要求到突击组，参加先锋团攻城。姥爷英勇不假，但是他内心里更担心做过涞县伪县长的纪贤举，伪大队长的寇玉山，还有其他几个把兄弟。在姥爷的思想里，一个头磕下去，就是一辈子的兄弟。更何况他们在艰苦岁月里，在鬼子的眼皮子底下，互相帮扶着走过来，不容易。他做伪大乡长时期，就跟王德新和解峰说过心中的疑虑，他想革命，更想顾全情义。如果一个人连基本的诺言都实践不了，还拿什么谈大爱，谈民族精神。当时解峰和王德新被姥爷的真挚和倔强感动，这个赤诚的太行汉子有着拒马河一样清澈、温润而又柔软的感情。他们都答应了姥爷，要保全他这几个把兄弟的性命。

尽管如此，姥爷还是想要第一个进城，所以特意申请进入突击组，他要第一时间进入涞县县城，不为别的，就为第一时间见到他们，保护起来。他的心里焦急，可是涞县县城并不是想攻就能攻下来的。连着攻了一天一夜，没有进展。姥爷泡在水塘子里，用苇荡作掩护，他不撤退，就在苇荡里吃喝，眼睛布满血丝，谋求突击攻城的机会。

终于机会来了。一分区参谋长马辉随三团指挥所来到南关城下，通过望远镜观察，发现城墙上敌人一个一个惊慌失措，射击没有任何目标。

便对郑三生团长说:"大势所趋,看来敌人已经绝望。他们有可能依靠城池,坐等援兵。我们必须尽快攻进城去,趁敌人在慌乱时彻底歼灭他们。"

我姥爷领悟了参谋长的意思。利用夜晚攻城,发挥我们的优势,打他们个措手不及。 午夜子时,姥爷他们开始组织攻城,因为敌人的火力集中在城墙上边。因此最开始的进攻很顺利,可是在快要接近城墙的时候,遭到敌人的顽强抵抗。敌人在南关城楼左右配备了十几挺机枪,严密封锁进攻通道。

我姥爷他们突击组的同志连续攻击,都苦于敌人火力太猛,不能靠近城墙。姥爷他们发现城墙东南角的土包,找到了掩护点。爆破组的战士迅速行动,利用小土包做隐蔽,接近墙根,炸开城墙!姥爷的战友王永夹起炸药包,猫着腰向前飞奔。三十米、二十米,眼看就要接近城墙了,突然从城楼左边打来一串枪弹,王永就地一滚隐蔽在小土包侧后。

这时,我方的机枪,步枪一起开火。就见王永纵身跃起、卧倒、滚动、匍匐,根据经验和枪声躲避着敌人的子弹……"轰"的一声,城墙被炸开一个豁口。

随后一连、四十五团、新一团也分别从城北关和城西关杀进城里。在一片喊杀声中,敌人无心再战,片刻间死伤大半,举手投降。两个多小时的战斗,俘虏了五百多敌人,缴获了大批武器弹药。

这是涞水县城第一次获得解放。1945 年 8 月 28 日早上,日军践踏了八年的土地终于解放。这天刚巧是大集,南来北往的人很多,百姓们个个都脸上笑开了花,庆祝涞县县城的解放。

我姥爷进城找到寇玉山和纪贤举,把从解峰处拿到的红色通行证,交给他们,让他们可以在共产党的地界畅通无阻。姥爷讲起这些,很是感慨,他说一辈子不长,有几个交命的兄弟那是很有意思的。我知道姥爷说的意思是意义,他在说,"他的人生没有白活!"

就在姥爷还沉浸在胜利的喜悦中时,一分区二中队的队长跑来找到他,说有人要见他。原来部队攻到教堂后边时,有一处院落是土匪头子纪希斌的私宅,这里养着一个他新娶的小老婆。

姥爷纪希斌之间的渊源,前边说过了。除了解救高家孙子之外,还有过一次交道,就是在劝退胡家庄岗楼的据点时,我姥爷派人到山上借过兵。这纪希斌虽说是土匪,但是打日本的事情,从不含糊。二话不说,就派了最得力的两个中队,下山听从安排。他们在外围配合解峰营造援军到来的假象。

那天队伍捉拿土匪头子到了纪希斌的私宅,就很难再继续了。这是一个三间北屋的私宅,八路军进了院子,房顶和院墙上都是八路军。纪希斌和小老婆被堵在了屋内。为教化众人和百姓,军区领导要求抓活的,于是就出现了僵持局面。

派人谈判,还没走近屋门,就被纪希斌透过窗户纸的人影开枪打死。实在没有办法了,八路军在院门处喊话,"我们是跟你谈判的,你有什么要求,尽管说!"纪希斌大声说,"我不信你们,叫蔡子玉来!"

就这样姥爷被请到了教堂后边的这个小小的院子里。姥爷进了屋子,跟纪希斌聊着时局,聊着现状。纪希斌说,"兄弟,我待你不薄啊,去年还借兵给你,真能让他们把我抓咯?!"

姥爷内心对纪希斌是有感激之情的。虽说抗日人人有责,但是他纪希斌对日立场是很明确和坚定的。经过请示,姥爷他答应纪希斌,带他出城。

随后队伍撤离,姥爷根据纪希斌的要求,准备了马车,让他装上山上的财物,带上重要的家人,还有姥爷给他的"路条",离开了。姥爷说,自那以后再没有过纪希斌的消息。

我问他有没有打听过或者担心他?姥爷说,"生死有命。这一辈子每一步都是生命的因,直至最后的果"。

涞水县城解放,八路军抓住当时的伪军,集体问讯,该杀杀,该教育教育。绝大多数伪军士兵主动交出家里作伪军时的财物,并积极参加

培训班，好好学习改造。

姥爷是个重情重义的人，愿意给对手、敌人一个改过自新的机会。他相信"人之初，性本善"，他也知道人都是有弱点的，应该互相理解，换位思考，事情才会更好更顺利地发展和进行。

姥爷没有漂亮的话语为自己歌功颂德，他就是把自己的这些认知默默地落实到自己待人处事的言行中，所以他走到哪儿都颇受领导赏识，同事友爱，他有自己的处事哲学。他并不主张"以德报怨"，他只是愿意给人机会。他对侵犯他的敌人是毫不手软的，报复也是毫不犹豫的。

姥爷在当时赢得了好多人的心。不是靠地下党名号，而是靠自己的个人魅力！

抗日胜利了，太行山区，拒马河畔传唱着《太行山上》这首抗日歌曲，气势磅礴，铿锵有力：

红日照遍了东方，自由之身在纵情歌唱。看吧，千山万壑铁壁铜墙，抗日的烽火，燃烧在太行山上，气焰千万丈。听吧，母亲叫儿打东洋，妻子送郎上战场。

我们在太行山上，我们在太行山，山高林又密，兵强马又壮。敌人从哪里进攻，我们就要它在哪里灭亡。

涞县百姓沉浸在抗战胜利的喜悦中。人们奔走相告、载歌载舞，脸上放着光芒。

我姥爷因为高碑店锄奸事件，曾卧藏在冰天雪地里29个夜晚，双腿落下了毛病，下雨阴天都会隐隐作痛。解放涞水城时，又泡在水里2天一宿，湿气寒气聚集在双腿内，姥爷的双腿得赶快医治，现在能站立的时间很短，久了就会累，没有力气支撑。

姥爷找到解峰，把自己的想法说出来，"我这双腿已经废了，不能跟随大部队继续解放事业。只能留在家里把腿治好，不给同志们拖后腿。请组织批准！"解峰看着我姥爷的双腿，对姥爷说，"子玉啊，涞水解放有你的功劳！遭罪了啊！找好的医生好好治治！"我姥爷答应着，交出了自己的配枪和党费。

解峰让人给姥爷办理了退伍手续，姥爷带着组织上发给他的退伍证和一袋小米回到了老家。

自此，姥爷离开了部队。回家过上了农民的生活。姥爷说，"保家卫国是每一个中国人该做的，外侮入侵，就应该上战场，跟敌人拼命！"但是姥爷见不得中国人自相残杀，他认为那牺牲是无谓的。军阀混战的交枪回乡、纪希斌土匪辞工回乡、这次南下回乡都是姥爷发自本心的真心选择。

活着不容易，要好好活着，而不是争斗！

行云流水顺其自然

第六章　高跷飞舞　难得心自在

"姥爷来不及洗手,就纵身上墙,同时就看到一条街外的那些大盖帽奔着自己家里跑来,姥爷没有停顿,继续快步奔跑,辗转腾身,眨眼间就在几条街之外,再往西就到了村外的一片林子里,姥爷就钻进了地道,成功躲开了国民党的追捕。"

不论怎样的环境,都得努力活着。

有过双腿蚁噬般的感受,有过前心贴后背的饥饿经历,经过尸陈遍野、瘟疫横行的压抑,经过至亲之人死在眼前的无奈……姥爷尤其珍惜难得的和平生活,饥馑困顿里就上山入水觅食,枯燥疲乏里就自娱自乐。扎笤帚、绑蒲团、踩高跷、说故事……不让自己闲着,不虚度一刻,让生命在呼吸的每一刻闪光!

第一节　双腿痊愈　国军翻旧账逃命

涞县解放后，姥爷回到家里，静心养腿。开始的时候还能勉强站起来，走上几步，大小便能自理。天气转凉，姥爷的腿就一天比一天严重。姥爷说入秋后下雨，天阴冷得很，他的双腿就像是泡在冰块里，感到麻痒难忍，带着刺痛，让人坐立不安。姥爷说当时自己想死的心都有啊！

我姥姥托人到处求医问药，家里所有的活都靠两个丫头。大丫头成了家里的顶梁柱，自小就跟着姥爷跑东跑西。没事的时候，就带着妹妹到山上捡果子，挖野菜，晚上回来家里人就可以多吃点。在姥爷刚病倒的那段时间，家里就像天塌下来一样，幸亏有姥爷退伍时组织给发的一袋小米。一家人就靠着这袋米和大丫头姐儿俩从山上捡的果子和野菜度日。

姥爷的双腿瘫了两个月的时候，小申拿了一副方子和一小布包的东西过来。

这方子是卢老头四处打听，在定兴为姥爷寻得的。那边的中医说了，用上这两副药，碾碎了敷在膝盖上，用布袋绑紧，在太阳下暴晒，就能好。三伏天敷药，效果最佳。这两副药一个就是扎扎菜，还有一种叫做"蓖麻子"的种子，卢老头托人也从定兴的商人那里买来了。

扎扎菜在咱们涞县有的是，到了春末夏初，山坡上，田野里，河沿上，到处都会开那种紫红色小圆花，那就是扎扎菜。它的叶子像萝卜叶子，锯齿状，但是要窄一些，更分散一些，灰绿色或带紫色。这个在百姓眼里就是药材。平时谁家的孩子磕了、碰了、出血了、肿了，都可以把扎扎菜的叶子捣烂，抹在患处，不用管它，很快就好了。

扎扎菜就是刺儿菜，学名是小蓟，经研究具有凉血止血，祛瘀消肿的作用。扎扎菜适用于衄血，吐血，尿血，便血，崩漏下血，外伤出血，痈肿疮毒。

蓖麻子还真是没有见过。姥爷打开小申带来的布袋，看到里边装的是有花白、灰黄或者是褐棕色条表面的长圆形的种子，拿到手里，很光滑。闻一闻，没有什么特殊的味道。蓖麻子生长在南方热带地区，有消肿拔毒，泻下通滞的作用。用于痈疽肿毒，喉痹，大便燥结等症状。扎扎菜和蓖麻子对于拔出体内湿毒具有很好的疗效。

当时姥爷也不知道这个东西能不能治得好他的腿。但是愿意试一试。我姥爷让姥姥拿上一些钱给小申，回去转交给卢老头，说谢谢他。虽说平时卢老头他们的生活都是我姥爷他们在接济，但是一码是一码。我姥爷说，不能让老人家花自己的钱给我弄这些药。

我大姨听小申说完以后，就飞快地跑出去找扎扎菜了。天转凉了，再过个把月，扎扎菜都没了。不一会儿，就采回来一大捧。"咱们先试试吧！用多少扎扎菜啊！虽说伏天最管用，咱们这都过了伏天，咱们先试试！"我大姨说。她边说就利落地把扎扎菜的叶子都摘下来，用水冲洗干净。太阳底下晾一会儿，然后放到碗里，用家里小擀面杖的一头捣碎，然后放进去一粒蓖麻子，和在一起接着捣碎，不一会儿扎扎菜捣烂的汁液和蓖麻子就融合在一起，看着有点干，我大姨就又加进去几片叶子，接着捣。

看着是湿润的糊糊了，我大姨就停止加扎扎菜了，把药端到姥爷跟前，开始给我姥爷敷药。

当时正是秋末的时候，天凉快起来了。后晌还是有些温度，我大姨就把碗里捣烂的药一层一层地抹在姥爷的膝盖上。姥爷当时没有什么感觉，就是有一层层凉意，两个膝盖都抹上药，然后就用布条包起来，再用细绳捆上，大姨给包得严严实实的。

很快地我姥爷双腿就嗖嗖地往外冒冷气，整个人都开始觉得冷。全身冒着虚汗。姥爷发烧了，身子一直很烫。我姥姥跟我大姨轮流照顾他，拿温水给他擦额头，擦身上。我姥姥边擦边哭，"这是造了哪门子孽，受这种罪啊！"，一会儿又说，"你年纪轻轻，病病歪歪，不能扔下我们你就先走了啊！"我大姨就是家里的顶梁柱了，但她毕竟也还是个孩子，看着我姥姥悲悲啼啼，她也跟着掉泪，不停地喊着，"爸，爸！快醒醒！"

闹腾了一宿，第二天上午烧有些退了，但是还是很烫，绑够24小时，要拆开布条的时候，我姥爷终于清醒了些，嘴里还能叨叨，"我这是从鬼门关走了一遭啊！"我姥姥不敢拆，我大姨轻轻解开布条，傻眼了，两块膝盖上红了一圈，被亮晶晶的水泡覆盖。我姥爷说，"看样子有效咧！"慢慢等着养着，水泡下去了，干爽了，再敷第二次。水泡完全下去，膝盖干爽了，差不多用了8天的时间。

姥爷的双腿虽然还是不能站起来，但是有知觉了，也清爽了不少。因此让我大姨再敷一次。如此又敷了三次，姥爷的腿明显见轻，在炕上可以轻微活动了。但是天越来越冷，担心受寒，就停止用药了。等开春，新的扎扎菜长出来再接着敷。

不敷药的这段时间，姥爷坚持吃用扎扎菜和蓖麻子捣的糊糊。

蓖麻子

转过年来，清明时分，姥爷又开始坚持涂抹热敷。一直坚持到三伏天，姥爷把自己晒在河滩上，双腿奇痒无比。照例敷上碾碎的扎扎菜和蓖麻子，经过蚁噬般的煎熬，姥爷的腿已经好得七七八八了。1946年秋天都可以下地干体力活了。姥爷的腿疾有差不多一年的时间，都是大姨在悉心照顾。

1946年9月国民党占领了涞水县城。日本人走了，国民党的白色恐怖来了。

姥爷内心里盼着国共合作，他真心不希望看到两军交火，老百姓的生活还没有缓过来，就又要遭受打击。现在涞水县城刚走了一批狼，又来了猛虎。国民党的统治比日本人有过之而无不及。

春天万物复苏，是个美好的时节。但涞水县城还被国民党占据，流亡的伪乡政府及其所辖的还乡团武装也都聚集在小小的县城内。县城以外的大片地域里还是有很多中共的武工队，游击队和民兵。

1948年春节刚过，国民党为了垂死挣扎，调来了一股中央正规军对涞水县进行史无前例的剿共行动。他们在村子里烧杀抢掠，做了很多令人发指的罪恶勾当。日本人的阴霾散开没多久。国民党的高压管制又形成了。一时间，天空阴云密布，地上鸡犬不宁。灾难再一次落到百姓头上。

扫荡后的村庄房子被烧得所剩无几。只要匪帮一进村，便会浓烟滚滚。还乡团干脆就明抢。挨家挨户翻箱倒柜地抢粮食，将抢到手的粮食押送到县城。如果有人敢阻拦，就难逃一顿毒打。驻扎在白埠村的蒋匪军，天还没亮就派出士兵到百姓家里堵鸡窝，每只鸡只给一张法币，法币不值钱，在当时，两个鸡蛋都买不出来。抢的百姓的猪，看着是给了一沓法币，可是在涞县县城里只够买一双普通布鞋。

姥爷讲这些的时候，少了抗日时期的愤慨，更多的是无奈和悲凉。他不明白，金钱利益能把好好的人变成这样。

在腥风血雨的年代里，国民党做过的恶劣勾当丝毫不亚于日本兵。蒋匪军烧房、杀人、抢物、强奸妇女，逼税逼粮的暴行，弄得乌烟瘴气，阴霾滚滚笼罩了整个涞县。

这一天姥姥在屋里炕上缝刚拆洗的被子。我大姨刚出去打水不久。姥爷一个人在家，蹲在灶台旁的核桃树地下，捣着扎扎菜。想一会儿午饭后，接着敷腿。虽然腿已经恢复得差不多了，多敷总是有好处的，要除根！

正在满头大汗地捣着，就听见大哥喊他，"子玉！子玉！"我姥爷他大哥家在村子的靠北边一点，一大队伪军骑马进村，我姥爷他大哥一看就知道要出事，日子还没有太平，赶紧把家里该藏的藏起来，女人孩子都躲到地道里，那队人马已经进村里了，到处在打听"蔡俊臣"。可是村里人并不知道是谁，我姥爷他大哥心里一动，想到了我姥爷。于是跑到我姥爷家来送信。

"你出门子，在天津，在内蒙，是不是叫蔡俊臣？"我姥爷他大哥问道，像是要求证什么的，透着对我姥爷的担心，也透着自己的机灵，"他们来者不善啊，个个都背着步枪，盖着大檐帽"。我姥爷有些蒙了，这是什么情况，这日本人都撤走了，怎么还有人在抓自己？屋里的姥姥喊了一声，"你快跑吧先！"姥爷来不及洗手，就纵身上墙，同时就看到一条街外的那些大盖帽奔着自己家里跑来，姥爷没有停顿，继续快步奔跑，辗转腾身，眨眼间就在几条街之外，再往西就到了村外的一片林子里，姥爷就钻进了地道，成功躲开了国民党的追捕。

原来国民党内部的一些人不怀好心，姥爷在伪大乡长时期得罪过的一个人，告了姥爷的黑状，说他在做伪大乡长时期，就是地下党，破坏了很多国民党的活动。

这个人就是寇玉山的小舅子路长丰。他在日本人统治时期，做宪兵队伪中队长。姥爷当时怎么得罪他的呢？他的哥哥路长辛出卖了组织，上了姥爷和王德新的当，在拒马河畔的山庙门前，被渡边崩了脑袋。

这件事让路长丰怀恨在心，小人志短，脑子也不好使。估计是想在国民党面前讨好，谋个差事，结果竹篮打水一场空。

姥爷对这次的突袭抓捕事件，有些失望。所谓人心叵测，不过如此。一个民族不怕外敌，就怕内斗。军阀战争如是，解放战争如是……

这样斗到何时是个终了呢！姥爷叹了一口气。

第二节 闷头苦熬 脚踏实地三十年

1949年经过中国共产党和劳动人民的全体努力，终于迎来了新中国的解放。老百姓沉浸在解放后的喜悦里。姥爷带着姥姥在老家西明义村过着普通百姓的日子。我大姨蔡宝芝被分配工作到了高碑店的毛线厂。

1953年我大姨受姥爷曾经做过"伪大乡长"连累，从高碑店毛线厂开除。我大姨有这个工作还能给家里些帮衬，这下被辞回家，面子不好看不说，也截断了家里的经济来源。对于我大姨而言更多的是委屈。所以大姨回到家里，少不了跟姥爷抱怨。姥爷说，"做什么不是做，家里有地，啥都有了！现在太平了，在哪儿都一样！"

接下来的三十年时间，有天灾、有人祸，姥爷见惯了战争，不论哪种战场，哪种争斗，都是无益的。姥爷不参与，只是带着家人闷头生活，因为他坚信，日子不是争斗来的，是脚踏实地地过下来的。

姥爷上山捡柴，打野物，我大姨带着我妈也跟着在山上捡果子，为度过荒年，把田里、水里、树上、山上，能吃的都吃了。每餐饭都是揭不开锅的节奏。我大姨每日挎个筐在山里头转悠，带着二妹。姐妹俩几乎跑遍了附近的山头，哪个山头有几棵柿子树，几棵核桃树都清清楚楚的。一次二妹从山上滑落，被绊在半山的树上，把我大姨急坏了。大姨到处喊人，后来被别的村上山寻食的人救下了。

田里、水里、草根都吃完了，50几岁的我姥爷往深山里找吃的，一出去一天，擦黑回来。幸运的时候会有树皮，野果，甚至偶尔还有几颗鸟蛋，姥爷捉过一次兔子，可是那兔子也是瘦骨嶙峋。通常拿回来的都

是一些野菜而已。

民间有一种说法，"饿死老娘，不吃种粮"，种子是老百姓的命根儿，吃了种粮断了命根是大逆不道的事，老娘和种粮比起来，屈居其后，可见种子在农民心里的地位是何等重要。但是在灾荒年代，经常断粮的人们，饿急了母亲会抓几颗花生种子磨碎了，给孩子们分一分。

姥爷说，"天灾、人祸面前活下来，不容易，要好好地活！"

姥爷说，挖野菜，下河捞苦裙菜。野菜吃光了，树叶吃光了，树皮扒光了，到河里捞水草，艰难的日子熬人啊。我姥爷讲起那些，非常平和，讲到自然灾害的时候，姥爷的语气很平淡。天灾无法避免，只要积极想办法生存就好。但是人祸是不能原谅的。所以古话说，"天作孽，犹可违；自作孽，不可活"。先人的智慧是无穷的，在自然面前，人类的力量也是渺小的。所以脚踏实地做人，实实在在做事，尽人事，听天命，无愧于心就好了。

这一时期，我姥爷没有丢下手艺活。因为在农村，背筐、提篮和蒲团什么的，是日用品，是必须品。阴雨天、大风天，不能外出做工或者上山的日子，姥爷会留在家里，在院子的草棚下铺开家伙事，正式开张。

深秋收过高粱和玉米后，经常做的就是扎笤帚和绑蒲团。

农家院里常用的笤帚也是有不同种类的，比方说大的扫院子或者麦场的；中等的就是扫院子、屋里地面的；小的就是扫炕褥子或者案板之类的。笤帚根据选材的不同也有深红色高粱的，黄色黍子的。

姥爷说一般深秋，高粱穗打完最新鲜和有韧劲的时候，是扎笤帚最好的时候。天空飘着密密的雨丝，越来越凉的雨水伴随着秋风无孔不入地侵入人们生活的每个角落。姥爷摆好工具，沾绳、木镰刀，然后坐在板凳上，把高粱穗一摞摞摆好，将一根结实的细麻线用手拉住，使劲用脚蹬直了，再紧紧绑到一把脱过粒的高粱穗上，然后再加一把高粱穗，再绑，如此操作，往返六七次，一直缠到笤帚的把手恰好一握的样子，收口，一把扫地用的笤帚就做好了。

姥爷说高粱苗子先按苗儿长短、好坏挑选分类，然后用水洇透，摊开沥去表层余水，用木锤把箭杆及与苗儿连接处的节子砸软。搓麻绳也是很重要的关键，结识柔韧才行。

绑蒲团相对来说要简单些，但是要绑到紧密、柔韧，坐起来还软和不硬也是需要技巧的。姥爷说，一般绑蒲团适用收秋下来的苞米皮，像绑辫子一样编制好，然后再一步一步加苞米皮延长的同时并加宽、拐弯，绑成需要的形状。

绑好的笤帚除了家里自用外，姥爷会拿给邻居、周围的孤寡老人。也有一些乡亲会拿高粱穗或者苞米皮来，拜托我的姥爷帮忙扎笤帚。

那段时期生活艰难。人们会带来些窝头啊、野菜啊给姥爷表示谢意。姥爷说那些年雨天、雪天、风天基本都是在院里的棚下坐着，绷直双腿，一只手握着高粱穗，一只手拉着麻线，丝丝拉拉地听着岁月流过的声音。

那段时期不得不提的是生产队的日子。

我姥爷是生产队的队长。当时生产队的队长，是由各生产队德高望重的、号召力强、对农业生产相当了解的人来担任。但队长并不是不干活，相反他做的工作还要比别人多，责任重大。队长就是在田里劳动的农

山上的果子

民，跟其他农民一样。只是多了一份工作职责，负责安排每天的工作，对生产队的队员进行管理。姥爷说，他们队长都要带头下地干活去挣工分。

记分员会根据工作量记工分。记工分就是为了约束队员的行为，不要偷懒耍滑，不要应付差事。尽管如此还是会有偷懒耍滑的人。村里的老人们提起姥爷都会竖起大拇哥，说，"那会儿的大锅饭，好多孩子们不会干活，就会偷懒。子玉有办法啊！"

在姥爷的生产队里，姥爷针对偷懒的年轻人，安排年龄长点的，每个人带一个，形成互助组。姥爷就在这几个互助组的中间，边干活边跟他们讲过去抗战时候的事情。打鬼子啊，挖地道啊，还有天津的世界啊……这些孩子们都听得津津有味，这样一天下来，活也干了，也会干了，故事也听了。一举三得，这在队里被传为佳话，说姥爷管理队员有一套。

一般一天的下地劳作，人们都累坏了。晚上从公社吃完晚饭回家就倒头便睡。劳动虽然很辛苦，但是业余生活也是很丰富的。尤其是冬日农闲时期，秧歌队、高跷会都会出来练习，准备春节、正月里的大比武。

姥爷一聊到高跷人就充满了活力。中国很多地方都有高跷会，各个地方又都有自己的特色。西明义的高跷会是一直是从祖上传下来的。姥爷说他记得他小时村子里、各乡上、县上就都有高跷会，逢年过节就会进行比赛。

高跷会从祖上传下来，经历抗日战争和解放战争，战乱时期被迫中断。新中国成立后，人民公社都在忙着进行生产，复兴经济，一直到20世纪70年代，高跷才慢慢又被人们重新踩起。

西明义乡的高跷通常是在每年的正月，到了春节一队队高跷，伴着腰鼓、铜锣、大小钗的打击乐中穿街而行。通常一班高跷人数不固定，至少有十几人。身形高的就踩低跷，身形矮的就踩高跷，他们身着中国传统戏曲服装，开路棍打头，后边就会出现故事里的主角，像唐僧啊、白蛇啊、丑婆啊、姜子牙什么的。角色人物都诙谐有趣，性格或粗犷，或喜兴，扮演者则声情并茂与角色融为一体。如果这一年村里的高跷会被选上，就会从村里一路踩到县上，沿途各村摆上的茶水、糕点，供踩高跷的队员休息食用，表示慰问，也是一种支持和助威。

姥爷中等身形偏瘦，不高，适合踩高跷。他在年轻时就习武练兵，战场上驰骋，身体柔软也敏捷。自从村里的高跷队兴起来，姥爷就成了主力。

我姥爷有身形优势，又有武艺在身，高跷玩熟了，也生出好些花样如：跳高，搬上一张条凳放在门前地上，看谁能跳过去，或者间隔摆上几张，踩高跷的人连续跳跃；或者往高里摞上几张，比赛跳跃高度，但是这些动作都非常危险。一旦跳不起来绊倒事小，折了腿，摔伤了得不偿失。立定跳远，要简单一点，几个人踩着高跷站在一条线上，一人发令，同时向前跳，距离远者获胜；另一种比试为俩人对抗，虽不危险，难度却大，一手握高跷扛在肩上，单跷着地，不停上下跳动保持平衡，另一条腿膝盖曲起——顶、挤对手，先落地者为输。

在各队的高跷队比武中，就属姥爷的高跷队威风，一路上一字长龙，单列队形是基本队形，在人多繁华的地方，就变换成双人并列，变换步子，常用的就是走八字。表演的时候还有各种高难度的动作，小旋风、

丰收

花膀子、鹞子翻身、大劈叉等难险动作。这是其他队望尘莫及的。

姥爷讲起这些来虽轻描淡写，但是听他说高跷的制作、脚步的走法，时不时地站起来示意一下，我都能想到那段时期一定是姥爷最威风、最辉煌的时候，或者是姥爷最快乐、最舒心的时候。

姥爷教了很多年轻人学习踩高跷，难点、技巧都倾囊相授，有至少3个后起之秀踩得

村中的老槐树

跟我姥爷不相上下呢。西明义村因为姥爷的高跷在涞县红火了很长时间。

1978年改革开放，我姥爷这一年71岁。1980年农村实行家庭联产承包责任制。一个接一个的好消息传来。家乡也把土地分了，按人头把土地分到每家。自家负责自家的土地经营管理，自己安排，不用大家一致行动。我姥爷的晚年时光，主要是在伺候这块地。

他每天早起到地里转一圈，中午前回来，有时候会割半筐草，或捡半筐落地小柿子、棒子。中午午休一会儿，就又去地里。只要姥爷不在家，那一定是在地里。

分地的第一年，姥爷他们的土地获得了大丰收。家里从来没有收过那么多粮食，交了公粮后，留在家里的也比往年多很多。家里终于吃上了饱饭，村里的人们也个个都喜笑颜开，高兴得合不拢嘴。

这期间我大姨已经成家，并生了四个儿子。我娘是二丫头，下乡远嫁到了内蒙古。日子开始好起来，姥爷就会感慨，"年轻那会儿，哪能想到有现在这样的好日子过啊！"

第七章　细嗅蔷薇　人贵精气神

"姥爷七十多岁的人了,挑起河泥时,行动丝毫不减当年。光着的古铜色膀子,冒着热气的脑袋,像浇过水一样的满头大汗,晃动的扁担,绳索摩擦时发出的吱吱声,有力的步子踩在淤泥上,从河里一步一步往上迈时那倾斜的身子,在红红的夕阳下在晨光里,是那么美,美得像一幅画。"

姥爷虽是上了年纪,多少有些固执,比方说早睡早起,坚持挑河泥,这在别人看来可能是他不懂得享受。不过,姥爷自有他的道理。姥爷坚持姑爷的水井不会打成功,但出水后,立马认可科学的重要性,教育孩子们读书。姥爷爱家疼孩子,讲究亲力亲为,不麻烦别人,容易知足没有过高的要求。姥爷常说,"人的命,那么贱。自己不好好过,靠这靠那都不行,长不了!"

日子平静下来,温柔的拒马河依然忘我地狂奔。闪闪亮亮,照亮了每一个人的心。抬头看那河水绕过的高山,郁郁葱葱,随着四时的变化更换着身上的新衣。这一片神奇的土地,以高山流水的博大情怀滋养着生活在这里的儿女。

第一节 这能打出水来？

中国政府正确面对文革的后果：生产力发展缓慢，人民温饱没有解决，科技教育落后等。基于此，1978年12月十一届三中全会中国开始实行的对内改革、对外开放的政策。中国的对内改革先从农村开始，土地联产承包责任制，充分调动了农民的积极性。农民的日子好起来了。

改革开放给农村带来了翻天覆地的变化。我在初二这一年的暑假，跟着母亲回到涞水老家，看望我的姥爷。

在车上，望向窗外，一望无际的青纱帐又起来了。我妈说，还是老样子。这个时期的玉米还没有熟，但是家里人会掰下几颗嫩嫩的青棒子，拿回家给孩子们煮熟了解馋。玉米秸也是可以吃的，又甜又脆，这是北方孩子的零食，跟甘蔗一样。车子在高速公路上走着，蓝蓝的天空下，不时会有几间青砖瓦房在玉米地间隙露出头来，母亲以为看错了。等到车子行近村庄，才知道，都变了，一切都变得很美好。

那些乡间小路已经拓宽，没有坑坑洼洼，一路都是坦途。路两边栽着白杨树，一眼望过去就像列队的卫兵，整齐又庄严；又像热烈欢迎的礼仪小姐明丽又耀眼。一阵风吹过，叶子沙沙作响，像乐曲，又像私语。还未进村，就能看到房顶堆得高高的粮囤，还有用玉米堆成的黄色城墙，把房顶围起来，里边散落着花生，竖着堆起来的黄豆秧，摊在房面的红彤彤的高粱……驱车进入村里，乡亲们笑容灿烂，笑声不断。一切都是那么美好。

姥爷家的房子也是新盖的五间大瓦房。姥爷跟着大姨一起住。大姨的爱人是涞水水利局的技术工人。姥爷一辈子风雨里、战场上走过来，有自己的处事哲学，做事原则和人生信仰。姑爷叫邵建国，姥爷经常唤他小邵。他跟大姨的结合是经人介绍认识，俩人相识相处走到婚姻殿堂。

小邵家里也是贫农出身，父母都是中共党员，通过自己的努力在县城的水利局上班。小邵是新中国第一代大学生，因成绩优秀被分配到了水利局，负责乡镇的水井勘测、打井和保养工作，经常下乡出差。

那个时期最看重的是人品，家世背景、经济环境都是次要的。我大姨丈是个老实巴交的技术工人，善于钻研，搞些发明什么的。当时他的工作就是负责各乡、镇、村的水井测绘、钻探和安装配置的工作。

一日他听姥爷讲起小时候人们在河沿玩，挖水坑，随便挖几下，不用挖多深，水就能渗出来。这让他动了自己打水井的念头。

当时村里一共有五口水井，基本上在村子的四个方向各有一口，村子中心位置，小学校旁边的槐树下有一口。不知道什么时候挖的，是祖辈传下来的，世代村里的人就这么用辘轳打水喝，用扁担、水桶挑水喝。一根扁担，用木制成，晒过烤过再晾干，有韧劲，两头钻洞，系上绳子或者挂上铁制的钩子，下边可以挂水桶。暮色晨曦中，都会听到打水人的木桶撞击声和扁担压在肩上的咯吱咯吱声，人们唠着家常，不用排队，心照不宣地你打好水，下一个我来。

很长时间里，槐树下，古井旁，人们猫着腰摇着辘轳，很快一桶清冽甘甜的水就摇上来，阳光下闪着金光，就像是宝藏。小学旁的井是被修过的，垒着一个扇形的影壁，围着水井，影壁中间有一个小龛，以前人们在里边放煤油灯，天黑下用来照亮，临街的那一面有一个青砖砌的栏杆，栏杆两边的路是青石铺的，井是圆形的，直径近一米，井壁上湿漉漉的长满了深紫色的苔藓。

水井也承载了很多记忆。

听我大姨家的二哥讲，那时候一个孩子最自豪的就是会打水，面红耳赤咬牙切齿晃晃悠悠地把一担水挑回家，倒进自己家的大水缸，路上不能留一路水痕。当然很多孩子会路上歇好几次。打水你不能让桶掉进井里，而且要一下子让桶灌满水，这个是需要技巧的。当然没有人不把桶掉进井里，就像新学骑自行车，你不摔倒几次，就学不会，你不掉进井里几回桶，就根本不可能熟练地打水。桶掉进井里，沮丧地回家会挨大人几句骂，然后大人就会拿着勾子去井里捞水桶，那时候水井旁围满了看热闹的孩子，捞上来的不仅仅有自己家的，还有别人家的，不仅仅有水桶，还有女人的衣服，孩子们掉进去的弹弓。

井水养了几代人，甘甜可口，也没有什么不好。只是路途远的吃水就比较麻烦，尤其是风天、雨雪天，那挑一担水还没到家就浮上了一层灰，或者还没到家就已经冻上了一层。

最初我姨丈小邵就是想试试，这里应该地下水丰富，旁边又是拒马河。打水井或许不难。那个时候地下水充足，平时院子地面就湿漉漉的，到了夏天雨季还会长出青苔。甚至走不好要滑倒，所以院子里还用砖砌了一条步道。

姥爷这边用水是村西边霍老兴家旁边的那口水井。姥爷每天都早起挑水。不是因为没人挑水，纯粹是劳动的习惯，规律的生活。这实在的劳动。让姥爷的身体比同龄人都要好。

姨丈利用学过的知识分析这里地下水打井的可行性。这里有山，有水，地下水都集中在沟谷中，或者排泄出地表形成泉水。看村里的井就能判断地下水层浅。说做就做。

我姨丈也是个行动派，利用周末休息时间，花钱到涞县县城买了水管，一截一截地接起来，傍晚就在院子前后转悠。终于选定位置，借来柴油机，搭上架子，就把接好的管子一截一截地利用柴油机打入地下。

姥爷从一开始就觉得这姑爷的想法是异想天开，井水都是有泉眼的地方。你这么随便下管子，水就能跟着你的管子上来，不可能！听着柴油机哒哒哒的工作声，我姥爷摇摇头，"姑爷，你这兴师动众，砸坑刨地的，出不来水咋办？别瞎折腾了，水出不来！"说完，像是不忍心看姑爷失败似的，就背上筐出门了。

等到傍晚他回到家，就发现院里聚了好多人！纷纷议论着，

"太厉害了！"

"这水就这么出来了？他家可真是宝地啊！"

"我的乖乖，这不是发了大财，省了大事了！"

还有些人跟姨丈商量，"俺们家能来你这打水不？"答案当然是肯定的。村里人看到我姥爷，纷纷在姥爷耳边夸着姑爷能干。姥爷不相信地来到井眼跟前，真的是冒出来一股股的清冽的水，趴上去低下头，喝一口！跟井水一样，清凉甘甜。

这件事改变了姥爷思考问题的方式，他开始相信科学，不再仅仅凭靠自己的经验。有事情会咨询我姨丈，或者其他的年轻后辈。他鼓励年轻人多读书，学知识，掌握科学，改变我们的生活。

这件事情以后，我的姨丈被村里人邀请去给他们自家打水井。姨丈当然是欣然前往，而且当然是免费。后来这水井就慢慢改造成了压水机。

最初的压水机水总是满的，压一下就可以出水，后来就不行了，需要压几次才能出水。这个时候院子也不象早先那么潮湿了，村中的井也看不见水了。

后来家家户户几乎都有水井或者是压水机了，水井用的少了。有的时候，还常听姥爷叨叨，小时候啊，水井边都是人啊！姥爷目光浑浊望向远方，像是回到了那些过去的时光。

水井静静地守候在村头，旁边有杨树也有柳树，枝繁叶茂，撑起一方天地。这里便成了村民们纳凉歇息、聊天议事、孩子们嬉戏玩耍、女人们家长里短、窃窃私语的好去处，活生生的一幅农家生活的画卷。

水井应当是连接了泉眼的，涓涓细流长年流淌着，炎炎夏日井水总是冰凉冰凉的，喝一口身心舒泰；凛冽的寒冬，井水也总是温温的，暖人肌肤。

水井成年累月地流淌着，映衬着日月星辰、见证着喜怒哀乐、承载着古往今来的沧桑岁月。农村人居家过日子，担水做饭、浆衣洗涮是每

古老的水井

天必做的事，从十几岁的小孩到六七十岁的老人对于担水都习以为常，外出回到家见水缸不满，都会拎起扁担担上水桶到水井去担水。

辘轳摇水上来，两个桶都装好水后，拿起扁担挑走就可以了。扁担是经过改装的，扁担的两端都系着下边带铁钩的绳子。担水是很有讲究的，要担好也是需要技巧的，一手扶着扁担，一手自然摆动，走在村里的路上，特别是夕阳西下的时候，那就是一副生动的生活图画，肩上颤颤悠悠、上下律动的扁担担起的是百姓们有滋有味的生活……

家家户户都有井了，日子好过了，姥爷挑水的日子也结束了。可是姥爷好像下岗了一般。

第二节 晚上留下陪我！

大姨家四个孩子，都在读书。孩子多了，院里的房子住起来也紧张了。我姥爷想要给姑娘减轻压力，就搬到村西边的旧宅里。就在大姨家院子的后边偏西，北边正对着高岗。搬过来以后，我姥爷又开始到水井打水喝了。家里人说给他打一口井，他不乐意。他说，去水井打水，活动活动身子骨，有意义。

我姥爷生命的最后十年也没有放弃劳动。上世纪80年代我的二哥已经读高中了，平时学习生活紧张没空探望爷爷。一到周末休息，不用姥爷留他，他都会留下来陪姥爷。因为姥爷那里有听不尽的故事，都非常好听刺激。尤其是一到寒暑假，就赖在这里了。

姥爷的院子充满绿意。夏日炎炎，院墙上爬满一层绿色，开着白色的、紫色的、红色的各种喇叭花。院里是核桃树、柿子树还有姥爷侍弄的一些蔬菜。门前一株高有二十米，枝叶如盖的椿树，春天可以采椿树芽吃，腌渍好了，喝酒，或者炒鸡蛋，那香喷喷的味道，都能想象出来。我姥爷经常跟外孙们在树下下棋、喝茶、讲故事。

我平时很少有机会回来看望我的姥爷。一年的暑假回去过一次，在姥爷的老屋逗留很久。

老屋后边有一条用青条石铺成的路，蜿蜒进一片不大不小的树林。这片林子以杨树为主，因为这里是村外，没有人家，满目绿色。树林中没有声音，偶尔几声鸟叫穿过这片树林，走上两分钟就到了拒马河边。宽宽的河面，微波粼粼的河水，活泼欢快中带着乡村的气息，缓缓地流淌着。河岸上古朴的村庄，参差不齐的房屋在浓密的绿荫中若隐若现。夏天会有淘气的孩子在里边嬉戏玩水。虽然家家户户都有了水井，还是有三三两两的妇女在洗衣服。

可能离河沿近，也可能是因为屋后的一片树林，姥爷这屋夏天很凉快，冬日里也不觉得冷。到了晚上，姥爷躺在竹摇椅上，轻轻摇摆，竹椅也老了，随着摇晃的幅度发出了"吱吱呀呀"的响声，我坐着小凳，靠着姥爷，静静听他讲着过去的故事……晚上偷着打鬼子啊，雪地里锄奸细啊，到天津给人家卖豆腐脑啊……

我们孙子辈的几个听着姥爷的故事，心中就会描绘出那个时代的场景，在这场景里，姥爷的身影非常高大。

因为内蒙古很远，我又上学。只有暑假假期长一些，才有机会来

第七章 细嗅蔷薇 人贵精气神

看望他。我姥爷格外心疼我这个外孙女儿，可能身边的都是一群臭小子吧！他珍藏的好吃的，都拿出来给我，带着我在村里去这儿，去那儿，到山上，告诉我，这是山楂树、这是柿子树、这是核桃树……姥爷像是把我带进了一个崭新的五彩世界，这个世界跟记忆里的无边草原完全不同，这里有高吊在树上灯笼一样的柿子，红艳艳的山楂果，有柔软细腻，奔腾不息的河流。来到这里我才知道，哦！原来核桃即使从树上摘下来也还是穿着绿色的衣服的。

晚上陪着姥爷，继续听姥爷讲故事，好像姥爷的肚子里装满了故事，永远也讲不完似的。夜里我做了梦，梦到了战火纷飞的家乡，梦到站岗放哨的大姨，梦到可恨至极的日本兵……在姥爷身边度过的假期非常充实，也非常有意义。

马上要离开了，我大姨摆了酒席为我们饯行，还叫来了小申一家。小申娶了老杜康的孙女兰英，生了一儿一女，也带过来。那天酒桌上很热闹，姥爷看着一帮自己的孙男娣女玩成一片，笑得合不拢嘴。现在小申在县里的文化交流部工作，兰英在办公室做了秘书。俩人工作都很努力，也都很上进。小申问姥爷，"干爸，问您个事，您在革命那会儿，是还有个名字，叫蔡俊臣吗？"姥爷的目光从孩子身上收回来，看着小申，说，"怎么了？"小申回答说，"我同事说，有个作家在大厅找一个叫蔡俊臣的人，说要采访他。"姥爷心里就像放电影画片，一张张地播到在天津卖早点然后北伐。这个时期认识我的人就这些，会是谁呢？姥爷内心里有预感，因为他的心脏又开始"砰砰砰"地跳了。不可能，这都多少年了。"是您吗？干爸？是您的话，那作家说这周日来，我们带她来见见您哪？"姥爷机械地答应着，思绪一直在乱飞。

临走的前一天，姥爷为我准备了好多家乡的特产，两个背包装得满满，另外还带了一袋子的山货。老人家想念丫头，也惦记我，我知道。望着姥爷斑白的双鬓，光秃秃的头顶，心中不免凄然。不过姥爷还是一脸平和的微笑，这个地道的庄稼汉，跟其他的农村汉子一样，不善于表达自己的感情。他略显佝偻的脊背，布满沟壑的古铜色的脸颊，布满老茧的双手，都深深地刻印在我的脑海里。

听二哥说，那周六来了一个漂亮的很时髦的年轻女孩，背着背包，挎着相机。她给二哥他们拍了照，姥爷让二哥带着她在拒马河畔、附近山上转了转。后来二哥才知道，那女孩是罗冰的女儿，叫念恩。罗冰已经去世，可是心心念念想着拒马河，想看看那片土地上的扎扎菜和漫山遍野的红灯笼一样的熟柿子。念恩拍了很多照片：村子的角角落落，田野里的各种花花草草，还有拒马河奔腾的样子……

她临走前跟姥爷聊了好久，然后留下一本罗冰的随笔就离开了。半月后，从英国寄来了洗好的照片，照片里还有一张她的全家福。罗冰在沙发中间妩媚地笑着，那眼角眉梢都是喜悦，幸福满满。

我姥爷后来有没有看随笔，不知道。在那之后，姥爷更加喜欢坐在河边，要么看天，要么看河里玩耍的孩子，或者看远处忽隐忽现的村庄。

我大姨和大姨的几个孩子都比我熟悉姥爷，很羡慕他们，可以常年陪在姥爷身边。二哥跟我玩得最好，他出去读书，一放假就会去找姥爷，赖在姥爷那里不走。听了好多姥爷的宝贝故事，不过毕竟还是小，很多时候都没有耐心，不是听着听着跑去抓知了了，就是呼噜呼噜进入梦乡了。姥爷从不埋怨，一笑了之。

挑河泥是以前在公社的时候，社员们为了给田地施肥做的工作。现在尽管公社解散了，姥爷还是保留着挑河泥的习惯，用姥爷的话说，"河泥是最好的肥料！养庄稼最好了！"当时并不懂这句话的意思，甚至会觉得姥爷夸大其词。现在看看身边的各种化学肥料，就知道当年的河泥有多宝贵。可是现在啊，找一条水多的河流都不容易啊。

暑假里头，二哥会跟着姥爷睡。姥爷一大早就会把这个读书的孙子叫起来，跟着他，拿着扁担奔屋后的河沿挑泥。这时候，我二哥就很不情愿。想着，还不如头一天晚上就逃跑了呢。可是到了晚上，爷孙俩的卧谈会如此丰富生动，就又被那些曲折危险的故事吸引，进入梦乡。

二哥不想挑河泥的时候，姥爷会讲故事或者唱当年挑河泥时的歌曲给他听：

沙啦啦仔唷，沙啦啦仔唷，沙啦啦仔唷吼，沙啦啦仔唷！

社员挑河泥唉，心里真欢喜唉，扁担接扁担，脚步一崭齐呔，

社员挑河泥呔，心里真欢喜呔，扁担接扁担，脚步一崭齐呔（两遍）。

挑过小麦地唉，穿过油菜地唉，菜花蜡蜡黄，花香渗心里唉

眼看小树长得好，你我浑身添力气呔，为了水稻大丰产，勿过清明就运肥呔。

湿透衣，劳动号子震天地，今早挑来千担肥。粮食丰收在眼前。

嘿咗嘿咗嘿咗嘿！嘿咗嘿咗嘿咗嘿！嘿……！

姥爷说挑河泥一般都是在开春的时候，麦子刚刚开始冒芽，需要水分和保暖。于是，社员们从水沟里、河塘里挖出河泥，给麦子浇灌。再就是在秋收过后，社员开始有些空闲，县里的水利工程开始建设起来，每个大队就派人出去开河。往往大家聚在一起，劳动场面非常浩大。这个时候，社员挑河泥的场面异常热闹。

姥爷挑河泥的地方在拒马河一个拐弯的浅水处，续了个水塘。淤泥落了一层又一层，一锹下去，黑亮黑亮的淤泥就显露出来，如果一脚踩上去滑腻柔软。二哥还开玩笑说，这样的肥料应该可以美容。姥爷七十多岁的人了，挑起河泥时，行动丝毫不减当年。光着古铜色的膀子，冒着热气的脑袋，像浇过水一样的满头大汗，晃动的扁担，绳索摩擦时发出的吱吱声，有力的步子踩在淤泥上，从河里一步一步往上迈时那倾斜的身子，在红红的夕阳下在晨光里，是那么美，美得像一幅画。

这样的淤泥是最好的有机肥料。姥爷把挑的河泥浇灌院里种的菜。才种下去的青菜有了河泥没几日就开始疯长。我二哥当时挑不了那么多，

但是也一趟一趟跟着姥爷来来回回地跑。一直挑到快晌午前儿，天热起来，爷孙俩才算是结束了战斗。

挑河泥这样的体力活对当年的二哥来说是惩罚，可是二哥现在想来，时常觉得姥爷伟大。姥爷一辈子不偷懒，不耍滑，踏实本分地劳动。他跟着姥爷就养成了这种好习惯，挑河泥的经历让二哥懂得劳动的艰难，懂得坚持，懂得做人要脚踏实地。

所谓"慎独"就是姥爷的模样，人前人后都是一个样，从不懒惰，也从不找借口懒惰。所谓生命不息，奋斗不止，就是姥爷这个样子吧！

第三节　能活到现在我就知足！

姥爷活了 84 岁，于 1991 年去世。

当时有很多人来送他，乡里人基本上都到齐了，还有他的战友。姥爷最后的几个月，大小便已经不能自理，但是他的脑子非常清楚。二哥晚上伺候他，还是会给二哥讲过去战斗的事情从定兴火车站讲到天津，从天津讲到内蒙古。这些故事二哥听了无数遍，还是像第一次听的时候一样，认真听，时不时会发问，让姥爷可以停下，回想一下当时的情景。二哥觉得这样打断他，可以让姥爷思考，打断他沉浸在自己的世界里。

姥爷因为大小便不能控制，就会时刻埋有隐患，有时候在歇晌时，有时候在院里跟邻居聊天时，有时候甚至是在餐桌上，我姥姥偶尔会唠叨几句……但是手里的动作却从不停顿，给姥爷换衣服，擦身体，决不让姥爷就那么湿着、臭着，姥姥对姥爷的照顾是无微不至的。擦身体的水是暖壶里的开水兑了凉水，温温的，不凉也不烫。我姥爷会发出感慨，觉得这一辈子亏欠姥姥。他跟我二哥说，"你姥姥啊跟着我，一辈子没享过福，成天介提心吊胆的。家里的活我也很少干，全靠她啊！"我姥姥听这些话,都会笑笑,神色间带着嗔怪,说,"你还知道啊!"

姥爷临终有嘱咐,说:"身后事越简单越好,一辈子尽量不麻烦人,死了也不给人添麻烦!"二哥问过我姥爷,"您这一辈子,走南闯北,上战场,打鬼子,经历事不少,有什么遗憾不?"姥爷认真地想了想,说,"我想了想,这一辈子没有欠过谁,想做的都做了,没有遗憾!"姥爷讲究平衡,就是人活一世,不能亏欠别人,得了谁的好处一定要记着还回去。这世上,没有谁是应该要帮你的。所以懂得感恩,学会知足,活着才轻松,才快乐。

这让我想起1979年,做了省长的解峰来涞水探望曾经一起战斗过的兄弟。省长的来访,让家里感觉到光荣。

或许是年纪大了的原因,老哥儿俩在院门口就聊上了,都大着嗓门。解峰省长,本来身形就高大,身材略微发福。"出去玩了?"解省长问道。我姥爷侧身靠近他,歪着脑袋问:"说的啥?""他耳朵有点聋,你大声点问他就听见了",我大姨在旁边说,

"哎,你就是大丫头吧!"解峰哈哈笑着,对我大姨说。我大姨说,"是啊,解省长来我家,真是荣幸啊!"

当年在富位抗日的时候,我大姨年纪虽小,但是经常给我姥爷、王德新、解峰他们放哨,有一段时期,解峰他们的饭都是我大姨送的。所以大姨跟他们很熟,就像自己家里人一样。

"出去转着玩了吧?"解峰提高音量,用手比划着,大声问道。"刚吃完饭,没事去看人家打牌了。"一边说老人一边往家迎,推开那锈迹斑斑的铁皮门,院子不算是很大,里面的东西有点凌乱,放的满满的什么东西都有。

"家里面咋这么多东西?"解峰问道。

"没事的时候经常到街上转转,说不定就拾个啥东西回来了!"

"房子有些年了吧!"

"都快40年了!"

"咋不拆了重建呀？"

"小孩多，盖的新房都给他们住，我住老房子就可以了！"

我姥爷他俩边说边往屋子里走。房子是真的太老了，也没有窗户，屋子里很暗，墙面很多地方都脱皮了，用一些画报贴着，一个破旧的沙发摆在里面，露出好些洞！

老哥儿俩就在老屋的炕上聊着过去的岁月。解峰省长坐在炕上，斜倚在炕桌上，炕桌上简单倒了一杯茶水，还有点家里仅有的花生。

平时，姥爷的话并不多，但是每当谈及过去抗战时期的事情，人就开始有点"亢奋"了。

"那会打仗真是艰苦啊！哪像现在啊。"

"说的就是啊！多亏了你们啊！咱们那会一块打鬼子，还记得不？"解峰也是很有兴头，"你非要去胡家庄那个据点劝降，我担心啊，死活不让去。没想到你小子……你厉害啊！"他边说，边竖起大拇哥。

"那会啊，年轻，胆子大！主要是外边有你们配合，才能唬住他们啊！就算唬不住，咱们也能给打下来！哈哈！"我姥爷思路异常清晰，说着当年的事情。

"那你退伍后过得咋样？"

"1945年打涞水以后，我就退了。当时啊，我这双腿不争气，要残废啊！"我姥爷拍着自己的双腿，"不能给队伍拖后腿，我交了枪就退了！当时组织上还给我一袋小米咧！"姥爷念叨着过去的事情，满脸的满足。

"那你双腿咋样？过得还好吧？"

"好着咧！我有大闺女孝顺，现在都成家了。我小闺女在内蒙古咧，孙子孙女也好多个。都很孝顺。"

"那说说看，还有啥需要的？或者需要我帮忙给你解决的。"解峰省长握着姥爷的手问，目光不曾离开！他是很想帮助这些当年英勇抗战的人们，确切地说是自己的老战友们！

姥爷和解峰（时任河北省省长）

"啥心愿呀，我都 70 拐弯的人了，跟那些都没有了的战友比起来我都没啥话说了，以后不生啥大病，多活几年就中了。"姥爷摆手着说，不停地说着，"啥都不要，我能活到现在就赚了！"

其实当时家里条件并不好，文革刚刚结束，生产也还没有恢复，家里温饱都成问题。姥爷坚信，努力、肯干，一定有口饭吃。后来我大姨听说其他的抗日英雄们，有的要求给子女解决了工作，有的要求给自己看身体的毛病，甚至还有的要了自己身后的棺材板……

那之后，我姥姥跟我大姨时不时就会叨叨，"您说，您咋啥要求都没提呢？"

我姥爷笑着，说他们贪便宜不是好事。凡事都应该靠自己去挣，自己努力得来的才踏踏实实是自己的，这在任何年月，任何环境都是放之四海而皆准的。我姥爷一直说，人的命，那么贱。自己不好好过，靠这靠那都不行，长不了。还是好好活着吧！

是啊，不懂得付出努力，单纯期望通过向别人伸手获得的想法是要不得的。姥爷用一辈子的经历告诉我们，应该怎样活。

要自立！不能依靠他人。你一直在山上摘山楂，捡核桃；遍地的扎扎菜在你需要的时候随时准备为你粉身碎骨；你从河里捞鱼，在河里洗衣服，夏日里在河里游泳躲清凉……可是这山、这水、这野草又何曾向你伸手要过东西，即使它们在战火中千疮百孔，焚烧殆尽，仍然倔强独立地在那里！

要自强！姥爷常说，如果他不跟他母亲赌气，走出去见见世面，就不会知道世界有多大，更不会知道自己的心有多大！所谓"无知者无畏"就是这个道理吧！懂得了一点皮毛就开始在外边包装进行兜售，殊不知这是多么可笑，用来炫耀的时间不如拿来充实提高自己，强大自己。姥爷那个年代常说的"落后就要挨打"，应该谨记，时刻提醒自己，要努力！

要自律！我有时候觉得姥爷活得太假了，太累了。可是并不是，姥爷是用他走过的路，来告诫我们，这么活才最踏实。面对罗冰，是他本心的选择也罢，是他卑微的自尊在作祟也罢，一份无果的感情，让姥爷懂得，要配上她，就得努力，这努力就需要严格自律，自律的生活会带给你意想不到的结果。所有想要获得的更美好的东西、事业、感情，都得想尽办法努力争取。

要知足！姥爷的知足并不是认命。命运会以不同的面孔出现在你的面前，它或许是微笑的天使，或许是狰狞的恶魔，不论它是什么，你都

姥爷和解峰在交谈

要安然接受,好的就珍惜,不好的就努力改变!只求努力,不问结果。这样在若干年后,才不会为自己放弃任何一次"如果"而懊恼。面对生活里不能改变的现状,无能为力的遗憾,都不要强求,要适可而止,知足的心态会让我们放弃不该要的,把精力放在那些"值得"的美好上。

要感恩!我睿智的姥爷啊!一生之中无愧于人,帮人无数。他走到哪儿都把自己做到极致。他是那个善良、真诚、仁义又敢做敢当的好人;他是那个勤恳、踏实、朴素又有勇有谋的虎将;他目标明确,不怕苦累,不怕牺牲和被人误会,认真做着自己认为有意义的事情;女儿因他被连累,他也因误会被请进了学习班,他什么都没说,甚至连抱怨都没有一句,只是淡淡地笑……是啊,跟你们计较,我没有时间,我有我的生活要过。我拼死拼活活到解放,过上了好日子,比起那些当年牺牲的弟兄、饿死的同胞还有被瘟疫夺走的生命,我还有什么好计较的呢!

知足了,人就会快乐!所以我要乐观地活着!我要这份乐观,这份生活的智慧让更多的人知道,更加珍惜生命,珍惜生活,珍惜当下!

大姨夫妇

结语

我是五年前回老家涞水,探望我大姨。跟二哥聊起来,动了写我姥爷这一生的念头。只是迟迟未曾动笔。首先是工作和家庭的原因,太忙;终于踏实下来,就趁年节回家的空档,跟我大姨、我二哥,还有家里的其他人沟通、采访,才了解了姥爷事迹的大致轮廓。

作为一个文人,我习惯叫自己"伪记者",时常有一种危机感和紧迫感,那是一种看到美好东西消逝的无力,看到花样年华的孩子辍学的心痛,看到有病没钱就医的患者的悲哀……总觉得应该要为这社会做点什么。哪怕事情再小,也要一搏。

我的图书公司就是我的一个平台,国家的"丝绸之路"就是我的契机,习近平主席提出的对中国传统文化的重视和传承,吸引了我的目光,占据了我的脑袋,充斥着我的心灵。

我要用我的笔,我的工作,我的公司把这些美好的东西记下来。让它作为一种文化进行传承。

首先是我家族的传承。我对姥爷不熟悉,如果没有跟家人的聊天我甚至不知道我的姥爷曾经在战火纷飞的岁月里,打过鬼子。以前大户人家有祠堂,有族谱,社会的发展,把很多传统美好的东西都丢弃了。可是这看似发展的退步,让我们失去了自己的根。

其次是民族文化的传承。鲁迅先生说,"悲剧,就是把美好的东西打破给人看!"。我们生活在一个快速发展的悲剧时代,我们必须把这些美好的东西保护起来,裱框张贴,代代传承才行。

再说回我的姥爷。

我的姥爷实在是很平凡。他外貌、身材、性格,普通到放在太行山拒马河畔的汉子里都看不出他来。可是他为革命浴血奋战，内战前毅然退伍，土改、"文革"内斗里的仗义执言，都让他不平凡，他在我眼里是那么高大，那么勇敢。

我姥爷是一个胸有乾坤的人，他惜命，不论是自己的还是别人的。他知道活着的意义。他讲究和平，讲究内心的安详和无愧。他从平淡生活里活出精彩，他从竞争生活里活出滋味，他从知足生活里活出生命的本真。

这是我写我姥爷的目的所在，用来警醒我，也警醒为名利四处奔波不择手段的世人。

活着是一种福气。家人是我们永远的后盾，兄弟、朋友是一辈子的财富。做事、做人发于本心，而不是利益与金钱，这让我们的人生更加纯粹。社会呼唤仁爱，呼唤责任，呼唤担当。

蔡子玉平生大事记

时间	大事记
19世纪中期·道光年间	·刘大千灾年晋献西瓜，得俸禄，成为公职，发家。
1897年	·蔡刘氏嫁入西明义蔡家
1899年	·蔡子瑞出生，我姥爷大哥（蔡家老大）
1901	·蔡子珍出生，我姥爷二哥（蔡家老二）
1903	·蔡子恒出生，我姥爷三哥（蔡家老三）
1907	·蔡子玉，我姥爷出生，本书主人公（蔡家老四）
1908	·蔡子琪出生，我姥爷五弟（蔡家老五）
1912	·蔡子斌出生，我姥爷六弟（蔡家老六）
1921年	·姥爷与他母亲吵架离家 ·认识彭顺 ·天津做工
1923年	·姥爷认识罗冰（年末）
1924年	·姥爷与罗冰分手（夏初） ·姥爷相亲未果 ·姥爷认识雷昭 ·蔡子恒（三哥）一家来天津投奔我姥爷 ·蔡子琪结婚 ·姥爷主持分家
1925年	·6月份彭老爹生日，嘱托三哥照顾彭老爹 ·经雷昭认识孟奎 ·7月离开天津跟随孟奎从军
1926年	·老爷跟随部队参加冯玉祥"五原誓师"
1928年	·缴回步枪，放走钱氏兄弟
1929年	·退伍回家（春） ·救高家二少爷高锡路（春） ·认识纪希斌，在山上做教头3个月 ·经山炮介绍到高家做长工
1930年	·红马驹事件 ·由高家长工转为高家护院
1931年	·上鹰嘴山救"高雪伦"事件 ·与高家二少爷相认/救人事件澄清
1935年	·姥爷成亲
1935年	·结识富位伪大乡长王德新（地下党员） ·救罗林麻杆 ·帮王德新送信给高家二少
1937年	·大女儿蔡宝芝出生
1938年	·除掉奸细路长辛 ·姥爷开始做高洛伪大乡长

时间	大事记
1939 年	·搬到县城租住伪县长纪贤举的房子 ·与纪贤举、王德新、高锡同、高锡路、寇玉山等结拜 ·姥爷儿子大壮出生 ·收养小申
1941 年	·身份暴露，把兄弟相助逃跑 ·回到西明义开始地上工作 ·拒马河畔瘟疫横行 ·大壮感染瘟疫夭折 ·开始挖地道抗敌
1942 年	·反扫荡 ·救治解峰
1943 年	·姥爷反扫荡中被追杀逃脱跳进拒马河，被蔡洪恩救起 ·霍老兴家水井退日军 ·王德新被叛徒出卖被捕入狱 ·高碑店上当姥爷受害 ·高碑店锄奸
1944 年	·富位村北伏击鬼子和伪军 200 多人 俘虏张景禄 ·旧相识崔大风探访 ·解放涞县 ·解救纪希斌
1945 年	·劝降胡家庄据点 ·因腿伤退伍 回故乡
1946 年	·腿伤痊愈（秋）
1976 年	·姨丈在家里打水井，承认科学
1979 年	·解峰探望姥爷
1983 年	·我跟随母亲回家探望姥爷 ·念恩探望姥爷
1991 年	·姥爷去世